U0450497

不埋没一本好书，不错过一个爱书人

川端康成经典辑丛

雪国·琼音

Kawabata Yasunari

川端康成 著

高慧勤 魏大海 主编
高慧勤 林少华 译

金城出版社
GOLD WALL PRESS
·北京·

图书在版编目（CIP）数据

雪国;琼音/(日)川端康成著;高慧勤,林少华译. —北京:金城出版社有限公司,2023.3
(川端康成经典辑丛/高慧勤,魏大海主编)
ISBN 978-7-5155-2378-1

Ⅰ.①雪… Ⅱ.①川… ②高… ③林… Ⅲ.①中篇小说－日本－现代 ②短篇小说－日本－现代 Ⅳ.①I313.45

中国版本图书馆CIP数据核字(2022)第203619号

川端康成经典辑丛：雪国·琼音

作　　者	〔日〕川端康成
主　　编	高慧勤　魏大海
译　　者	高慧勤　林少华
责任编辑	杨　超
责任校对	彭洪清
责任印制	李仕杰
文字编辑	叶双溢
开　　本	880毫米×1230毫米　1/32
印　　张	7.375
字　　数	204千字
版　　次	2023年3月第1版
印　　次	2023年3月第1次印刷
印　　刷	天津丰富彩艺印刷有限公司
书　　号	ISBN 978-7-5155-2378-1
定　　价	48.00元

出版发行	金城出版社有限公司　北京市朝阳区利泽东二路3号　邮政编码：100102
发 行 部	(010) 84254364
编 辑 部	(010) 64214534
总 编 室	(010) 64228516
网　　址	http://www.jccb.com.cn
电子邮箱	jinchengchuban@163.com
法律顾问	北京市安理律师事务所　(电话)18911105819

目录

序（高慧勤）__01

雪国__001

琼音__101
宫崎夕照__103
海枣树__106
新婚旅行__110
太阳和神话__114
退休与家人__117
内廷偶人画__122
竹叶旋律__127
海棠花__131
一叶滨__135
古事记__140
火与雷__144

治彦__147

少年翻译__151

沙滩__156

恋母__158

女司机__161

故人__166

葵祭__172

绿遍山原__177

贺茂河滩__183

斋王代__190

序

高慧勤

川端康成是位难以把握的作家。他创造的艺术世界，意蕴朦胧，情境飘忽，令人颇有些费解处。倘说他是美的追求者，作品却时时表现美的毁灭，美与死亡常常结下不解之缘；倘说他是女性的膜拜者，有时又不那么热切，甚至还投去冷漠的一瞥；倘说他是官能的崇尚者，却只是发乎情而止乎憧憬，还以遐想的成分居多。在纷繁的人世，他是孤独的、悲哀的。在他构筑的艺术殿堂里，你看到的是一幅幅忧伤的浮世绘。浮世绘是江户时代的市民艺术。"浮世"二字原初写作"忧世"，意谓"世道多忧"，系佛家用语。后来才转指无常、虚幻而短暂的现世。所以浮世绘表现的，大率皆市民阶层的世态风俗和现世欢情。画师们以新鲜的感觉，观照自然人生，率真地表现主观意象。那春愁缭乱的痴男怨女，那揽镜自怜的青楼艺伎；雨夜里啼月的杜鹃，暮色中积雪的山径；春日的飞花，秋天的落叶……构成一片清幽淡雅的世界。那色彩，绚丽中带些枯涩，明艳中流露出哀伤，点染出一派十足的日本风情。

川端康成的文学，不也展现了这种景象、这种意绪？而浮世绘，在19世纪法国自然主义作家和印象派画家看来，正是最能代表日本情趣、体现日本美学的艺术。在《独影自命》一文中，川端曾表示，"决心要成为日本式的作家"，他很早便以继承日本的美学传统"自期"。作为唯美派作家，川端之前代有才人，若永井荷风、谷崎润一郎、佐藤春夫辈，在他之后，似乎除了"殉教"而剖腹自杀的三岛由纪夫，便音沉响绝；作为现代派作家，川端正是日本的开山祖师之一，与同时代的横光利一、中河与一，稍后的堀辰雄等，成为战后野间宏、中村真一郎、大冈升平、大江健三郎、古井由吉、黑井千次等一大批现代派作家的先导。川端康成恰好站在这个分水岭上，或者说是交汇点上，集唯美派与现代派于一身。唯美主义与现代派的美学追求似乎是抵牾而背悖的，而在川端那里却相得而益彰。所以，他是独特的，师心自用的，令人刮目相看的。

  三岛由纪夫曾说，川端康成是"永远的旅人"。岂止是永远的，抑且是孤独的……川端康成确乎性喜旅行。"一月当中，望有十天能外出旅行"，"凡事都愿在旅行中做掉"[1]。他的重要作品，据说半数以上都写于行旅途次。例如《伊豆舞女》，写于风光明丽的伊豆半岛；《雪国》秉笔于多雪的北国汤泽温泉；记京都风物人情之胜的《古都》，作于京都之流连。沿途的景物，观赏之余，不仅能使他心理趋于平衡，更能启发他的文思。坐在旅馆一隅，"便能忘怀一切，兴起尖新活泼的灵感"。一般说来，难离故土、心念家园是人之常情。但川端康成算是例外，他似乎"没有家庭观念"，即便婚后，也不知有多少次为不能旅行而"常常怨恨束缚手脚的家庭和需要赡养的妻小"。尽管故乡生他育他庇护他，使他从心底感到亲切温馨，可是"放浪无赖"的他却愿浪迹天涯纵横海内。处处是家，又处处是他乡。他仿佛一个朝圣者，怀着追寻远方梦境的心情，遍寻"日本的故乡"。唯有漂泊之中，更能感触"自古以来日本的乡愁"[2]。而这种漂泊对川端康成具有更多心灵上的意味，是一种精神的修炼，既是他人生之旅，也是他艺术之道。他把徒流无定视若自己的命运，从中体验孤独与忧愁的况味，又有一种肯定天地万物的品格，从大自然中获致新鲜的感动。"天涯孤儿"是川端康成自况之语。身在客边，自会乡愁旅思。这种乡愁旅思，引发他的身世之感。情满于怀之余，兴来神往之际，倾注

---

1 《我的生活》，《川端康成全集》新潮社1982年版第33卷，第58页。以下凡引《川端康成全集》均简称全集。

2 《自著序跋》，全集第33卷，第569页。

笔端洋溢乎字里行间。——这正是川端康成精神姿致的一种显现。"天涯孤儿"一语的质直含义，便是孤儿的意识、孤儿的悲哀。幼小时人事萧条、生死伤痛，深深融在他的情感里和精神上。孤儿的悲哀不仅构成他早期创作的基调，同时也贯穿他"全部作品，整个生涯"[1]。因此，要认识这位难以把握的作家，还得追本溯源，从他人生之旅的起点——他的童年谈起。

19世纪的最后一年，一个取名康成的男孩在大阪呱呱坠地。父亲川端荣吉是个颇具文人气质的开业医生，兼能汉诗，长于绘事。可是，在川端康成两岁时，父亲因患病撒手人寰；一年后母亲又病故。幼失怙恃，被领到"大阪与京都之间的乡下故里"，由祖父母抚养。祖父母生有子女五人，都先老人而去世。所以，对这点仅存的骨血，年幼体弱的孙儿，少不得娇生惯养，"盲目慈爱"。而长年跟老人厮守一起，孩子也不免养成离群索居、落落寡合的性情。七岁上小学那年秋天，又逢祖母下世，从此便同又聋又瞎的祖父相依为命，过着凄凉寂寞的岁月。母亲临终曾留下一笔存款，由姨父按月支给，可是月不敷出，经济日渐窘困。祖孙二人孤零零地住在村子一隅，与人少有来往。亲朋故旧也相继疏远，偶有稀客上门，祖父竟会感激得老泪纵横。可以想见，祖孙老小生活是何等孤单，何等惨淡，何等索漠。

祖父常年缠绵病榻，家中除一名每天来帮工的老女佣外别无人影。放学回家，内无应门之人，更无嘘寒问暖的亲情。川端伴着风烛残年的祖父，在空阔静谧的宅子里感到异常的孤独与寂寞。"祖父的那份孤独，似乎也传给了我"[2]，性格愈发内向。《源氏物语》和《枕草子》成了他的手边书，引发"少年不知愁"的感伤情怀。三年后，一直寄养姨父家、终生仅见过两面的姐姐也悄然死去。到他虚岁16岁那年，就连祖父这唯一

---

1 《独影自命》，全集第33卷，第294页。
2 《无意中想到的》，全集第28卷，第375页。

的亲人也归天了,将他一人撇在茫茫人海。"一股无边的寂寞,忽然袭上心头,感到自己竟是孑然一身。"[1]

祖父的死,使他无限凄惶,再没有一个亲人可以依傍。直到这时,他才真正深味孤儿的悲哀,同时不能不引起他思考生死问题。以他当时的年纪,固然还不可能从祖父的死,参透人生的本质,进行哲理的探求,但他知道,死亡是人生无法逃避的归宿,大限到来,在劫难逃。死亡给祖父挫折失败的一生画上句号,他感到人的一切营求努力终归徒劳。人生是多艰而悲哀的。其《十六岁的日记》,已透露这个消息。还在祖父垂危期,川端康成预感老人时日无多,写下了九天日记,记叙祖父临终前的病情。这便是11年后发表的短篇小说《十六岁的日记》。这是川端为祖父镌刻在心版上的墓志铭,也是他无所依傍的孤独内心的宣泄。虚年16岁实际仅14周岁,以其冷峻的目光凝视一个生命的寂灭,谛视人生的无常。朴素平实的叙述中交织着复杂的感情和心理,既有怜惜祖父的深情,也有少不更事、对看护病人的嫌恶。寥寥数笔便勾勒出一个孤苦老人临终时的辛酸,通篇流溢着悲凉的情韵。这悲凉的情韵,川端日后将其升华为一种审美的要求,构成其作品的基调。这篇早年的习作,川端自己亦十分得意,认为该算作他的处女作,"是优秀的","难以动摇的作品"[2]。

正当人生刚刚开始,需要温柔慈爱的年纪,死亡的阴影便不断出现在他的周围,使他有种"早逝的恐惧",担心活不过父母去世的年龄。他"少年的悲哀",早已不是淡如轻烟、半带甜蜜的感伤,而成为一种终生的精神负累。祖父死后,过了七七,他便抛别故乡,住到舅父家,开始寄人篱下的生涯,辗转于学校宿舍与公寓之间。十四五岁,正是性格逐渐形成的重要时期。生活的自立能力尚不具备,但自我意识却又格外强,川端原本性格内向,"在这种不幸和不自然的环境中长大",一方面使他更加

---

1 《送葬的名人》,全集第2卷,第78页。
2 《自著序跋》,全集第33卷,第575页。

多愁善感，同时也养成他固执别扭的脾气。寄人篱下，言谈举止不免处处要察言观色，揣摸别人心思，变得十分敏感，非常神经质。对自己的境遇，总要时时细加审视。他嫌恶自己，认为自己是"吃白食，受施舍"、无人爱也无人需要的"多余人"。他不敢坦言自己的不满，更不向人投去乞求爱怜的目光。他失去了快乐而自由的少年的心。"离群的危机"，与人的隔绝，少年的孤独感，在他生活发生重大变故之后，就日趋强烈，有增无已。他把自己一颗"怯懦的心，封闭在渺小的躯壳内"，养成一种"孤儿习性"。这种习性扭曲了他的性格，自己也深为苦恼。他希望摆脱孤僻，渴望得到人间的温暖、友谊和爱情。不论是谁，只要对他"表示些许好意，哪怕是那么一丁点儿，都像甘露一般润泽我的心田，使我感激涕零，成为我感情生活的滋养"[1]。他把自己看作是一个"感情的乞儿"。

直到1917年，川端18岁中学毕业后去东京，人生出现一个转机，才打开他的心扉。他考进东京一高英文专业，结识许多新朋友。友谊暖人心，他开始走出自己狭窄的天地，决心"净化和提高自己的精神境界"，深感一味戚戚于自责和反省，只能徒然消耗生命的朝气和清新。他逐渐树立起自信，相信扭曲的性格应能纠正，该当大胆攀登人生的顶峰。1918年，在一高上二年级的秋天，由于厌倦学校的寄宿生活，更为了摆脱缠绕不去的苦闷——"少年时代留下的精神病患"，便独自一人去伊豆半岛旅行。"二十岁的我，反复认真反省我那因孤儿的孤僻而变得古怪的性格，因为忍受不住这忧悒的折磨，才来伊豆旅行的。"这是早期名作《伊豆舞女》中的一段话，道出了孤儿的悲哀和青春的忧郁。这是一篇第一人称小说，主人公少年川端，途中遇到一伙江湖艺人，便结伴同行。他们心地善良、情感纯朴、待人热诚，使他体会到人情的温暖。尤其那个天真未凿的小舞女，对他表示一种温馨的情意，使他内心萌发一缕柔情。一句平平常常的话，说他"是个好人"，内心里便会有种"说不出的感激"。他好

---

[1] 《佛像与轿子》，全集第21卷，第153页。

似看到一线光亮，长久以来苦恼着的内心，一下子忘怀了得失。往日的执拗别扭和受人施舍的屈辱感，顿时烟消云散。"一种美好而纯净的心情油然而生，不论人家待我多亲昵，我都能坦然接受。""我任凭眼泪簌簌往下掉。脑海仿佛一泓清水，涓涓而流，最后空无一物，唯有甘美的愉悦。"[1] 小说俱系纪实，没有虚构，充满青春的诗意，抒情中透露出川端式的哀愁，但也只是淡淡的。这篇小说成为日本青春文学的杰作。"旅情和伊豆的田园风光"，使川端抑郁的心情放松开来、柔和起来。大自然抚慰了他。从此，川端几乎年年要到伊豆住上一阵，潜心写作。旅行写作，成为川端的一种习惯，也只有像他这样无家可归的孤儿，才会养成这种到处为家的习性。旅途中产生的作品，自有一种诗意的乡愁。而且，旅行也是净化感情之一途。"我曾十数次或数十次来到天城山麓，总是多少怀有生活的痛楚。"[2] 所以，川端康成把伊豆看成他的第二故乡。

第一次从伊豆旅行回来后，川端显然变得开朗许多，与同学的交往也多了起来。然而，命运仿佛总在捉弄他，新生活的转机才露，新的精神危机又接踵而至。1920年9月，川端康成从一高毕业，升入东京帝国大学英文系。这个英才济济的最高学府，在他面前展现出一片更为广阔的天地，是他日后辉煌的文学生涯的起点。川端念到二年级时，爱上一名16岁的咖啡馆美少女，并订了婚。可是还未出一个月，女方突然毁约他去。川端虽多方努力，终于无可挽回。正值他青春意识刚刚觉醒的人生转折期，失恋的伤痛给他以新的打击，使他再次陷入精神危机。"内心的波澜极为强烈，影响我达几年之久。"岂止几年，那"哀伤漂泊的思绪不绝如缕，从未间休"[3]。自幼经受的丧事、孤独、失恋，种种人生的创伤看似偶然凑到一起形成无法抗拒的力量，"影响了我对世事的看法"[4]，铸就

---

1 《伊豆舞女》，全集第2卷，第324页。

2 《少年》，全集第10卷，第168页。

3 《文学自传》，全集第33卷，第96页。

4 《现在与今后》，同上，第17页。

了悲观虚无的人生态度。但孤儿的悲哀，失恋的伤痛，悲剧性的命运，对小说家川端未必是不幸。"我人生中种种幸运的机遇，不正是因为我是孤儿才碰上的么……"[1]少小时同衰老病弱的祖父为伴，内心的孤寂驱使他亲近自然，常常一人跑到空寂的山巅眺望风景，并爱爬到树上放声朗读《源氏物语》《枕草子》等古典名篇，感到无可言喻的美。有时到河边看千帆驶过，倾听水拍船舷、风吹帆篷的声响，沉醉于午后水色的变幻、芦苇摇曳的姿致……每一瞬间的变化都带来新的惊喜。住到舅父家后，清早到野外看日出，走在田间小径上，芊芊芳草，露珠犹零，仿佛分外柔嫩。中学住校时期，晚上靠窗躺在床上，望着清冷的冬月，沐着月光睡去，觉得简直是种幸福。后来发现旅行这胜事，在羁旅中体味乡愁，获得情感的补偿。天上的日月星辰，地上的山川草木，总之，大自然的一切，都能给他喜悦与安慰。亲近自然，一方面培养了他的感受力，丰富他的幻想力，同时也孕育了他的诗人气质。川端上中学后，便立志要当作家。这既是少年人的人生志向，同时也源于内心体验的表现欲望。"人禀七情，应物斯感"，他需要宣泄自己满溢的情感，不由自主要表现自己独特的感受。于是，文学便成为诱发他青春梦想的最好方式。他的诗人禀赋便把他人生中的种种不幸、孤独和哀愁，统统化为一种调动"创造潜能"的审美心理，成为他受用无穷的创作源泉。

20世纪20年代，第一次世界大战后，欧洲兴起的未来主义、表现主义、达达主义等文艺思潮，相继被介绍进日本，推动行动主义绘画、表现主义戏剧等现代艺术的萌现。当时，川端康成正沉湎于失恋的痛苦与生活的窘困之中。

且看他日记中的自白：往事不可追，"只弄得我黯然神伤……那哀恋的深情，那浪漫的浓绪！只能强忍住涌上来的泪水……于她真可谓一往情

---

[1] 《无意中想到的》，全集第28卷，第376页。

深，始终不渝……""几个月来，日夜相思，魂牵梦萦。""命运之线，终于断了么？可是，刻印在我心版上的她，怎能抹去？"[1]言下颇有些失魂落魄的样子。他把失恋的原因归之于缠绕自己的孤儿习性和"境遇造成的心理缺陷"。"自责，自嘲"，"变得漠然"，"看事情的眼光也混浊不清"，最严重的后果是对自己的才干失去了信心。他要写自家的身世、恋爱的哀史，可是陷于苦苦相思，竟致文思阻塞、笔底枯竭。雪上加霜的，是经济上也异常的困窘。"二十四岁那年，最穷困不过，没有零用钱，乘不起电车，买不起邮票。一收到刊登拙作的杂志，立即卖给旧书店，换取烟钱。到七月份，一件蓝地白花的布和服还押在当铺里，无钱赎回，身上仍披着去秋穿上身的旧夹袍。底边都磨破了。友辈看不过去，送我一件单衣。因为没有像样的和服，不论去什么地方，都穿着帝大的制服，令文人雅士看了直皱眉头。"[2]"近来的生活毫无意趣，穷窘拮据，萎靡不振，很不健全，实在厌倦之至……"[3]不论精神状态抑或物质生活，川端都处于危机之中。为疗治感情创伤，让交瘁的身心得以休歇，又去重访他的第二故乡——伊豆的汤岛温泉。原打算写这次失恋经过以为排遣，草就的却是一篇《汤岛的回忆》。其中一部分是对初次伊豆之行途遇小舞女的怀念。后来把这一节重加改写，自成一个短篇，此即被誉为日本文学史上抒情名篇的《伊豆舞女》。回忆的另一部分，是写住中学宿舍与同室清野少年的友情，颇有些同性爱的意味。川端对此也不讳言，认为留在他心上的印象或比小舞女还要深些。伊豆舞女与清野少年，都在他人生的失意之际，予他以真情的慰安和生活的勇气。所以，在失恋的痛苦中，怀念两位陌路知己，以求得情感上的平衡，亦是极自然的事。

川端虽生来孱弱，多愁善感，内里却很有韧性。他差不多从来"没有

---

[1] 《独影自命》，全集第33卷，第340~347页。

[2] 《佛像与轿子》，全集第21卷，第157页。

[3] 《独影自命》，全集第33卷，第336页。

自暴自弃"，从没给命运压垮过；对自己的行事、自己的愿望，一向都是"乐观的"。他以谦抑的宽容，原谅了昔日的意中人，没有一句责备，没有半点怨恨。"她的生活已告一段落。我对她的情意也成一段往事，事已过去，何须怨恨！"他将痛苦深埋心底，向往事默默告别，开始向未来奋进。1923年元旦，川端的同学北村喜八，正为一份美术刊物撰文介绍达达主义，引起未来诺贝尔奖作家的莫大兴趣。几天以后，川端再次去北村处探讨表现主义和达达主义等新思潮。他若有所悟，在日记中写道："刻下开始考虑新表现和新创造问题。应当有个转变以拓新境界。岐阜一文[1]应尽快结束。但愿不久便能朝新方向突奔。"国外的新思潮，同他的思绪一拍即合，更予发扬蹈厉之力。"对象征主义，以及最近的表现主义和达达主义，都能理解，且颇有会心。"[2]激起他若干想法，诱发他一片雄心，促使他从感情的泥淖中自拔出来，投身于文学创作事业。这一时期他的文学创作处于酝酿萌发阶段，"开始认清自己的价值，依稀看到自己的目标"。这目标，今非昔比。他不再关心旧文坛，而是一个人苦心孤诣，"找到了一种新的感觉方式"。当时的日本文学界，不满于历来的"私小说""心境小说"，纷纷进行艺术探索，作品题材和表现方法有很大突破。无产阶级作家固然以崭新的面貌崛起于文坛，就是新一代的资产阶级作家，也大胆打破了传统的写实主义，借鉴西方的现代派手法，出现了"新感觉派"以及继起的各种艺术流派。川端康成正是新感觉派的一员骁将。

　　1924年，川端大学毕业，未去谋取职业，却会同横光利一等同窗好友，创办了《文艺时代》。刊名是川端康成拟定的，他认为，未来的时代是"由宗教的时代走向文艺的时代"；过去，"宗教高踞人生及民众之上，而未来的新世纪，将由文艺来占据这一位置"[3]。这时一批年轻作家

1　系指描写失恋的短篇《南方的火》。
2　《新文章论》，全集第32卷，第24页。
3　《〈文艺时代〉发刊词》，全集第32卷，第413页。

雄心勃勃，在西方现代文艺思潮的推动下，肩负使命感，向旧文学发难，旨在"打破文艺沉滞的局面"，掀起一场破坏现存文学的新感觉运动。"我们的任务就是革新文坛的文艺，进而从根本上革新人生的艺术及艺术观。"[1] "旧有的文艺缺乏激动现代情绪的力量。"[2] "没有新的表现，便没有新的文艺；没有新的表现，便没有新的内容。而没有新的感觉，则没有新的表现。"[3] 川端乍登文坛，便振振有词，宣告一个新的文学流派的诞生；随着一代新作家的脱颖而出，文学史也掀开了新的一页。如果说，芥川龙之介是日本传统文学的最后一位大家，那么，川端康成、横光利一等新感觉派作家便是第一代的现代派作家。新感觉派从其诞生之日起，以其反传统特点，便显示出与西方现代派文学有相通之处。

"新感觉派"的名称是文艺评论家千叶龟雄提出的。他在《文艺时代》创刊不久，便撰文指出这批作家重视感觉和讲究技巧的共同倾向：他们对气氛、情调、情绪具有强烈的感受能力，以暗示和象征手法，通过描写瞬间感觉，仿佛从一个洞口来窥探人生的奥义。其感觉之新颖，表现之灵动，使鉴赏者感到一种惊喜与愉悦。——新感觉派的特点，确实被千叶龟雄第一个拈了出来。千叶龟雄的命名和概括，《文艺时代》作家群基本上是认同的。不过作为一个文学流派，还缺乏系统的理论表述和深厚的理论基础。正如川端康成所说，日本的文坛有文学史家和文艺评论家，却没有文艺理论家。新感觉主义的是是非非，虽然争论不少，但对至关重要的"感觉论"，却鲜有精辟的论述。构成感觉的生理机制是什么？感觉，同其表现的媒介语言是什么关系？这种语言媒介又该如何运用以表现新感觉？新感觉的本质究竟是什么？各家评论似都没有论及。但这些问题，理论上需要做出解答。川端康成便肩负起为新感觉派做理论建树的重担。故

---

1 《〈文艺时代〉发刊词》，全集第32卷，第414页。
2 《等待明天的文艺》，全集第32卷，第442页。
3 《新进作家的新倾向解说》，全集第30卷，第174页。

在新感觉运动的初期，川端与其说以小说家起作用，毋宁说在评论上的成就更引人注目。他十分热心这份工作，《文艺时代》的发刊词固然是出于他的手笔，创刊号的编辑，也是他和片冈铁兵分劳的。对川端来说，新感觉运动不仅于他本人，而且于整个文学界，都是意义深长的。"决心让这个刊物完成文学史上划时代的使命。"川端后来回顾说："《文艺时代》那时候，我虽然为新感觉派多少做过一些论辩，但作为文艺理论来看是不足取的，那些言论是不能承当文学运动之羽翼的。"[1]平心而论，他对新感觉的解释，理论上的阐述，还是比较明确、切中肯綮的。他力排众议，在《新进作家的新倾向解释》等一系列文章里，阐述了新感觉派作家的理论根据与创作方法。

川端康成强调的重心是新的感觉。"表现即内容，艺术即表现。"[2]因为，没有表现，无以了解作者所要传达的内容。但是，如果没有新的感觉，便不可能有新的表现，从而也就没有新的内容和新的文艺。"新酒不宜装入旧酒囊的。"[3]而新的感觉，在表现手法上自应和以往有所不同。若要表现眼睛与蔷薇这两件事物，过去说："我的眼睛看见了红蔷薇。"在新感觉派则说："我的眼睛成了红蔷薇。"眼睛与红花合二为一。对自然景物的描写，也全然带上主观色彩，成为感觉的表现。单纯描写外部世界，不是他们的主张。"对现实的表象和现实的界限过分轻信，就不能产生深刻的艺术。"[4]"为了主观的需要，就须抹杀实在性。为了实现作品的总体构思，各个细部就得夸张。"[5]所以，作家要透过现实的表象，"达到现实的彼岸，去窥探灵魂的深渊"。人的本质、人物的深层心理，就得凭借作家敏锐的艺术感觉去观照和表现。至于如何观照，则依赖于作

---

[1] 《独影自命》，全集第33卷，第434页。
[2] 《新文章读本》，全集第32卷，第204页。
[3] 同上，第208页。
[4] 《关于表现》，全集第32卷，第502页。
[5] 《新文章论》，全集第32卷，第27页。

家认识世界的方法，取决于作家的思维方式，也即涉及哲学上的认识论问题。川端康成提出："表现主义的认识论和达达主义的思维方式，便是新感觉表现的理论根据。"可以说，"表现派是我们之父，达达派是我们之母"[1]。

川端康成把认识世界的方式，概括为三种基本形态。假设原野上有百合花一朵，对这朵百合花，可有三种不同的认识方式：百合花之内有我么？我之内有百合花么？抑或百合花是百合花，我是我？以第三种态度观照世界进行写作的是历史上的自然主义即"古老的客观主义"。持前两种态度观照世界的，就其结果而言，可谓异曲同工。"人看花，花看人。人看花，人到花里去；花看人，花到人里来。"这是一种"新的主观主义的表现"。作家以自己的直觉、情绪、印象，捕捉瞬间的特殊状态，把现实画面拆散、改组，构筑一个感觉世界，新感觉派作家大抵是以这种方式去认识、去感觉、去表现的。而川端尤具极强的艺术敏感，擅长捕捉外界事物给他的一刹那的感觉或意象，哪怕是细微之至的感触，都能生发成一个有声有色的艺术境界。

> 穿过县境上长长的隧道，便是雪国。夜空下，大地赫然一片莹白。

这是《雪国》开头的句子，历来为评论家一再称引，经过转译，原文的语趣难以完善传达，不过，仔细咂摸，仍能感觉到其"新"。火车驶出黑咕隆咚的隧道，出口处虽夜色深沉，但是冰原雪野，雪映寒光，顿时给人分外白分外亮之感。

> 镜子的衬底，是流动着的黄昏景色，就是说，镜面的映象同镜底的景物，恰似电影上的叠印一般，不断地变换。出场人物与背

---

[1] 《答诸家之诡辩》，全集第32卷，第496页。

景之间毫无关联。人物是透明的幻影，背景则是朦胧逝去的日暮野景，两者融合在一起，构成一幅不似人间的象征世界。尤其姑娘的脸庞上，叠现出寒山灯火的一刹那，真是美得无可形容，岛村的心都为之震颤。

这也是《雪国》中一段有名的文字。描写火车在暮色中行进，玻璃窗上叶子的影像同暮景流光的重合叠印，反映在岛村的意识上，既是瞬间的感觉印象又是虚幻的美的梦境。这类镜中景是川端康成施展多次的得意之笔。另外，女主角驹子对镜晨妆、映入镜中的红颜白雪那一段文字也脍炙人口。川端康成以感觉及其表现联系表现主义，做过理论上的阐发。他说，天地万物存在于人的主观之内，有我在，天地万物才存在。以这种心理去观照世界，用形象去把握世界，强调的是主观的悟性，崇奉的是主观的绝对性。这种凭借直觉的感觉主义具有高度的精神性。没有这种敏锐的感觉，便无法感受并表现宇宙中缥缈变化的神秘世界。与此同时，天地万物渗透了主观，这是主观的扩大；只有主观自由流动，才能赋予万物以生命和个性。万物与主观，相互渗透，浑成和谐，成为一个"自他一如""主客一如""万物一如"的一元世界。这是作家用心灵创造出来的艺术境界；作家在对世界的观照中投入情感，"诉诸感觉"，才能捕捉到艺术生命的本质。

啊，银河！岛村举头望去，猛然间仿佛自己飘然飞入银河中去。银河好像近在咫尺，明亮得似能将岛村轻轻托起……光洁的银河，似乎要以她赤裸的身躯，把黑夜中的大地卷裹进去，低垂到几乎伸手可及的地步，真是明艳已极。岛村甚至以为自己渺小的身影，会从地上倒映入银河……当他挺身站住脚跟时，抬眼一望，银河仿佛"哗"的一声，朝岛村的心头倾泻下来。

这是《雪国》临近结尾的部分。究竟是岛村飞身银河抑或银河拥抱岛村？是幻觉，还是实感？浑然不辨。银河，大地，人物，融为一体。

> 片片竹叶好似蜻蜓的翅膀，正同阳光嬉戏。阳光洒在竹叶上，如同透明的鱼儿，飒飒地流向他的心头。
>
> ——《春天的景色》

阳光洒满青翠的竹林，竹叶灿然翩然，作家的视觉意象，宛如蜻蜓的翅膀，嬉戏的鱼儿。因"感情的移入""主观的扩大"，一切都灵动起来，生机盎然。天人物我合而为一，达到忘我无我之境。不难看出，川端的认识论中揉进了佛教思想。"自他一如""主客一如""万物一如"，延伸下去，就接触到"多元的万物有灵论"，也即一种泛神论。作家对宇宙万物，不是理性的思辨，而是直觉的感悟，性灵的点化。凡此种种，全系于作家的艺术感觉。这种艺术感觉，诚如丹纳所说，在艺术家是"一种必不可少的天赋"，"是天大的苦功天大的耐性也补偿不了的一种天赋，否则只能成为临摹家与工匠。就是说艺术家在事物面前必须有独特的感觉"，"一个生而有才的人的感受力，至少是某一类的感受力，必然又迅速又细致。他凭着清醒可靠的感觉，自然而然能辨别和抓住种种细微的层次和关系"，"而这个鲜明的，为个人所独有的感觉并不是静止的，影响所及，全部的思想机能和神经机能都受到震动"[1]。不过，川端康成在强调感觉的同时，曾表示不信奉"感觉至上主义"，也不信奉"唯感觉主义"。"我并不想单凭感觉这把钥匙，去解决人生和艺术的所有问题。而且，那也是不可能的。"[2] "新感觉"和"新表现"，还需"新内容"打底。"今日的新进作家，谁都没把感觉当作唯一的生命之纲。"重视感

---

[1] 《艺术哲学》第27页。
[2] 《答诸家之诡辩》，全集第32卷，第491页。

觉,是为了"使生活和作品具有新意"。用旧的感觉方式写出的作品,滞重、混沌、沉闷,读来不快;而"通过新感觉的眼镜,人生便是一种新的'诗'的世界"。川端接着强调说:"当然,通过感觉来感受,通过感觉来表现,谁都没有忘记感觉的主体是人。"[1]

那么,作家遵循什么原则去感觉人生、表现感觉呢?自然是达达主义给了川端康成一线灵光。他读达达派的小说和诗歌,觉得颇为晦涩,难以看懂。推究之下,他认为这是达达派诗人对"思维方式的一种破坏",他据此引申出新表现的理论根据来。川端第一步根据弗洛伊德的精神分析学,提出"自由联想"问题。医生在释梦时,让患者的想象力自由驰骋,不加约束,然后凭借片段的随意联想,找出洞察患者心理的钥匙。川端认为这种自由联想,便是达达主义的思维方法。而感觉活动的内容,必然要外化为语言,形成文章。语言有语法,文章有章法。这是人类沟通思想感情时所应遵守的规则和约束。而规则和约束是"没有个性的,非主观的"。既然文学以语言为表现手段,它就是一种"契约的艺术"。文学必然受语言文字的制约。"语言既赋予人以个性,同时又剥夺了个性。"这无疑是"文学的悲哀"。而语言文字是文学创作赖以存在的基础。"小说作为一门艺术,只有充分发挥语言的精髓,才能成立。"可以说,"古往今来东西方的作家,毕生都在同语言进行搏斗"。但是,人的精神活动,毕竟不完全受制于语言。哲学、宗教,尤其是文学创作,对精神世界的探求欲深入一步,就会逸出语言的范围,要求打破语言的桎梏。人头脑里的种种意念,本来就"是直观的,杂乱无章的",近乎自由联想的,只有在表达时,才将那些漫无头绪的想法、毫无关联的印象,加以筛选、整理、排列、组合,形成言词、文章。这一选择整理的过程,川端认为是按一定的思维方式进行的,"是一个复杂的心理过程"[2]。

---

1 《文坛的文学论》,全集第30卷,第170页。
2 《新文章读本》,全集第32卷,第204页。

对达达主义的思维方式,川端主要理解为自由联想,是"对旧的表现方法的反叛"。有些达达诗歌,"近于音词的无意义的连缀,不过是支离破碎的心象的罗列",是诗人头脑中自由联想的直接表露,所以别人读来晦涩难懂。但既经作者选择整理,当然渗透着作家的理性判断,表层似支离破碎,实质具有内在联系。然而,象征主义不也同样晦涩难懂么?为什么偏偏属意于达达主义呢?据川端理解,"象征主义是理智的,达达主义是感觉的"。同是晦涩难懂,思维方式各有不同。川端在这里特别提出达达主义,并非要学他们的晦涩难懂,而是要寻求一种"主观的、感觉的新表现",力图从"陈旧褪色、冷然漠然的思维方式中解放出来"。达达主义恰好给了他某种"暗示"。他认为:"文艺史上一切新文艺运动、新表现样式的出现,从一个方面说,都是人的精神要从语言的不自由的束缚下解放出来的愿望的迸发……精神通过语言,寻求完全自由的表现,是一种罗曼蒂克——浪漫主义运动,一种探索新表现的热情。我把新进作家力图从旧思维方式中解脱出来的表现,暂且称之为'达达主义的思维方式',把达达主义当作我的理论。"[1] 因此,川端康成和横光利一等新感觉派作家,为了"寻求自由的表现",首先从语言切入,一反往昔的叙事模式。横光利一发表于《文艺时代》创刊号上的短篇《头与腹》,小说开头的一段,被视为典型的新感觉派描写,为评论家所乐道:

> 正午。特快列车,满载乘客,全速奔驰。沿线各小站,如同一块块石头,给甩在一旁。

这段文字,今天看来也许并不稀奇,但当时看惯了自然主义平缓而滞重的描写,就感到有力、快速、跃动。文字简略到不能再简略,只有几个词的排列,没有多余的叙述,没有感情的铺陈,都是直觉的形象,令人

---

[1] 《新进作家的新倾向解释》,全集第30卷,第180~181页。

感到人在机械文明面前的无能为力。所以,川端康成说:"没有人能像横光利一那样给一个个单词以生命。他的文章正是单词的舞蹈。"[1]

>他捡起一块小石头,扔进森林。森林从几片柏树叶上抖掉月光,喃喃自语。

这是横光利一《日轮》中的一段文字。月光朗照,森林泛着清辉,石头击树,树木摇曳,叶片上光影缭乱,仿佛森林有了生命。主观感觉和物象之间,用具象的语言打通隔阂,建立联系。这在自然主义文学中是难以见到的,所以给当时的文坛以不小的冲击,引起若干争论。尽管川端自谦说,"新感觉派时代是横光利一的时代",他自己的"新感觉成分并不浓厚",但从川端的全部创作来看,他倒是始终执着于以新感觉方式进行写作的。不但在《文艺时代》那个阶段,即使在新感觉运动之前之后,川端的作品仍具感觉表现的特色。他是"最大的语言魔术师",同横光利一并列为新感觉派的双璧。川端二十几岁时,写过百来篇"掌中小说",即微型小说,自称为"我的标本室",是他练笔的结晶。这些小小说,篇幅不过二三千字,短则不足千字,形式完整,用笔凝练,充满象征的美。在表现人情细微、心理复杂上,不让普通的小说。内容大抵是自家的身世和爱情的失意,是川端青春期诗情的流露,也反映出他文学上的审美意向。

>山谷里有两泓池水。
>下面一个好像炼过银,熠熠地泛着银光,而上面一个,则山影沉沉,发出幽幽的死一般的绿……
>七月,将近中午,哪怕落下一根针来,都好像什么东西塌下来似的。身子好似动弹不得。

---

[1] 《番外波动调》,全集第32卷,第484页。

汗涔涔地躺着，觉得蝉的聒噪、绿的压迫、土的温暖、心的跳动，一齐奔凑到脑海里。刚刚聚拢，忽又散去。

我恍如飘飘然，给吸上了天空。

——《拣骨记》

这是川端虚龄18岁时写的一篇掌中小说，写于新感觉运动之前，但全篇已表露出川端文学的特质，新感觉的手法已很鲜明。这里的描写与祖父的过世相关。20世纪20年代是川端康成的文学探索时期。代表他这一时期文学最高成就的，自然是《伊豆舞女》，可是这篇小说倒恰恰是个例外，"新感觉的因子并不浓"。此外的一些作品，包括微型小说在内，大抵着意于描写新感觉，寻求新表现。30年代后，日本文坛盛行新心理主义，川端又在描写主观感觉、瞬间印象中，揉进了内心独白、意识流的手法。《抒情歌》《水晶幻想》等，是这类艺术探索的试作。1935年《雪国》连载之后，川端康成才终于攀登上他文学的金字塔，形成自己的文学个性。

1924年，川端康成在《文艺时代》的发刊词中写道："由宗教的时代走向文艺的时代，这句话朝夕萦回于我的脑际。在古时，宗教高踞人生及民众之上，而未来的新世纪，将由文艺来占据这一位置……如同我们祖先埋骨于墓碑之下，相信永生净土而安然长眠，我们的子孙却能在文艺的殿堂里找到解决人类永恒的办法，从而超越死亡。"[1] 艺术高于人生，美能超越生死。川端创作伊始，便透露出唯美的意向。日后在《文学自传》中又说："我写评论，虽然也用真实或现实这类字眼，可是每每感到难以为情，因为我于现实，既不想去弄懂，也无意于接近，唯求神游于虚幻的梦境。"川端本来就接触现实不深，既然无意接近，只能"神游于虚幻的梦境"，构筑一个美的世界了。作家对待人生与艺术，倘若不求其真，

---

[1] 《〈文艺时代〉发刊词》，全集第32卷，第413页。

那便只能以表现其美为职志。战争时期，他从古代战乱中悟出了一个民族的兴衰无常，但是，美一经创造出来，便难于毁灭。民族衰亡了，美却还存在。唯有美才是永恒的。为此，"艺术应当蕴含永世不朽的灵魂"。那么，川端究竟以什么为美学原则，构筑自己的艺术殿堂的呢？

毋庸讳言，作为日本第一代现代派文学，新感觉派以取法西方为主。横光利一曾经说："未来派，立体派，表现派，达达派，象征派，构成派，如实派的一部分，换言之，一切新倾向，都属于新感觉派。"[1]然而，就在新感觉派时期，川端康成已被视若"异端"，初期创作即已显示出浓厚的传统特点。不论是描写马戏班女艺人生活惨苦的《招魂祭一景》，抑或是再现浅草风俗的《浅草红团》，以及那些珠圆玉润的微型小说，尽管都是新感觉的产物，却无一不流露出日本的情趣。这种日本传统的倾斜在川端的创作观上日益明显。他在20世纪30年代曾说："我虽然接受西方文学的洗礼，自己也试着模仿过，但骨子里我是东方人，十五年来从未迷失这个方向。"[2]说是传统回归，未必准确，事实上他从未离开传统。他在磨炼自己的艺术感觉和"高超的叙事技巧"，探索如何纳外来于传统，使二者浑然融为一体。这种探索，以《雪国》问世为标志，可以说结出了硕果。文学中的"异端"，恰好成了正统。

《雪国》起笔于1935年，最初分章发表在杂志上，1937年才收辑成书。几经改削，再三推敲，前后赓续12年，至二次大战后的1947年才最后定稿，为川端倾注心力最多的一部作品。小说一经发表，便见重于文坛，推崇为"精纯的珠玉之作"，是"日本文学中不可多得的神品"，"堪称绝唱"。尤其当1968年川端获诺贝尔文学奖后，作品更被抬高到"近代文学史上抒情文学的一座高峰"[3]之地位。当然，也有评论家批评

1　《感觉活动》，《新感觉派文学集》讲谈社版，第372页。
2　《文学自传》，全集第33卷，第88页。
3　长谷川泉：《近代文学史上的川端康成》，《川端康成其人与艺术》第29页。

《雪国》是"死亡与毁灭的文学","表现的是一种颓废的美"。评论家出于不同的道德标准和审美趣味,从不同的视角评价同一部作品,持论轩轾,在所难免。而对《雪国》评价歧异之大,也可说明川端创作之"新颖,复杂,重要"。《雪国》写东京一位舞蹈艺术研究家岛村,三次去多雪的北国山村,与当地一名叫驹子的艺伎由邂逅而情爱,同时对萍水相逢的少女叶子,也流露出一番倾慕之情。虚无思想甚重的岛村,认为人生的一切营求和努力都归"徒劳",对驹子的身世自感爱莫能助,决心分手;驹子虽然追求真挚的爱情,也终归"徒劳"而化为泡影;叶子在意中人病逝后,亦在一场大火中死去。

川端写这部小说时,新感觉运动已于八年前结束,但是新感觉笔法,依然随处可见。岛村对浮生若梦的喟叹,驹子爱而不得的怨望,叶子对意中人生死两茫茫的忆念,再辅以雪国山村的清寒景色,使全书充溢着悲凉的基调。至于纤细的心理刻画,灵动的自由联想,跳跃的文章结构,意在言外的象征,简约含蓄的语言,加之略涉官能的性爱描写,使小说恰似一幅幅情境朦胧、色彩绚丽的浮世绘。《雪国》奠定了川端康成幽美哀婉、空灵剔透的艺术风格,代表他小说创作的最高成就,成为他美学思想的集中体现。

二次大战后,川端着意于从民族的历史和文化中寻找自己的归宿,宣称自己是立足于日本的传统美学,决心要成为地道的日本作家。步入中年后,他表示要在"余生"为光扬日本的传统美而不遗余力。而讲传统美,源远流长,众说纷纭,谈何容易。日本总的审美情趣,与其说是绮丽,不如说是淡雅,讲究一种余情余韵,务求在"清淡中出奇趣,简易里寓深意",具有象征与朦胧的意味。日本的审美意识,可以说偏于感觉的、情绪的。一个民族前朝后代的美学理想尽管有其共通之处,但是,各时代有各时代的审美导向,体现不同的社会风尚和美学特点。即以日本文学而论,上古时代的万叶诗歌,朴直壮美;中古时代以《源氏物语》为代表的散文文学,则秾纤哀婉;而中世和歌,读来幽玄妖艳,余情袅袅;

近世的俳句，既有谐谑之趣，又以古雅闲寂之韵见长。其中，真诚、"物哀"、幽玄，是贯穿日本文学的三大美学理念。

具体说来，真诚，也即"修辞立诚"，在创作上力求以艺术手法，表现自然和人生的朴实纯真的形象。在日本的和歌与俳句中，表现得最为明显。"物哀"为日本特有的美学概念，我国似无对应；此词，国内日文学界迄无定译，此处暂从原文照搬。"物哀"一词，最初见于日本古代歌谣，原为形声，指因赞赏、亲和、感慨、哀伤等情感引起的感叹之声，后进而表达"同情共感、优美纤细的怜惜之情"。其中对四时风物的感念、世事无常的喟叹，更具悲伤哀婉的内涵，平安朝（8—12世纪）时，则成为贵族日常生活里必不可少的美学意识。而作为日本美学概念提出的，是江户时代（1600—1867）的本居宣长。他在评价《源氏物语》时，首先拈出"物哀"以点明这一作品的美感本质，而后成为日本文学中的一个通用的美学概念。物哀，是心与形、主观与客观、自然与人生的契合，表现一种优美而典雅的情趣，具有悲哀的意蕴。不仅是平安朝文学的基调，也是日本文学一以贯之的素质。"幽玄"一词，散见于中国古籍，原意指老庄哲学与佛法之深不可测。在日本用于诗论，以概括中世艺术的特质，指作品中的象征之趣、韵外之致。但因时代不同，内涵亦有所不同，有平淡之美、妖艳之美、静寂之美等分别，是日本中世文学代表性的审美理想，在和歌、连歌[1]、谣曲[2]中表现尤为繁富多彩。到了近世，俳句的清寂古雅，使"幽玄"更具淡远超逸之趣。川端康成在《发扬日本的美》一文中说："平安的幽雅哀婉，固然是日本美的源流，但是也还有镰仓的苍劲，室町的沉郁，桃山、元禄的华丽，递传而下，一直绵延到引进西方文明一百年后的今天。"[3]

1　日本中世纪流行的和歌联句，最多不超过一百韵。
2　即日本古典戏剧"能"的脚本和曲谱。
3　全集第28卷，第433页。

传统美递嬗变化，川端康成认为源于一千多年前的平安朝文化：平安朝文化"形成日本的美，产生了日本古典文学中最上乘的作品，诗歌方面有最早的敕选和歌集《古今集》，小说方面有《伊势物语》、紫式部的《源氏物语》、清少纳言的《枕草子》等，这些作品构成了日本的美学传统，影响乃至支配后来八百年间的日本文学"[1]。其中尤"以《源氏物语》集大成的王朝时代的美，成为后来日本美的源泉"[2]。而"《源氏物语》，从古至今，始终是日本小说的顶峰，即便到现代，还没有一部作品能与之比肩……几百年来，日本小说无不在憧憬、模仿或改编这部名作"[3]，至少川端本人把继承和效法《源氏物语》视为己任。他在少年时代便已浸润于平安朝的古典文学，《源氏物语》已"深深渗透我的内心"，乃精神上的"摇篮"。《源氏物语》中优雅闲适的贵族生活、缠绵悱恻的男女恋情、多愁善感的没落情绪、生死轮回的无常观等，和川端的气质十分相投。川端康成所继承的传统美，是以《源氏物语》为中心的优美纤细、多愁善感的贵族美学，又揉进中世幽玄妖艳的象征美。

1968年12月12日，川端康成在斯德哥尔摩接受诺贝尔奖的仪式上，发表题为"日本的美与我"的演说，较完整地阐述了他的美学观点。他自己曾说，这篇演说"谈的虽是日本的事，其实也是我自己的事"。后来发表的《美的存在与发展》和《日本文学之美》，虽然侧重略有不同，实际不过是这篇演说的补充和阐发而已。川端康成在演说词开篇，便引了道元和尚"春花秋月夏杜鹃，冬雪寂寂溢清寒"和明惠上人"冬月出云暂相伴，北风劲厉雪亦寒"的诗句，认为是对"四季之美的讴歌"，也是"对大自然以及人间的温暖、深情和慰藉的赞颂，表现了日本人慈怜温爱的心灵"。这篇演说里，川端康成还举出其他诗人歌咏自然的诗句，说明日本

---

1 《日本的美与我》，全集第28卷，第355～356页。
2 同上，第356页。
3 《日本文学之美》，全集第28卷，第356页。

人对春夏秋冬四时景物历来最为关情。他转引美术史家矢代幸雄概括日本美术特色时所引白居易诗"雪月花时最忆君",加以评说:"美者动人至深,更能推己及人,诱发对人的依恋。此处的'君',广而言之是指'人'。而'雪、月、花'三字,则表现了四季推移,各时之美,在日文里是包含了山川草木,森罗万象,大自然的一切,兼及人的感情在内。这三个表现美的字眼,是有其传统的。"[1]这段话,可谓知言。

作为岛国,日本处于季节风带,季节的变化节奏鲜明。丽山秀水,白沙青松,明媚的风光,温和的气候,涵育了日本民族的心灵、生活、艺术和宗教。所以,日本民族既是自然崇拜的民族,也是耽于审美的民族,按矢代幸雄博士的说法,还是多愁善感的民族,即使对无心非情的山川草木、花鸟风月,也都倾注感情,寄予爱心。《源氏物语》中有这样一段话:"四季风物之中,春天的樱花,秋天的红叶,都可赏心悦目。但冬夜明月照积雪之景,虽无色彩,却反而沁人心肺,令人神游物外。"[2]春天的樱花,引发人生无常、世事幻化之感;秋日的黄昏,则又兴起寥廓高远、寂寞伤悲之情;一片落叶,一声蛙鸣,都能予人以妙悟与美感。这种对自然精微透彻的观照态度,形成了日本审美意识的基础。和歌俳句,散文小说,大都体现了日本人的自然观,再现了自然的风貌与美。

川端康成不仅对日本民族的审美趣味深有了解,尤其敏于感受,富于情趣,善于联想。他能从盘根错节的古木,看出"深刻永恒的象征",感受到"自然的生命";那晨光映照的玻璃杯,使他发现瞬间的光艳之美;在异国他乡,遥闻教堂的钟声,会联想起日本的绘画,一缕神圣的故国之思油然而起。他在自己的作品中,时常写到雪国山村、枫树红叶、尼庵古刹、名胜古迹等传统题材,予以美的表现,见诸《山之声》(又译为《山音》)、《千鹤》《古都》《美丽与悲哀》等篇。其中《古都》堪称

---

[1] 全集第28卷,第347页。
[2] 丰子恺译,人民文学出版社1980年版,第42页。

范例。总之，川端的小说能唤起读者的审美情绪和对传统文化的依恋，咂摸到日本的美。同时这些风物和民俗，在川端笔下已不仅仅是小说的场景，本身就构成了艺术形象。川端正是以深厚的挚爱和虔敬的态度，在自己作品里表现了日本的自然美和传统美。川端在演说词中，还引了僧人良宽的辞世诗，"试问何物堪留尘世间，唯此春花秋叶山杜鹃"。这首诗不仅"表达出日本文明的真髓"，还展露了一种脱然无累的旷达胸襟。诗人那颗"宗教的心灵"，升华为一种诗境，亦即一种艺术境界。那种希冀通过对自然和人生的"寂照静观"达到某种彻悟、求得解脱的宗教精神，可说已渗透在日本的审美理想之中，对川端的文学创作有直接影响。

他在阐述新感觉派的认识论时，强调的直觉体认、主观感觉，以及所要达到的"主客一如""万物一如"的"无我之境"，与这种观照精神也是一脉相通的。川端演说词里解释明惠和尚咏月诗时说："与其说他'以月为友'，毋宁说'与月相亲'；我看月，化而为月，月看我，化而为我；月我交融，同参造化，契合为一。"这同他的新感觉理论多么一致！川端在答奖词中说："有评论家说我的作品是虚无的。但西方的'虚无主义'一词，于我并不适用。我认为，其根本精神是不同的。"川端是以虚静无为的态度去观照世界，他的小说可以说是"虚无"的，但又不是西方式的"虚无主义"，内中体现了东方精神，与佛教有相通之处，他擅长捕捉外界事物给他的瞬间意象或感觉，所创造的美，宛如那镜中水月一样空灵，不可言说，无迹可求。这可以说是川端小说风格上的一大特征。

1947年，川端在一篇题为"哀愁"的短文中说："战败后的我，只有回到日本自古以来的悲哀中去。"[1] "我不过常以自己的悲哀去哀怜日本罢了。战败之后，这种悲哀想必更加沦肌浃髓了。"[2] 1952年在《赏月》一文中又说，每逢赏月，一缕日本式的哀愁，总会暗暗潜入心头，而这缕

1　全集第27卷，第391页。
2　《独影自命》，全集第33卷，第269页。

哀愁，连类而及，使他深味日本的传统。《不灭的美》一文进一步指出："在日文里，'悲哀'与美是相通的词。"[1] 美即悲哀。前面讲到《源氏物语》的审美理想"物哀"，其本质就是"悲哀的美学"，这是日本审美意识的基调。"悲哀是对美之毁灭的感触"[2]，是对生命有涯的悲剧意识。偏于直观性和情绪性思维的日本人是善感的。自古以来，日本的文艺无不带有悲哀的韵致，具有感伤的情调。到了平安朝，往生净土、生死轮回的佛教思想极为流行，影响深远。感伤的审美观照中，又注入无常的意识，从"寂灭为乐"发展为"以死为美"。美即无常，无常才美。飞花落叶之所以美，乃因凋零也即死亡；片刻暂留的无常中，才显出生命的光辉、存在的价值。樱花之所以备受喜爱，就因此花易落，最能唤起日本人特有的无常感。对樱花的赞颂实则是对生之无常的咏叹。生如樱花，艳兮灿兮，仅在一刹那间，然而，这一刹那的生，何其美妙！赏花人的内心深处，因哀怜好花之无常，才在一缘一会之中，体会到生命的美好。倘如花儿永不凋谢，人也永生不死，二者遇合恐怕就无从产生共感了。著名作家芥川龙之介1927年自杀前，在致友人的遗书里写道："大自然之所以美，为映入我临终的眼之故。"川端康成在《临终之眼》一文中提到芥川这句话："一切艺术的极致，恐怕就源于这种临终之眼吧。"[3] 只有临死，才更能体会生之可贵，才着意抉发生前未及注意的美，凡是行将失却的，都使人倍加留恋。"鸟之将死，其鸣也哀；人之将死，其言也善"，不是一个道理么？日本作品里流露出来的感伤与悲哀，其思想底蕴便出自自然与人生的无常感。《万叶集》中为数甚多的挽歌，《源氏物语》对往生净土的祈求，《平家物语》开头那段"诸行无常"的名文，芭蕉那满蕴死的谛念的俳句，近松的情死剧，直到川端的小说，都能读出这种无常感。总之

---

[1] 全集第28卷，第380页。
[2] 梅原猛：《古典的发现》，讲谈社版，第158页。
[3] 《临终之眼》，全集第27卷，第16页。

日本人以死为美,"是死的美学的爱好者"[1]。

川端康成,就更其是"死的美学的爱好者"了。亲人的相继去世,故旧的接连死别,使他"对于死,仿佛比对生更加了解"[2]。他从一己的生命体验,感悟到生的无常。佛教的空无观也给他的思想以深刻的烙印。在"生于儒死于佛"[3]的国度里,身为"送葬的名人",写"悼词的作家",自幼便看惯了双手合十的虔诚,听惯了往生净土的佛号,所以他不把佛典"当作宗教的教条来看,而是作为文学的幻想来尊崇"[4]。还在童年时代,他便以一颗童稚之心歌唱那"东方的白鸟之歌"——佛教经典。从日本的儿歌,到朝圣者的巡礼歌,甚至在日本的军歌里,都能感受到一缕哀愁。他的作品,渗透着人生幻化、世事无常的慨叹。爱之所以徒劳,乃因生之奄忽,修短无常,如白驹过隙。因此,《雪国》里,岛村认为驹子的爱如春梦一般短暂,"远不如一匹麻纱那么实在,麻纱尚能保存下来";《千鹤》里,比起传世的茶碗,人寿几何,还不及瓷器的几分之一!他认为:爱亦是飘忽无常的,只有死才是终极。死净化一切,也宽宥一切。川端正是以一双"临终之眼",冷峻而深邃,审视着人的命运。他的作品几乎不大让人感到生的充盈和喜悦。相反,倒是随处都笼罩着死亡的阴影。《雪国》中行男的夭折,导致叶子的死,也结束了岛村和驹子的爱情。《千鹤》中太田夫人爱极而死,使那种不经的爱,升华到所谓"美的境界"。《名人》为了棋艺,为了终生的胜负,不惜以死相搏。《山之声》简直就是死的跫音。川端本人尤其身体力行,以自杀实践了他所追求的这一"死的美学"。"死亡就在脚下!"即使他的少作,如《十六岁的日记》《送葬的名人》《拣骨记》等,也都透露出一种无常感。所不同者,是早年作品的优美抒情,带有青春的气息,而中年以后尤其是晚年诸

---

[1] 梅原猛:《古典的发现》,讲谈社版,第162页。
[2] 《临终之眼》,全集第27卷,第14页。
[3] 吴经熊:《禅学的黄金时代》,台湾商务印书馆版,第271页。
[4] 《文学自传》,全集第33卷,第87页。

作，冷艳幽寂，缭绕死的氤氲，显现一种颓废、荒凉的美。

形成川端康成这种空无的美学观的，固然同他充满悲哀与死亡的个人身世有关，尤其因为他所处的时代是一个充满悲哀与死亡的时代。就是说，家庭环境与个人遭遇影响着川端的气质和性格，而时代气氛倒是更重要的因素，使他在审美意识中突出了感伤这一倾向。他曾遥闻一次大战的炮声，目睹1923年关东地震的惨祸，30年代国家的日益法西斯化，更不能不使他感到无能为力的悲哀。他在作品里虽无直接的表现，却曾说过比起小林多喜二的被杀，横光利一的生存更其不幸。从中不难体会出时代对于川端的压抑。他写《雪国》时，正值日本疯狂发动侵略战争之际，一切言论自由都被取缔，他在电车上和灯火管制的床上阅读《源氏物语》，也是"对时势聊以表示反抗和嘲讽"[1]。他既"不那么相信战争时期那套政治说教，也不大相信战后现今散布的言论"[2]。所以只能"回到自古以来的悲哀"中去，这种悲哀与他的心境贴切吻合，对他是一种"慰藉与解脱"。二战日本失败前后，他那种没落、虚无的悲哀，更是有增无已，自哀"是个亡国之民"。

"我没有无产阶级作家那种幸福的理想，没有孩子也做不了守财奴，更看透声名的虚妄。在我，唯一颗爱恋之心才是我生命之本。"[3]没错，从1926年发表《伊豆舞女》以来直到晚年，除描写自家身世以及《名人》等少数作品外，川端的小说大抵以女性为主要人物、爱情为主要内容，死亡与悲哀为其不变的基调。或者可以说，爱情是川端创作的一贯主题，甚至是晚年创作的唯一主题。孤儿出身的川端，或许比常人更渴求爱情？总之，爱情成为川端创作之源、生命之本。"爱是天地万物与人心

---

1 《哀愁》，全集第27卷，第392页。
2 《东京审判判决之日》，全集第27卷，第403页。
3 《文学自传》，全集第33卷，第87页。

的桥梁。恋人的爱,能化为女人的心泉","失去爱情,花香鸟语便失去了意义成为空虚"[1]。爱的主体本是男女双方,但在川端笔下,竟然只有女人,因为"能够真心去爱一个人的,只有女人才做得到"。而且"女人比男人美……是永恒的基本主题","是一切艺术创作的源泉","如果没有这一女性的品格,创作力就会衰竭,就会失去魅力"[2]。女性美是川端审美追求的主要内容。川端不大塑造男性形象,即或写,也"常把讨厌的男子当作背景,来描写喜爱的女子"[3]。所以比较起来,他笔下的男性人物也远不如女性那么成功,那么有光彩。川端之所以不写男性也有其原因:"倘要写男性,便须写他的工作,而政治、经济以及意识形态这类主题,其生命维持不了三五十年。这类主题几乎留不下来。"[4]他在《千鹤》中,就没有具体写主人公菊治的职业或工作情况,怕"有损于作品的情趣"[5]。可见川端出于唯美的考虑,回避现实社会,把审视的焦点集中到爱情、集中到女性。川端康成的小说"充满对于女性的体贴",表现她们纤细的情感、曲折的心理、寂寞的忧伤和官能的气氛。他尤其擅长描写日本的传统女性,如伊豆的舞女,《雪国》的驹子、叶子,《山之声》的菊子,《古都》的千重子、苗子,等等。她们美貌善良、温婉柔顺,具有至美的人性,可以说是川端心目中真善美的化身。川端笔下的这类女性,还有一共同之处,即几乎全是未婚的少女,即便《山之声》中的菊子是已婚女子,川端仍把她写得如同少女一般姣好。川端视处女为神圣不可侵犯,"永远是可望而不可即的",抱有无限的崇拜,深永的思慕和憧憬。或许,是川端对失去的意中人内心永久保留着"哀恋之情"?抑或是对伊豆的舞女永远怀着的"浪漫思念"?那刻骨铭心的系恋,朦胧难宣的希

---

1 《抒情歌》,全集第3卷,第489页。
2 《女性的气质》,全集第27卷,第178页。
3 《自著序跋》,全集第33卷,第588页。
4 《川端文学——海外的反响》,《国文学》第15卷第3期,第133页。
5 《独影自命》,全集第33卷,第537页。

命，性爱即美。川端用一对传世名窑茶碗之"健全、富于生命力、甚至还带点官能的刺激"，来比喻小说中男女之"灵魂优美和精神纯洁"。太田夫人是"没有瑕疵的最高贵的妇女"，文子是"无可比拟至高无上的存在"。川端不讳言："我的作风，表面上看不明显，实际上颇有些背德的味道。"[1] 更有惊人之语："作家应是无赖放浪之徒"，"敢有'不名誉'之言行，敢写无道背德之作，做不到这一步，小说家就只有灭亡……"[2] 涉及作品存废，确乎危言耸听。

显然，《山之声》里回响着弗洛伊德学说的影响。对于弗洛伊德的理论，早在20世纪20年代，川端阐述新感觉派主张时便提到过释梦及自由联想。始于微型小说直到晚年作品，川端写过不少梦境。这是不难理解的，既然无意于描写现实，"只能神游于虚幻的梦境"[3]。他是梦的爱好者。梦境可以摘去人格的面具，且可无拘无束地表露人的情感和欲望，甚至可以超越道德和生死的界限。《山之声》里，信吾做了那八个梦，全都经过一番改装。第六梦醒后，信吾一再思量，发觉那些不知名的"梦里姑娘，岂不就是菊子的化身？""他想爱的，不恰恰是处女的菊子，就是说，和修一结婚前的菊子么？"信吾为自己辩解："梦里爱菊子又有什么不好？梦里有什么可忌惮的？有什么好害怕的？"他年迈体衰，生命枯竭，梦里淫乱，既无爱情也"毫不动心，可怜这比什么奸情都丑。真乃衰老之丑"。小说最终回到"生命即官能"这一命题上，底蕴似在探寻老人存在的意义，缕叙生命的悲哀。对这一主题的拓展，见于十年后川端年逾六旬时写的《睡美人》等描写老人变态性心理的作品。江口老人直接去一个"睡美人之家"……只"因衰老而绝望不已"。

在后期川端的笔下，老人与性爱，实际上是生与死的象征。"老人是

---

[1] 《文学自传》，全集第33卷，第94页。

[2] 《夕照的原野》，全集第28卷，第365页。

[3] 《文学自传》，全集第33卷，第87页。

死亡的邻人",性爱是生命的本源。肉体衰萎,却依然执着于生与性的追求,由人老心不老的矛盾感发生命的悲哀。人生入于暮境,元气已趋丧失,只有躺在年轻姑娘的身旁,"才感到生机盎然",她们"就是生命本身"。处女的"贞洁",愈加显出老境之不堪。失去生命的活力,川端贬之为丑恶,而这丑恶属于衰老!所以那些已非男人的老人,就只有"绝望"地"恸哭"。无奈的江口不服老,其存在却等于零。对象的年轻美貌,反衬出老人生命的"空虚"和"无有价值"。江口极力驱除屈辱和绝望的感觉,却越发意识到死亡的实在,"诱发出死的心情"。不妨说,此类作品中人物反衬的正是后期川端康成自身的暗郁心境,他仍旧坚守着早期形成的文艺美学理念。川端曾在一篇文章中说,诺贝尔文学奖反而使自己失去了自由,受到盛名之累,才思阻塞[1]。事实上,从川端的年表来看,早在1968年得诺贝尔奖之前,创作力的衰退便已显露。除不时写些散文随笔,小说只寥寥数篇,艺术价值不堪与前期作品相比。个中原因比较复杂,或与川端一以贯之的艺术理念及晚年晦暗、颓废、放达的美学追求也密切相关。

1972年4月16日,川端康成突然以煤气自杀,终年73岁。他终于"身体力行"实践了他所追求的"死的美学"。他的自杀给文坛的冲击,只有两年前三岛由纪夫的切腹可与之相比。由于没有留下遗书,各家不免纷纷揣测,诸如孤独说、老丑说、长期服药精神失常说、意外事故说等,莫衷一是。但一个作家异乎寻常的死,同他的文学创作、文学历程、文学道路,毕竟不能完全脱离干系的。川端文学生涯的结束,给人留下了诸多思索。

---

[1] 《夕照的原野》,全集第28卷,第364~365页。

雪国

ゆきぐに

高慧勤 译

穿过县境上长长的隧道，便是雪国。夜空下，大地赫然一片莹白。火车在信号所前停了下来。

姑娘从对面的座位上起身走来，放下岛村面前的车窗。顿时卷进一股冰雪的寒气。姑娘探身窗外，朝远处喊道：

"站长先生！站长先生！"

一个男人提着灯，慢腾腾地踏雪走来。围巾连鼻子都包住了。帽子的皮护耳垂在两边。

岛村眺望窗外，心想：竟这么冷了么？只见疏疏落落的几间木板房，像是铁路员工的宿舍，瑟缩在山脚下。不等火车开到那里，雪色就给黑暗吞没了。

"站长先生，是我。您好。"

"哦，是叶子姑娘呀！回家吗？天儿又冷起来啦。"

"听说我弟弟这次被派到这儿来工作，承您照顾啦。"

"这种地方，恐怕待不了多久就会闷得慌了。年纪轻轻的，也怪可怜的。"

"他还完全是个孩子，请您多加指点，拜托您了。"

"好说好说，他干活很卖力。这往后就要忙起来了。去年雪可大哩，常常闹雪崩，火车进退不得，村里送茶送饭的，也忙得很呢。"

"站长先生，看您穿得真厚实呀。弟弟来信说，他连背心还都没穿呢。"

"我穿了四件衣服。那些年轻后生，一冷便光是喝酒。现在着了凉,一个个横七竖八全躺在那儿了。"

站长朝宿舍方向扬了扬手上的灯。

"我弟弟他也喝酒吗?"

"他倒不。"

"您这就回去?"

"我受了点伤,要去看医生。"

"噢,这可真是的。"

站长的和服上罩着外套,似乎想赶紧结束站在雪地里的对话,转过身子说:

"那么,路上多保重吧。"

"站长先生,我弟弟这会儿没出来么?"叶子的目光向雪地上搜寻着。

"站长先生,我弟弟就请您多照应,一切拜托了。"

她的声音,美得几近悲凉。那么激扬清越,仿佛雪夜里会传来回声似的。

火车开动了,她仍旧没从窗口缩回身子。等火车渐渐赶上在轨道旁行走的站长时,她喊道:

"站长先生,请转告我弟弟,叫他下次休息时,回家一趟。"

"好吧——"站长高声答应着。

叶子关上窗子,双手捂着冻红的脸颊。

这些县境上的山,经常备有三辆扫雪车,以供下雪天之用。隧道的南北两端,已架好雪崩警报电线,还配备了五千人次的清雪民夫,再加上两千人次的青年消防员,随时可以出动。

岛村听说这位名叫叶子姑娘的弟弟打冬天起,便在这行将被大雪掩埋的信号所干活后,对她就越发感兴趣了。

然而,称她"姑娘",不过是岛村自己忖度罢了。同行的那个男子是她什么人,岛村自然无从知道。两人的举止虽然形同夫妻,但是,男的显然是个病人。同生病的人相处,男女间的拘谨便易于消除,照料得越是周到，看着便越像夫妻。事实上，一个女人照顾比自己年长的男子，俨然一副小母亲的样子，别人看着不免会把他们当成夫妻。

岛村只是就她本人而论，凭她外表上给人的印象，便擅自认为她是姑娘而已。或许是因为自己用异样的目光观察得太久，结果把自己的伤感也掺杂了进去。

三个小时之前，岛村为了解闷，端详着左手的食指，摆弄来摆弄去。结果，从这只手指上，竟能活灵活现感知即将前去相会的那个女人。他越是想回忆得清楚些，便越是无从捉摸，反更觉得模糊不清了。在依稀的记忆中，恍如只有这个指头还残留着对女人的触感，此刻好似仍有那么一丝湿润，把自己的思绪带向那个遥远的女人身边。他觉得有点不可思议，时时把手指凑近鼻子闻闻。无意之中，这个指头在玻璃窗上画了一条线，上面分明照见女人的一只眼睛，他惊讶得差点失声叫出来，因为他魂牵梦萦正想着远方。等他定神一看，不是别的，原来是对面座位上那位姑娘映在玻璃上的影子。窗外，天色垂暮；车中，灯光明亮。窗上玻璃便成了一面镜子。但是暖气的温度使玻璃蒙上了一层水汽，手指没擦拭之前，便不成其为镜子。

单单映出星眸一点，反而显得格外迷人。岛村把脸靠近车窗，赶紧摆出一副愁楚模样，装作要看薄暮景色，用手掌抹着玻璃。

姑娘上身微微前倾，聚精会神地守视着躺在面前的男人。从她肩膀使劲的样子，带点严肃，眨也不眨的目光，都显出她的认真来。男人的头靠窗枕着，蜷着腿，放在姑娘身旁。这是三等车厢。他和岛村不是并排，而是对面的一排的另一侧，男人侧卧着，窗玻璃只照到他耳朵那里。

姑娘恰好坐在岛村的斜对面，本来劈面便瞧得见，但是他俩刚上车时，岛村看到姑娘那种冷艳的美，暗自吃了一惊，不由得低头垂目；蓦地瞥见那男人一只青黄的手，紧紧攥着姑娘的手，岛村便觉得不好再去多看。

映在玻璃窗上的男人，目光只及姑娘的胸部，神情安详而宁静。虽然身疲力弱，但疲弱之中自是流露出一种怡然的情致。他把围巾垫在脑下，再绕到鼻子下面，遮住嘴巴，接着向上包住脸颊，好像一个面罩似的。围巾的一头不时落下来，盖住鼻子。不等他以目示意，姑娘便温存地给他掖好。两人无心地一遍遍重复，岛村一旁看着都替他们不耐烦。还有，裹着男人两脚的下摆，也不时松开掉了下来。姑娘会随即发现，重新给他裹好。这些都显得很自然。此情此景，使人觉得他俩似乎忘却了距离，仿佛要到什么地角天涯去似的。所以，岛村心里倒也不觉得像看到什么悲哀不幸那样酸楚难过，宛如在迷梦中看西洋镜似的。这或许因为所看到的景象，是从奇妙的玻璃上映现出来的缘故。

镜子的衬底，是流动着的黄昏景色，就是说，镜面的映像同镜底的景物，恰似电影上的叠印一般，不断地变换。出场人物与背景之间毫无关联。人物是透明的幻影，背景则是朦胧逝去的日暮野景，两者融合在一起，构成一幅不似人间的象征世界。尤其是姑娘的脸庞上，叠现出寒山灯火的一刹那，真是美得无可形容，岛村的心灵都为之震颤。

远山的天空还残留一抹淡淡的晚霞。隔窗眺望，远处的风物依旧轮廓分明。只是色调已经消失殆尽。车过之处，原是一些平淡无趣的寒山，越发显得平淡无趣了。正因为没有什么尚堪寓目的东西，不知怎的，茫然中反倒激起他感情的波澜。无疑是因为姑娘的面庞浮现在其中的缘故。映出她身姿的那方镜面，虽然挡住了窗外的景物，可是在她轮廓周围，接连不断地闪过黄昏的景色。所以姑娘的面影好似透明一般。那果真是透明的么？其实是一种错觉，在她脸前背后疾驰的垂暮景色，仿佛是从前面飞掠过去，快得令人无从辨认。

车厢里灯光昏暗，窗玻璃自然不及镜子明亮，因为没有反射的缘故。所以，岛村看着看着，便渐渐忘却玻璃之存在，竟以为姑娘是浮现在流动的暮景之中。

这时，在她脸盘的位置上，亮起一盏灯火。镜里的映像亮得不足以盖过窗外这星灯火；窗外的灯火也暗得抹杀不了镜中的映像。灯火从她脸上闪烁而过,却没能将她的面孔照亮。那是远远的一点寒光,在她小小的眸子周围若明若暗地闪亮。当姑娘的星眸同灯火重合叠印的一刹那间,她的眼珠儿便像美丽撩人的萤火虫,飞舞在向晚的波浪之间。

叶子当然不会知道,自己给别人这么打量。她的心思全放在病人身上。即便转过头来朝着岛村,也不可能望见自己映在窗玻璃上的身影。恐怕更不会去留意一个眺望窗外的男人了。

岛村暗中盯着叶子看了好一会儿,忘了自己的失礼,想必是镜中的暮景有股超乎现实的力量把他给吸引住了。

所以,她刚才喊住站长,真挚的情意盎然有余,也许岛村那时早就出于好奇,对她发生了兴趣。

车过信号所后,窗外一片漆黑。移动的风景一旦隐没,镜子的魅力也随即消失。尽管叶子那姣好的面庞依然映在窗上,举止仍旧那么温婉,岛村却在她身上发现一种凛然的冷漠,哪怕镜子模糊起来也懒得去擦了。

然而,事隔半小时后,出乎意料的是,叶子他们竟和岛村在同一个站下车,他觉得好像要发生什么跟自己有点关系的事似的,回过头去看了一眼。但是,一接触到月台上凛冽的寒气,对方才火车上自己的失礼行为,顿时感到羞愧起来,便头也不回地绕过火车头径自走了。

男人把手搭在叶子肩上,正要走下轨道,这边的站务员急忙举手制止。

不一会儿,从黑暗处驶来一列长长的货车,将两人的身影遮住了。

旅馆派来接他的茶房,身上是全副防寒装束,穿得跟救火的消防员似的。包着耳朵,穿着长筒胶鞋。有个女人也披着蓝斗篷,戴着风帽,从候车室的窗户向铁道那边张望。

火车里的暖气还没从身上完全散掉,岛村尚未真正感到外面的寒意,但他这是初次领略雪国之冬,所以,一见到当地人这副打扮,先自给唬住了。

"难道真冷得非穿成这样子不可吗?"

"是啊，完全是一身冬装了。雪后放晴的头天晚上，冷得尤其厉害。今晚怕是要到零下了。"

"这就算是零下了吗？"岛村望着屋檐下怪好玩的冰柱，随着茶房上了汽车。一家家低矮的屋檐在雪色中显得越发低矮。村里一片岑寂，如同沉在深渊中一般。

"果然如此，不论碰到什么东西，都冷得特别。"

"去年最冷的那天，到零下二十几度呢。"

"雪呢？"

"雪么，一般有七八尺深，下大的时候，怕要超过一丈二三尺吧。"

"哦，这还是刚开头呢！"

"可不是，刚开头。这场雪是前几天刚下的，积了一尺来厚，已经化掉了不少。"

"竟还能化掉么？"

"说不定几时还要下大雪。"

现在是十二月初。

岛村感冒始终不见好，这时塞住的鼻子顿时通了，一直通到脑门，清鼻涕直流，好像要把什么脏东西都冲个干净似的。

"师傅家的姑娘还在不在？"

"在，在。她也到车站来了，您没瞧见吗？那个披深蓝斗篷的。"

"原来是她？——等会儿能叫到她吧？"

"今儿晚上吗？"

"今天晚上。"

"说是师傅家的少爷今儿晚上就搭这趟末班车回来，她来接他了。"

暮色中，从镜子里看到叶子照料的那个病人，竟是岛村前来相会的那个女人家的少爷。

岛村知道这事，心里不觉一动，可是，对这一因缘时会却并不感到怎么奇怪。他奇怪的，倒是自己居然不觉得奇怪。

凭手指忆念所及的女人和眼睛里亮着灯火的女人，这两者之间，不知怎的，岛村在内心深处总预感到会有点什么事，或是要发生点什么事似的。难道是自己还没有从暮色苍茫的镜中幻境里清醒过来？那暮景流光，岂不是时光流逝的象征么？——他无意中这么喃喃自语。

滑雪季节之前，温泉旅馆里客人最少，岛村从室内温泉上来时，整个旅馆已睡得静悄悄的。在陈旧的走廊上，每走一步，便震得玻璃门轻轻作响。在走廊那头账房的拐角处，一个女人长身玉立，和服的下摆拖在冰冷黑亮的地板上。

一见那衣服下摆，岛村不由得一怔，心想，毕竟还是当了艺伎了。她既没朝这边走过来，也没屈身表示迎候，只是站在那里一动不动。远远看去，仍能感到她的一番真情。岛村急忙走过去，默默无言地站在她身旁。她脸上搽了一层很厚的白粉，想要向他微笑，反而弄成一副哭相。结果两人谁都没说什么，只是向房间走去。

既然有过那种事，竟然信也不写，人也不来，连本舞蹈书都没有如约寄来。在她看来，人家是一笑了之，早把自己给忘了。按说，理应先由岛村赔不是或是辩白一番才是，可是尽管谁也没看着谁，这么一起走着，岛村仍然感觉出，她非但没有责怪自己的意思，反而整个身心都对他感到依恋。岛村觉得不论自己说什么，只会更显得自己虚情假意。在她面前，岛村尽管有些情怯，仍然沉浸在一种甜蜜的喜悦之中。走到楼梯口时，岛村突然把竖着食指的左拳伸到她面前说：

"这家伙最记得你呢。"

"是吗？"说着便握住他的指头不放，拉他上了楼梯。

在暖笼前一松开手，她的脸唰地红到脖子。为了掩饰自己的窘态，又连忙抓起岛村的手说：

"是这个记得我，是吗？"

"不是右手，是这只手。"岛村从她掌心里抽出右手，插进暖笼里，又伸出左拳。她若无其事地说：

"嗯，我知道。"

她抿着嘴笑，掰开岛村的拳头，把脸贴在上面。

"是这个记得我的，对吗？"

"啊呀，好凉。这么凉的头发，还是头一次碰到。"

"东京还没下雪吗？"

"你上一次虽然那么说，毕竟不是由衷之言。要不然，谁会在年底跑到这冰天雪地里来？"

上一次——正是雪崩的危险期已过，新绿滴翠的登山季节。

饭桌上不久就尝不到木通的嫩叶了。

终日无所事事的岛村，不知不觉对自己也变得玩世不恭起来。为了唤回那失去的真诚，他想最好是爬山。所以，便常常独自往山上跑。在县境的群山里待了七天，那天晚上，他下山来到这个温泉村，便要人给他叫个艺伎来。而那天正赶上修路工程落成典礼，村里十分热闹，连兼作戏园的茧仓都当了宴会的场所。所以，女佣约略地说了一下，十二三个艺伎本来就忙不过来，今天恐怕叫不来。不过，师傅家的姑娘，虽然去宴席上帮忙，顶多跳上两三个舞就会回来的，说不定她倒能来。岛村便又打听姑娘的事。女佣说，那姑娘住在教三弦和舞蹈的师傅家里，虽然不是艺伎，逢到大的宴会等场合，偶尔也应邀去帮忙。此地没有雏伎，多是些不愿起来跳舞的半老徐娘，所以那姑娘就给当成了宝贝。她难得一个人来旅馆应酬客人，但也不完全是本分人家的姑娘。

这一套话，岛村觉得不大可信，根本就没当回事。过了一个来小时，女佣刚把那姑娘带了来，岛村惊讶之下，肃然端坐起来。女佣随即起身要走，姑娘一把拉住她的袖子，叫她也坐着。

姑娘给人的印象，是出奇的洁净，使人觉得恐怕连脚丫缝儿都那么干净。岛村甚至怀疑，是不是因为自己刚刚看过初夏山色，满目清新的缘故。

打扮虽然有点艺伎的风致，但和服下摆毕竟没有拖在地上，柔和的单衣穿得齐齐整整。只有腰带不大相称，好像挺贵重似的。相形之下显得可怜巴巴的样子。

女佣趁他们谈起山上的事抽身走开了。姑娘竟连村里看得见的山都叫不大出名字。岛村也没有喝酒的兴致。不料，姑娘却坦直地说起自己的身世：她原生在这个雪国，在东京当女侍陪酒的时候，被人赎出身来。本想日后当个日本舞的师傅借以立身处世，不承想，那位孤老一年半之后便过世了。从他死后到现在的这一段生活，恐怕才算得上是她真正的身世。不过，她似乎并不急于说出来。她说她今年十九岁。要是没谎报，人看上去倒有二十一二了。这一来，岛村才觉得不那么拘束了。谈起歌舞伎，有关艺人演技的风格和消息，她竟比岛村知道得还详细。也许她一直渴望有这样一个人可以谈谈，所以，说得起劲的时候，便露出风尘女子那种不拘形迹的样子。她似乎也懂得一些男人的心思。尽管如此，岛村一上来就当她是好人家的女儿看。再说他在山里有一个星期没怎么和人交谈，正是一腔热忱，对人充满眷恋之时。所以，对这姑娘，首先便有种近乎友情的好感，把山居寂寥的情怀寄托在姑娘身上了。

第二天下午，姑娘把洗澡用具放在走廊上，到他房里来玩。

不等她坐定，岛村冷不防提出要她帮着找个艺伎。

"你要我帮忙？"

"这还不明白？"

"你真是！我可做梦也没想到，你会求我这种事。"她愠怒地站起来走到窗旁，眺望县境上的群山。过一会儿，两颊绯红地说：

"这儿没那种人。"

"瞎说！"

"真的嘛！"说着一扭腰，坐到窗台上，"这儿绝对不作兴强迫人。全凭艺伎自己的意思。帮忙介绍之类的事，旅馆一概不管。这是真话。不信，你叫个人来，亲自问问看。"

"那你给找个人求求看。"

"为什么非要我这样做不可?"

"因为我把你当作朋友。既然想跟你交个朋友,所以,就不打你的主意。"

"这就叫朋友么?"她不觉随着说出这么一句孩子气的话来,接着又脱口说道,"你可真行,居然拿这种事来求我。"

"这又有什么呢?我上山把身体练结实了,脑子却不大清爽。就连跟你也不能爽爽快快地说话。"

姑娘垂下眼睑,默不作声。这样一来,岛村只好厚一厚脸皮,然而,她大概也人情练达,习以为常了。她那低垂的双目,衬着浓黑的睫毛,愈益显得娇艳妩媚。岛村端详之下,姑娘轻轻摇了摇头,脸上微微泛出红晕。

"那你就叫一位你看着中意的人来吧。"

"我不是在问你吗?我人地两生,怎么知道谁漂亮?"

"你是说要找位漂亮的?"

"年轻的才好。年纪轻,不论怎么着都错不了,最好不要多嘴多舌的。只要人老实,干净些就行。想聊天时就找你。"

"我再也不来了。"

"胡说!"

"真的,不来了。来做什么呢?"

"我是想跟你清清白白做个朋友,所以才不来怎你。"

"这是怎么说的!"

"要是有了那种事,说不定赶明儿连你的面都不愿意见了。哪里还有兴致同你聊天!我打山上到村里来,就是为了想跟人亲近亲近,所以跟你才正正经经的。不过,我毕竟是个天涯倦旅的游子呀!"

"嗯,这倒是真话。"

"本来嘛。倘使我找了一个你讨厌的人,等以后见面,你心里也不会痛快。你替我挑，总归要好一些。"

"那谁知道！"她抢白了一句，便掉过脸去，又说，"话倒是不错。"

"要是那样一来，彼此之间便完了。还有什么趣！恐怕也长不了。"

"真的，谁都是这样。我出生在码头，而这儿是温泉村。"想不到姑娘用坦率的口吻说，"客人大多是出门的人。我那时还是孩子，听好多人说过，只有那些心里喜欢你却又没有明说的人，才叫人思念，不能忘怀。即使分手以后也是这样。能够想起你，寄封信来的，也大抵是这一类人。"

姑娘从窗台上站起来，柔媚地坐在窗下的席子上。脸上的神情好像在追思遥远的往事，却蓦地又恢复坐在岛村身旁的表情。

她的声音里透着真情实意，不免使岛村有些内疚，觉得自己是不是轻率地骗了她。

但是，他并没有说谎。无论如何她总还不是风尘中人。他即便要找女人，总可以用问心无愧的方法，轻而易举就能办到，何至于来求她。她太洁净了。乍一见她，岛村就把那种事同她分开了。

再说，他那时对夏天到哪儿去避暑尚委决不下。正考虑要不要把家眷也带到这温泉村来。幸而这女郎不是风尘中人，可以请她给太太做伴，无聊时还可以跟她学段舞蹈解解闷。他确是这么真心打算来着。尽管他想跟这姑娘做个朋友，可也未尝不是没有用意的。

不用说，个中情形，也跟他看暮景中的镜子相仿，以岛村现在的心境而论，不仅不想跟什么不清不白的女人纠缠，恐怕对人也有一种不切实际的看法，如同端详夜色朦胧里映在车窗上的女郎一样。

他对西洋舞蹈的趣味也是如此。岛村生长在东京的商业区，从小便接触歌舞伎戏剧。到了学生时代，他的爱好转向传统舞蹈和舞剧。而他的脾气是，凡有喜好就非追根究底弄个明白不可。于是便去涉猎古代记载，走访各派宗师，不久又结识一批日本舞坛新秀，居然撰写起研究和评论文章来。舞蹈界对传统歌舞的抱残守缺以及对新尝试的自鸣得意，岛村显然感到不满,因而产生一个念头:只有投身实际运动,别无他法。可是,正当日本舞坛新进人才怂恿他时,他突然改行转向西洋舞蹈,日本舞连看都不看了。相反,他开始搜集西洋舞蹈方面的书籍和照片,甚至还想方设法从国外搜求海报和节目单之类。那绝不是仅仅出于对异国情调和未知事物的好奇。他之所以能从中发现新乐趣,恰在于无缘亲眼看到西洋人跳的舞蹈之故。日本人演的西洋舞,岛村从来不看,便是证明。凭借西洋的出版物,撰写有关西洋舞的文章,哪有比这更轻松的事。看都未看过的舞蹈,便妄加评论,岂不是鬼话连篇!那简直是纸上谈兵,算得是异想天开的诗篇。虽然名曰研究,实则是想当然耳。他所欣赏的,并不是舞蹈家灵活的肉体所表演的舞蹈艺术,而是根据西方的文字和照片自家所虚幻出来的舞蹈,就如同迷恋一位不曾见过面的女人一样。由于他不时写些介绍西洋舞蹈的文字,好歹也忝列文人之属,有时不免自我解嘲,但是对于没有职业的他来说,也未尝不是一种慰藉。

岛村关于日本舞的一席话,居然促使女郎跟他亲近起来,可以说,他的这些知识,到这时才算派上用场。不过,说不定岛村无意之间,仍像对待西洋舞那样看待这姑娘。

所以,看到自己那番含着淡淡的愁楚的话,竟触动姑娘生活中的隐痛,便觉得好像欺骗了她,不免有些内疚。于是他说:

"这样的话,下次我把家眷带来,便可无所顾忌地同你畅游了。"

"嗯,这我都明白。"姑娘声音沉静地说,脸上带着微笑,然后又多少拿出艺伎那种嘻嘻哈哈的口气说,"我也顶喜欢那样,淡泊一些倒能持久。"

"所以你得给我叫一个。"

"现在?"

"嗯。"

"这是怎么说的!大白天的,叫人怎么开得了口!"

"别人挑剩的可不要!"

"你怎么说这种话！要是你把这温泉村当成唯利是图的地方，那可就错了。看看村里的情形，你难道还不明白？"她好像挺惊讶，竟一本正经地一再强调本地没有那种女人。岛村不信，她越发顶真起来。但是也退让了几步，说不管怎么着，反正得由艺伎自己做主。艺伎倘若不告诉东家，擅自在外面留宿，出了事自己担责任，东家一概不管；要是事先关照过的，就由东家负责，承担一切后果。据她说，其中还有这样一点差别。

"你说的责任是指的什么？"

"譬方说，有了孩子啦，或是得了什么病啦的。"

岛村对自己问这种傻话，不由得苦笑了一下，心想，在这个山村里，说不定真有这种大方的做法。

岛村终日无所事事，想寻求一种保护色的心思，也是人情之常，所以旅途中对各处的人情风俗有种本能的敏感。从山上一下来，在村子古朴的气象中，他立刻感受到一种闲适的情致。向旅馆一打听，果然是这一带雪国中生活最安逸的村落之一。前几年火车还不通，据说这儿主要是农家温泉疗养地。有艺伎的人家，多是饭馆或卖红豆汤的小吃店，门上挂着褪了色的布帘，只消看一眼那熏黑的旧式纸拉门，不由得人不怀疑，这种地方居然还有人光顾；而那些卖日用品的杂货铺或糖果店，也都雇上一名艺伎。掌柜的除了开店，似乎还得种田。大概因为是师傅家的姑娘吧，即或没有执照，偶尔去宴会上帮着应酬，也不会有哪个艺伎说什么闲话。

"那么，究竟有多少人呢？"

"艺伎么？有十二三个吧？"

"哪一个好些呢？"岛村说着便站起来去按铃。

"我要回去了。"

"你回去怎么行？"

"我不乐意嘛。"她像是要摆脱屈辱似的说，"我回去了。你放心，我不会介意的。我还会来的。"

但是一看到女佣，她又若无其事地坐了下来。女佣问她几次，叫谁好,她始终没点出一个名字来。

过了一会儿,来了一个十七八岁的艺伎,一见之下,岛村刚下山时那种对异性的渴念,顿时化为乌有。黑黑的手臂,瘦骨嶙峋的,不过人好像未经世故,显得很老实。岛村脸上尽力不露出扫兴的神色,一直朝艺伎那边看,其实是一味在眺望艺伎身后窗外那片新绿的群山。他连话也懒得说了。这真是十足的乡下艺伎。姑娘见岛村闷声不响,似很知趣,默默地起身走了。这一来,场面更加尴尬。约莫过了一小时光景,岛村寻思如何打发艺伎回去,忽然想起收到一笔电汇,借口要赶时间上邮局,便同艺伎走出房间。

然而,一出旅馆大门,抬头望见新叶馥郁的后山,像禁不住诱惑似的,拼命向山上爬去。

也不知道有什么好笑的,竟忍不住一个人笑个不止。

直到觉得累了,才一转身,撩起单和服的后摆,一口气跑下山来。这时,脚下飞起一对黄蝴蝶。

蝴蝶相戏相舞,一会儿便飞得比县境上的山还高,黄黄的颜色,渐渐变白,越飞越远。

"怎么啦?"姑娘站在杉树荫下,"笑得真开心呀。"

"算了。"岛村平白无故又想笑,"不找了。"

"是么?"

姑娘蓦地转过身,缓缓地走进杉林里。岛村默默地跟在后面。

那里有个神社。长着绿苔的石头狮子狗旁边,有块平坦的大石头,姑娘在上面坐了下来。

"这儿最凉快。哪怕是大热天,也有凉风吹来。"

"这里的艺伎全是那副德行吗?"

"差不多吧。年纪大些的倒有标致的。"姑娘低头淡淡地说。颈项间仿佛映上一抹杉林的暗绿。

岛村抬头望着杉树梢。

"这回好了。体力好像一下子全跑了。真怪。"

杉树长得很高,非要把手放在背后,撑在石头上,仰起上半身才能看到树梢。一株株的杉树,排成一行行的,树叶阴森,遮蔽天空,周围渺无声息。岛村背靠的那棵树干是棵老树,也不知怎的,朝北的一侧,枝丫从下面一直枯到树顶,光秃秃的,宛如倒栽在树干上的尖木桩,像是一件凶神恶煞的武器。

"是我弄错了。从山上下来,头一个见到的就是你,糊里糊涂,以为这儿的艺伎全很漂亮。"岛村笑着说。这时他才发现,在山上待了七天,养精蓄锐,之所以想把过剩的精力一下子消耗掉,实在是因为他先就遇见了这个洁净的姑娘。

她凝目远望,河流在夕阳下波光粼粼。她有些发窘。

"噢,我差点忘了。想抽烟了吧?"姑娘尽量装出轻松的样子说,"方才我回房间一看,你不在。正纳闷,不知怎么回事。忽然从窗子里看见你一个人在拼命爬山,那样子真好笑。见你忘了带烟,顺便给你捎了来。"

说着从袖子里掏出他的香烟,点上火。

"对那孩子,真过意不去。"

"那有什么,多咱打发回去,还不是随客人的便。"

河里多石,水声听来圆润而甜美。从杉林的树隙望去,可以看见对面的山,襞皱幽阴。

"除非找个跟你不相上下的,否则以后见到你,心里会感到缺憾的,是不是?"

"那谁知道!你这人可真难缠。"她愠怒地剌了岛村一句。然而,两人之间感情的交流,和没有叫艺伎之前已全然不同。

岛村心里明白,自己要的原本就是她,只不过方才照例在兜圈子罢了。他对自己感到厌恶之余,看着她却觉得格外俏丽。自从她在杉树荫下喊住他之后,她陡然间好像变得超凡脱俗起来。

笔挺的小鼻子虽然单薄一些，但下面纤巧而抿紧的双唇，如同水蛭美丽的轮环，伸缩自如，柔滑细腻。沉默时，仿佛依然在翕动。按理起了皱纹或颜色变难看时，本该会显得不洁净，而她这两片樱唇却润泽发亮。眼角既不吊起也不垂下，眼睛仿佛是故意描平的，看上去有点可笑，但是两道浓眉弯弯，覆在上面恰到好处。颧骨微耸的圆脸，轮廓固然平常，但是白里透红的皮肤，宛如白瓷上了浅红。头颈不粗，与其说她艳丽，还不如说她长得洁净。

就一个陪过酒侍过宴的女人来说，只是稍稍有点鸡胸。

"你瞧，不知什么工夫飞了这么多蚋来。"她掸了掸衣服下摆站了起来。

在这片静寂之中，一味这么待着，两个人就只会百无聊赖、意兴阑珊。

那天晚上，大概十点钟光景，姑娘在走廊上大声喊岛村的名字，咕咚一声闯进他房里，一下子扑在桌上，醉醺醺地乱抓上面的东西，然后就咕嘟咕嘟地喝水。

说是去年冬天在滑雪场上认识的几个男人，傍晚翻山而来，正好遇上了。于是邀她顺路来旅馆玩玩，并叫了艺伎，胡闹一通，给他们灌醉了。

她晕头晕脑，语无伦次地乱说一气。

"这样不好，我去去就来。他们还以为我怎么的了，准在找我。待会儿再来。"说着踉踉跄跄走了出去。

大约又过了一个钟头，长长的走廊上响起零乱的脚步声，似乎一路跌跌撞撞走了过来。

"岛村先生！岛村先生！"尖着嗓子在喊，"啊，我看不见，岛村先生！"

毫无疑问，这是女人一颗赤诚的心在呼唤心上人。岛村感到很意外。但是，声音那么尖，怕会惊醒整个旅馆，所以困惑地站了起来。姑娘手指戳破纸门，抓住门上木框，一下子扑倒在岛村怀里。

"啊，你在这儿！"

她缠着岛村坐下来，靠在他身上。

"我没醉。嗯，我哪儿醉了？好难受，只觉得不好受。可我人还清醒着呢。哦，想喝水。真不该喝掺了威士忌的酒。喝了会上头。我头痛。他们买的是便宜货，我一点不知道。"说着，不住用手心搓脸。

外面的雨骤然下大了。

稍一松手，她便软瘫在那里。岛村搂着她的脖子，脸颊差点压坏她的云鬓。手伸进她的前胸。

对他的要求，她没有搭理，只是抱住胳膊，像门闩似的挡在上面。因为酒醉力怯，胳膊使不上劲。

"怎么回事？妈的，妈的！我一点劲儿也没有，这劳什子！"说着一口咬住自己的胳膊。

他一惊，连忙扳开，胳膊上已经留下很深的牙印。

然而，她已经任其摆布。在他手上乱画，说是把她喜欢的人的名字写给他看。写了二三十个演员和明星的名字，接着又写了不计其数的岛村。

岛村掌心里那圆鼓鼓的东西越来越热了。

"啊，放心了，这回放心了。"他温和地说，甚至有种类似母性的感觉。

姑娘突然又难受起来，挣扎着站起来，匍匐在房间对面角落里。

"不行，不行。我要回去，回去。"

"怎么能走呢？下大雨呢。"

"光脚回去，爬着回去。"

"那多危险，要回去，我送你。"

旅馆坐落在山冈上，有一段陡坡。

"把腰带松一松，或是躺一会儿，先醒醒酒好吗？"

"那不行。这样就很好。已经惯了。"她猛地坐直身子，挺着胸，反而更憋得慌。打开窗子想吐，却又吐不出。很想扭动身子翻来滚去，但又咬牙忍住了。这样过了好半天，不时地打起精神，一迭声嚷着"回去，回去"的。不知不觉竟过了凌晨两点。

"你睡吧！嗳，你去睡嘛！"

"那你呢？"

"就这么着。等酒醒一醒就回去。趁天不亮赶回去。"她跪着蹭过去，拉住岛村。

"别管我，睡你的吧。"

岛村躺进被窝，她趴到桌子上去喝水。

"起来，嗳，我要你起来嘛！"

"你到底要我怎么着？"

"还是睡你的吧。"

"看你还说什么！"说着，岛村站起来，把她拖了过去。

先是别转脸躲来躲去，不久，猛然把嘴凑了上来。

但接着，像梦呓般倾诉着痛苦：

"不行，不行。你不是说过，我们要做个朋友么？"这句话翻来覆去也不知说了几遍。

岛村被她真挚的声音打动了，看她蹙额皱眉，拼命压抑自己的那股倔劲儿，不由得意兴索然，竟至心想，要不要遵守向她许的诺言。

"我已经没什么值得惋惜的了，我绝不是舍不得。可我，不是那种人，我不是那种女人呀！这样之后，就长不了，不是你自己说的么？"

她已醉得神志不清了。

"不能怨我，是你不好。你输了。是你软弱，可不是我。"她顺口这么说着，为了克制涌上来的那阵喜悦，咬住了袖子。

她像失了神似的，安静了片刻。忽然又像想起了什么，尖刻地说：

"你在笑！你笑我呢，是不？"

"我没笑。"

"你心里在笑，对吧？这会儿不笑，过后也准会笑。"说着便伏下身子啜泣起来。

但立刻又停住不哭了。紧紧靠着他，温柔得如同小鸟依人，款款地谈起自己的身世来。酒醉之后的痛苦，似乎忘记一般，已经过去。方才的事，一句也没提起。

"哎哟，只顾说话，把什么都忘了。"她羞涩地微笑着。

她说天亮之前非赶回去不可。

"天还很暗。这一带人家都起得很早。"她几次起来开窗探望，"连个人影都没有。今早下雨，谁都不会下田。"

阴雨中，对面的群山和山脚下的屋顶已经浮现出来，她依然恋恋不肯离去。直到旅馆里的人快起来之前，才赶紧拢好头发。岛村想送她到门口，她怕人看见，一个人匆匆忙忙逃也似的溜了出去。岛村当天便回东京去了。

"你上一次虽然那么说，毕竟不是由衷之言。要不然，谁会在年底跑到这冰天雪地里来。再说，事后我也没笑你。"

她蓦地抬起头，从眼皮到鼻子两侧，岛村手掌压过的地方，泛起红晕，透过厚厚的脂粉仍能看得出来。使人联想起雪国之夜的严寒，但是那一头美发鬓黑可鉴，让人感到一丝温暖。

她脸上笑容粲然，也许是想起"上一次"的情景，仿佛岛村的话感染了她，连身体也慢慢地红了起来。她恼怒地垂下头去，后衣领敞了开来。可以看到泛红的脊背，好像娇艳温润的身子整个裸露了出来。或许是衬着发色，使人格外有这种感觉。前额上的头发不怎么细密，但发丝却跟男人的一样粗，没有一丝绒毛，如同黑亮的矿物，发出凝重的光彩。

方才岛村生平头一次摸到那么冰冷的头发，暗暗有点吃惊，显然不是出于寒冷，而是她头发生来就如此。岛村不觉重新打量她，见她的手搁在暖笼上，在屈指数数，数个没完。

"你在算什么呢？"岛村问。她仍是一声不响，搬弄手指数了半天。

"那天是五月二十三吧？"

"哦,你在算日子呀。七月八月连着两个大月呢。"

"嗳,是第一百九十九天。正好是第一百九十九天哩。"

"倒难为你还能记住是五月二十三那天。"

"一看日记就知道了。"

"日记?你记日记么?"

"嗯,看看从前的日记,不失为一种乐趣。什么也不隐瞒,照实写下来,有时看了连自己都会脸红。"

"从什么时候开始记的?"

"去东京陪酒前没多久。那时候手头很紧,买不起日记本,只好在二三分钱一本的杂记本上,自己用尺子画上线。大概铅笔削得很尖的缘故,线条画得很整齐。每一页从上到下密密麻麻写满了小字。等以后自己买得起本子便不行了,用起来很不当心。练字也是,从前是在旧报纸上写,这一向竟直接在卷纸上写了。"

"你记日记没有间断过吗?"

"嗯,数十六岁那年和今年的日记最有趣。平时是从饭局回来,换上睡衣才写。到家不是已经很晚了么?有时写到半截竟睡着了。有些地方现在还能认得出来。"

"是吗?"

"不过,不是天天都记,也有不记的日子。住在这种山村里,应酬饭局还不照例是那一套。今年只买到那种每页上印着年月日的本子,真是失算。有时一写起来就挺长。"

比记日记更让岛村感到意外的,是从十五六岁起,凡是读过的小说,她都一一做了笔记,据说已经记了有十本之多。

"是写读后感么?"

"读后感我可写不来。不过是把书名、作者、出场人物的名字,以及人物之间的关系记下来罢了。"

"记了又有什么用呢?"

"是没有什么用。"

"徒劳而已。"

"可不是。"她毫不介意,爽脆地答道,同时却目不转睛地盯着岛村。

不知为什么,岛村还想大声再说一遍"徒劳而已",忽然之间,身心一片沉静,仿佛听得见寂寂雪声,这是受了姑娘的感应。岛村明知她这么写绝非徒劳,但却偏要兜头给她来上一句,结果反倒使自己觉得姑娘的存在是那么单纯真朴。

她所说的小说,似乎和通常的文学渺不相涉。她同村里人的交往,无非是彼此间借阅妇女杂志之类,然后各看各的。漫无选择,也不求甚解,在旅馆的客厅里只要见到有什么小说或杂志,便借去阅读。即便如此,她想得起的新作家名字,有不少连岛村都不知道。她的口气,宛如在谈论远哉遥遥的外国文学,就跟毫无贪欲的乞丐在诉苦一般,听上去可怜巴巴的。岛村心里想,自己凭借外国图片和文字,幻想遥远的西洋舞,情形恐怕也与此相仿吧。

对于不曾看过的电影和戏剧,她也会高高兴兴地谈论一番。也许是几个月来,一直渴望有这么一个可以与之交谈的人。她大概忘了,那一次,在一百九十九天之前也曾热衷于谈论这些,结果竟成为她委身岛村的机缘。此刻,她纵情于自己所描述的一切,简直连身子都发热了。

然而,她对都会的向往之情如今也已心如死灰,成为一场天真的幻梦。她这种单纯的徒劳之感,比起都市里落魄者的傲岸不平来得更为强烈。纵然她没有流露出寂寞的神情,但在岛村眼中,却发现有种异样的哀愁。倘若是岛村沉溺于这种思绪里,恐怕会陷入深深的感伤中去,竟至于连自己的生存也要看成是徒劳的了。可是,眼前这个姑娘为山川秀气所钟,竟是面色红润、生气勃勃。

总之,岛村对她有了新的认识。但在她当了艺伎的今天,却反而难于启齿了。

那一次,她在泥醉之中对自己软瘫无力的手臂,恨得牙痒痒的。

"怎么回事？妈的，妈的！我一点劲儿也没有，这劳什子！"说着，便一口咬住自己的胳膊。

因为站不住，她倒在席子上滚来滚去。

"我绝不是舍不得。可我，不是那种人，我不是那种女人呀！"岛村想起她这句话，正在游移之间，她也猛然惊觉。正巧这时传来一阵火车的汽笛声。

"是零点北上的火车。"她顶撞似的说了一句便站起来，稀里哗啦地拉开纸窗和玻璃窗，凭栏坐到窗台上。

寒气顿时灌进屋内。火车声渐渐远去，听上去如呼呼的夜风。

"喂，不冷吗？傻瓜！"岛村站起来过去一看，没有一丝风。

那是一派严寒的夜景，冰封雪冻，簌簌如有声，仿佛来自地底。没有月亮。抬头望去，繁星多得出奇，灿然悬在天际，好似正以一种不着痕迹的速度纷纷坠落。群星渐渐逼近，天空愈显悠远，夜色也更见深沉。县境上的山峦已分不出层次，只是黑黝黝的一片，沉沉地低垂在星空下。清寒而静寂，一切都十分和谐。

感知岛村走近身旁，姑娘把胸脯伏在栏杆上。那姿势没有一些软弱的表示，衬在这样的夜空下，显出无比的坚强。岛村心想，又来了。

尽管山色如墨，不知怎的，却分明映出莹白的雪色。这不免令人感到远山寂寂，一片空灵。天容与山色之间有些不大调和。

岛村扳着姑娘的喉咙说："会着凉的，这么冷！"使劲往后拉她。

她攀住栏杆，哑着嗓子说："我回去了。"

"你走吧。"

"让我再这样待一会儿吧。"

"那我洗澡去。"

"不嘛，你也留在这儿。"

"把窗关上。"

"再开一会儿。"

村子半隐在有守护神的杉林里。乘汽车不到十分钟便可到火车站，严寒中，站上的灯光明灭，瑟瑟有声。

姑娘的脸颊，窗上的玻璃，自身棉服的衣袖，所有触摸到的东西，岛村头一回觉得竟是这样的冷。就连脚下的席子也砭人肌骨。

他想独自去洗澡，姑娘说：

"等等，我也去。"乖乖地跟着来了。

她正把岛村脱下的衣服收进篮子的时候，一个投宿的男客走了进来。看见姑娘畏缩地把脸藏在岛村胸前，便说：

"啊，对不起。"

"没关系，请便吧。我们到那边去。"岛村急口说着，光身抱起衣篮走到隔壁的女浴池。当然，姑娘装作妻子模样跟了过来。岛村一声不响，头也不回，径自跳进温泉。他感到宾至如归，真想放声大笑，便把嘴巴对着龙头，使劲漱口。

回到房间，姑娘从枕上轻轻抬起头，用小手指将鬓发往上拢了拢。

"真伤心。"她只说了这么一句便不作声了。

岛村以为她还半睁着漆黑的眸子，凑近一看，原来是睫毛。

这个神经质的女人，竟然一夜没合眼。

硬邦邦的腰带窸窣作响，大概把岛村吵醒了。

"真糟糕，这么早就把你吵醒。天还没亮呢，嗳，你看看我好不好？"姑娘熄灭电灯。

"看得见我的脸么？看不见？"

"看不见。天不是还没亮吗？"

"瞎说。你非好好看看不可。看得见不？"说着又敞开窗户，"不行，看见了是不是？我该走了。"

晓寒凛冽，令岛村惊讶。从枕上抬头向外望去，天空还是一片夜色，但山上已是晨光熹微。

"对了，不要紧。现在正是农闲，没人会这么一大早出门的。不过，会不会有人上山来呢？"她自言自语，拖着没系好的腰带走来走去。

"方才五点钟那班南下的火车，好像没有客人下来。等旅馆的人起来，还早着呢。"

系好腰带之后，仍是一会儿站一会儿坐，不住地望着窗外，在房里踱蹀。她像一头害怕清晨的夜行动物，焦灼地转来转去，没个安静。野性中带着妖艳，愈来愈亢奋。

不久，房间里也亮了起来，姑娘红润的脸颊也更见分明。红得那么艳丽，简直惊人，岛村都看得出神了。

"脸蛋那么红，冻的吧？"

"不是冻的。是洗掉了脂粉。我一进被窝，连脚趾都会发热。"说着便对着枕边的梳妆台照了照，"天到底亮了，我该回去了。"

岛村朝她那边望了一眼，倏地缩起脖子。镜里闪烁的白光是雪色。雪色上反映出姑娘绯红的面颊。真有一种说不出的洁净，说不出的美。

也许是旭日将升的缘故，镜中的白雪寒光激射，渐渐染上绯红。姑娘映在雪色上的头发，也随之黑中带紫，鲜明透亮。

也许是怕雪积起来，让浴池里溢出的热水顺着临时挖成的水沟，绕着旅馆的墙脚流，可是在大门口那儿竟汇成一片浅浅的泉水滩。一条健壮的黑毛秋田犬，站在踏脚石上舔了半天泉水。供旅客用的滑雪用具好像是刚从仓库里搬出来，靠墙晾了一排。温泉的蒸气冲淡了那上面的霉味。雪块从杉树枝上落到公共澡堂的屋顶，一见热也立即化得变了形。

不久，从年底到正月这段日子，那条路就要给暴风雪埋住了。到那时，去饭局应酬，非得穿着雪裤，套着长筒胶鞋，裹在斗篷里再包上头巾不可。那时的雪，有一丈来深。黎明前，姑娘倚窗俯视旅馆下面这条坡道时，曾经这么说过。此刻岛村正从这条路往下走。从路旁晾得高高的尿布底下，望得见县境上的群山。山雪悠悠，闪着清辉。碧绿的葱还没有被雪埋上。

村童正在田间滑雪。

一进村，檐头滴水的声音清晰可闻。

檐下的小冰柱晶莹可爱。

一个从澡堂回来的女人仰头望着屋顶上扫雪的男人说：

"劳驾，顺便帮我们也扫一下吧，行吗？"似乎有些晃眼，拿湿手巾擦着额角。她大概是趁滑雪季节及早赶来当女招待的，隔壁就是一家咖啡馆，玻璃窗上的彩色画已经陈旧，屋顶也倾斜下来。

一般人家的屋顶大抵铺着木板条，上面放着一排排石头。这些圆石，只有晒到太阳的一面，才在雪中露出黝黑的表皮。色黑似墨，倒不是因为潮湿，而是久经风雪吹打的缘故。并且，家家户户的房屋，给人的印象也类似那些石头。一排排矮屋，紧贴着地面，全然一派北国风光。

孩子们从沟里捧起冰块往路上摔着玩。想是那脆裂飞溅时的寒光，使他们觉得有趣。岛村站在阳光下，看到冰块有那么厚，简直不大相信，竟至看了好一会儿。

一个十三四岁的女孩，独自靠着石墙织毛线。雪裤下穿双高底木屐，没穿袜子。两只光脚冻得发红，脚板上出了皲裂。身旁的柴垛上，坐个三岁上下的小女孩，天真烂漫，拿着毛线团。大女孩从小女孩手中抽出来的那根灰色旧毛线，也发出温煦的光泽。

隔着七八家，前面是家滑雪用品厂，从那里传来刨子的声音。工厂对过的屋檐下，站着五六个艺伎，正在闲聊。早晨岛村刚从女侍那里打听到，姑娘的花名叫驹子，心想那儿准有她。果然，她似乎也看见岛村走过来，脸上摆出一本正经的样子。"她准保会脸红。但愿能装得像没事儿人似的才好。"不等岛村这么想，驹子已经连脖子都红了。她本可以回过脸去，结果竟窘得垂下眼睛，但是目光却又追随着岛村的脚步，脸一点一点地朝他转过去。

岛村的脸上也有些火辣辣的，赶紧从她们面前走过去。驹子随即追了上来。

"你真叫我窘死了,居然打这儿过!"

"要说窘,我才窘呢。你们全班人马排开那种阵势,吓得我都不敢过来。你们常这样吗?"

"差不多,下午常这样。"

"一会儿脸红,一会儿又吧嗒吧嗒追上来,岂不是更窘吗?"

"管它呢。"说得很干脆,脸却立刻又飞红了。站在那里,攀着路旁的柿子树。

"我是想请你顺便到我家坐坐才跑过来的。"

"你家就住这儿?"

"嗯。"

"要是给我看日记,我就去。"

"那是我死前要烧掉的东西。"

"不过,你那儿有病人吧?"

"哟,你倒知道得挺清楚。"

"昨晚你不是也去车站接人了么?披了一件深蓝色的斗篷。在火车上,我就坐在病人的近旁。有个姑娘陪着他,既体贴,又殷勤。是他太太吧?是从这里去接他的,还是由东京来的?简直就像母亲似的,我看着很感动。"

"这事儿,你昨晚上怎么不告诉我?为什么那时不说?"驹子嗔怪地问。

"是他太太吗?"

驹子没理他,却说:

"为什么昨晚不说?你这人真怪。"

岛村不喜欢她这种泼辣劲儿。但是,她之所以这么急切,无论对岛村和驹子本人来说,都是没来由的。或许可看成是她性格的流露。总之,在她一再盘问之下,岛村倒觉得像给抓住了什么弱点似的。今早,从映着山雪的镜中看到驹子时,岛村当然也曾想起,黄昏时照在火车窗玻璃上的那个姑娘。那时他为什么没把这事告诉驹子呢？

"有病人也不要紧。我房里没人来。"说着，驹子走进低矮的石墙里。

右面是白雪覆盖的菜地，左面在邻家的墙下栽了一排柿子树。房前好像是花圃，中间有个小小的荷花池。里面的冰块已经捞到池边，池中游着金鲤。如同柿子树的枝干一样，房屋也有些年头了。积雪斑驳的房顶上，木板已经朽烂，檐头也倾斜不平。

一进门，阴森森的，什么都没看清，便给带上了梯子。真是名副其实的梯子。上面的屋子也是名副其实的顶楼。

"这本来是间蚕房。你奇怪了吧？"

"这种梯子，喝醉酒回来，不摔下来真难为你。"

"怎么不摔？不过，那时我就钻在下面的暖笼里，多半就那样睡着了。"驹子把手伸进暖笼摸了摸，站起来取火去了。

岛村环视一下这间古怪的屋子。南面只有一扇透亮的矮窗，纸拉窗的细木格上新糊了纸，阳光照在上面很亮堂。墙上也整整齐齐糊着毛边纸，使人有种置身于纸盒的感觉。屋顶上没有顶棚，向窗户那头倾斜下去，仿佛笼罩了一层幽暗寂寞的气氛。不知墙的那边是什么样子，想到这里，便觉得这间屋仿佛悬在半空，有点不牢靠似的。墙壁和席子虽然陈旧，却十分干净。

岛村想象着驹子像蚕一样，以她透明之躯，住在这儿的情景。

暖笼上盖着同雪裤一样的条纹布棉被。衣柜大概是驹子住在东京时的纪念品，尽管很旧，却是用木纹很漂亮的桐木做的。但梳妆台是件蹩脚货，同衣柜不大相称。朱漆针线盒依旧富丽堂皇。墙上钉着几层木板，大约是做书架用的。上面挂着纯毛的帘子。

昨晚陪酒穿的那身衣服也挂在墙上，衬衣的红里子露在外面。

驹子擎着火铲，轻巧地爬上梯子说：

"是从病人房里取来的，不过听人说火是干净的。"说着俯下新梳的发髻,一边拨弄火盆里的灰,一边谈起病人患的是肠结核,回到家乡来等死的。

说是家乡,其实少爷并不生在这里。这儿是他母亲的故里。母亲原在一个港口小镇当艺伎,后来便成了教日本舞的师傅,在那里住了下来。可是还没到五十岁便得了中风,这才回温泉村来养病。少爷从小喜欢摆弄机器,进钟表店学手艺,一个人留在镇上。不久又去了东京,好像是上夜校读书。大概是积劳成疾,今年才二十六岁。

驹子一口气说了这些,但是陪少爷回来的姑娘是什么人,驹子为什么住在这户人家里,仍然一句也没提到。

然而,在这间宛如悬空的屋子里,哪怕是这么几句话,驹子的声音似乎也能向四面八方传开去,所以岛村心里怎么也踏实不下来。

刚要跨出门口,看见有个发白的东西,回头一看,原来是只桐木做的三弦琴盒,似乎比实物更大更长。他简直没法相信,驹子会带着这个去应酬饭局。这时有人拉开熏黑了的拉门。

"驹姐,从这上面跨过去行么?"

声音清澈悠扬,美得几近悲凉,仿佛不知从哪儿会传来回声似的。

岛村记得这声音,那是叶子在夜车上探身窗外,向雪地里招呼站长的声音。

"不碍事的。"驹子刚说完,叶子穿着雪裤,轻盈地迈过三弦。手上提着一只玻璃夜壶。

从昨晚同站长说话那熟稔的口气,以及身上穿的雪裤来看,叶子显然是本地姑娘。华丽的腰带从雪裤上露出一半,把雪裤上黄黑相间的粗条纹,衬托得格外鲜明。同样,毛料和服的长袖,也显得十分艳丽。雪裤腿在膝盖上方开了叉,鼓鼓囊囊的,不过,棉布的质地坚实挺括,看着挺顺眼。

叶子尖利地朝岛村睃了一眼,一声不响地走过一进门的泥地。

岛村出了大门,仍觉得叶子的目光在他眼前灼烁。那眼神冷冰冰的，如同远处的一星灯火。或许是因为岛村想起了昨夜的印象。昨晚，他望着叶子映在车窗上的面庞，山野的灯火正从她面庞上闪过，灯火和她的眸子重叠，朦胧闪烁，岛村觉得真是美不可言，心灵为之震颤不已。想着这些，又忆起在镜中，驹子浮现在一片白雪之上的那绯红的面颊。

岛村越走越快。尽管他的脚又肥又白，因为喜欢登山，一面看着景致一面走路，竟至悠然神往，不知不觉中加快了脚步。他往往会突然陷入爽然若失的境界，所以，无论是那暮景中的玻璃，抑或是晨雪中的镜子，他绝不相信是出于人工的。那是自然的默示，是遥远的世界。

甚至驹子那房间，他刚刚离开，仿佛也属于遥远的世界似的。这些想法，连他自己都感到惊愕。上了山坡，走来一个按摩的盲女。岛村好像得救似的问：

"按摩的，能给我按摩一下吗？"

"哦，不知道有几点钟了？"说着，把竹杖挟在腋下，右手从腰带里掏出一只有盖的怀表，左手的指尖摸着表盘说，"已经过了两点三十五分了。三点半钟得上车站去一趟，不过迟一些也不打紧。"

"难为你倒能知道表上的时间。"

"是啊，我把表面上的玻璃拿掉了。"

"用手摸一下就能知道表上的字吗？"

"字我倒不知道。"说着，把那块女人用嫌大了的银表又掏出来，揭开表盖，用手指按着给岛村看，说：这是十二点，那是六点，当中是三点。

"然后再推算出时间，虽然不能一分不差，但也错不了两分。"

"哦，是这样。走山路不会失脚滑下去么？"

"要是下雨，女儿会来接我。晚上就给村里人按摩，不上这儿来了。旅馆里的女侍却打趣说，我老伴不放我出来，真没治。"

"孩子大了吗？"

"是的，大女儿已经十三了。"这样说着话，便进了房间。她一声不响地按摩了一会儿,侧起头倾听远处酒席上传来的三弦声。

"这是谁在弹呢?"

"凭三弦声,你能分辨出是哪个艺伎弹的么?"

"有的听得出,也有听不出的。先生,您的境遇相当不错呢,身子骨这么软。"

"还没发硬吧?"

"脖子上的筋肉有点硬。胖得还适度。您不喝酒吧?"

"你居然能猜到。"

"我认识的客人中,有三位体形刚好同您差不多。"

"这种体形太平常了。"

"说真的,要是不喝酒,还真没什么乐趣。喝酒,能叫人把什么都给忘掉。"

"你丈夫喝酒吧?"

"喝得简直拿他没办法。"

"谁弹的三弦,这么蹩脚?"

"可不是呢。"

"你也会弹吧?"

"嗯。从九岁起学到二十岁。成了家以后,有十五年没弹了。"

岛村心里想,瞎子看上去显得比实际年龄要轻。

"小时学的,扎实呀。"

"现在手已经只能按摩了,耳朵倒没事,还可以听听,这样听她们弹,有时心里不免有些着急。唉,觉得就跟自己当年似的。"接着又侧耳听了一下说,"可能是井筒家的阿文姑娘。弹得最好的和最差的,最容易听得出来。"

"有弹得好的么?"

"有个叫阿驹的姑娘,年纪不大,近来弹得很见功夫。"

"唔。"

"您先生认识她吧？要说好么，不过是在咱这山村里说说罢了。"

"不，我不认识。不过，昨晚上师傅的儿子回来，我们倒是同一趟车。"

"咦，是病好了回来的？"

"看样子不大好。"

"是么？少爷在东京病了很久，今年夏天驹子姑娘就只好去当艺伎，听说给医院汇了钱。也不知究竟是怎么回事。"

"你是说那个驹子么？"

"话又说回来，固然是订了婚，也该尽力而为，但这日久天长可就……"

"你说他们订了婚，真有这回事么？"

"嗯，听说订了婚。我不大清楚，别人都这么说。"

在温泉旅馆，听按摩女谈艺伎的身世，原是司空见惯的事，不料反使人感到意外。驹子为了未婚夫去当艺伎，本来也是极平常的故事，可是，按岛村的心思，却实在难以索解。那也许是同他的道德观念发生抵触的缘故。

他很想再深究一下，可是按摩的竟不再开口了。

即便说，驹子是少爷的未婚妻，叶子是他的新情人，那少爷又将不久于人世的话，这一切在岛村的脑海里，不能不浮现出"徒劳"二字。驹子尽她未婚妻的责任也罢，卖身让未婚夫养病也罢，凡此种种，到头来不是徒劳又是什么呢？

岛村还想，等见到驹子非兜头给她一句不可，告诉她这"纯属徒劳"。不过，也不知怎的，由此反而更感到驹子的为人，依然还保持她单纯真率的本色。

这种种假象弄得她麻木不仁，难保不使她走上不顾羞耻的地步。岛村凝神吟味着，按摩女人走了之后，他仍然躺在那里，直到从心底里感到一阵寒意，才发现窗户一直敞着。

山谷里天暗得早，已经日暮生寒。薄明幽暗之中，夕阳的余晖映照着山头的积雪，远山的距离仿佛也忽地近多了。

不久，随着山的远近高低不同，一道道皱襞的阴影也愈加浓黑。等到峰峦上只留下一抹淡淡的残照时，峰巅的积雪之上，已是漫天的晚霞了。

村里的河岸上、滑雪场、神社里，到处是一棵棵杉树，幢幢黑影越发分明。

正当岛村陷入空虚和苦闷之中，驹子宛如带着温暖和光明，走了进来。

说是旅馆里开会，商量接待滑雪旅客的事。驹子是邀来在会后的酒席上陪酒的。一坐进暖笼，便拿手摸着岛村的脸颊说：

"今晚脸色好白，真怪。"

说着，捏着他柔软的脸颊，几乎要掐破似的。

"你真是个傻瓜。"

好像已经有点醉了。可是，等散席之后，她一来便说：

"不管，再也不管了。头痛，好头痛。啊，好难受呀，难受！"一下子瘫在梳妆台前，顿时脸上醉意蒙眬，甚至有些可笑的样子。

"我要喝水，给我水。"

两手捂着脸，也不怕弄坏发髻，径自躺了下去。一会儿，又坐了起来，用雪花膏擦掉脂粉，露出绯红的面颊。驹子自己也乐不可支地笑个不停。倒也出奇，酒反而很快就醒了。她好像挺冷的样子，肩膀直打战。

然后，口气很平和地说起，她因为神经衰弱，八月里整月都闲着，什么事也不做。

"我真担心自己会疯了。好像有什么事老也想不开。究竟有什么可想不开的，连自己都莫名其妙。你说多可怕。一点儿也睡不着，只有出去应酬的时候，人还精神些。我做过各式各样的梦。饭也吃不大下。老是拿根针，在席子上扎来扎去的，扎个没完。而且，是在那种大热天里。"

"你几月去当艺伎的？"

"六月。要不然，没准儿我这时已经到滨松去了呢。"

"去结婚？"

驹子点了点头。她说，滨松那个人一直缠着她，叫跟他结婚，可驹子压根儿不喜欢他，始终拿不定主意。

"既然不喜欢，还有什么好踌躇的？"

"哪那么简单。"

"对结婚就那么起劲？"

"你讨厌！事情当然不是这样，不过，我要是有什么事没了，心里就踏实不下来。"

"嗯。"

"你这人，说话太随便了。"

"你同滨松那个人之间，是不是已经有点什么？"

"要是有点什么，何至于这么拿不定主意。"驹子说得很干脆，"不过，他说过，只要我待在这里，他就绝不让我同别人结婚，要变着法儿从中作梗。"

"他在滨松那么远，你何苦担这份心。"

驹子沉默半晌，好像身上暖洋洋的，挺惬意，躺在那里，一动不动。忽然，她若无其事地说：

"我还以为是怀了孕呢。嘻嘻，现在想起来真好笑，嘻嘻。"她抿着嘴笑，突然蜷起身子，像孩子似的，两手抓住岛村的衣领。

两道浓密的睫毛合在一起，看着就像是半开半闭的黑眸子。

翌日清晨，岛村醒来时，驹子已经一只胳膊支在火盆边上，在旧杂志上随意乱画。

"嗳，回不去了呢。方才女佣送火进来，真难为情。吓得我赶紧起来，太阳都已经照到纸门上来了。大概昨晚喝醉了，竟迷迷糊糊睡着了。"

"几点了？"

"都八点了。"

"洗澡去吧？"岛村说着也起来了。

"不去，走廊上会碰到人的。"等岛村从浴池回来，她俨然是个温顺本分的女子，用手巾俏模俏样地包着头，正在勤快地打扫房间。

出于洁癖，她把桌子腿、火盆边都擦了一遍。拨灰弄火也挺麻利。

岛村把脚伸进暖笼，躺在那儿抽烟。烟灰掉了，驹子用手帕轻轻拾掇起来，然后拿来一个烟灰缸。岛村爽朗地笑了起来。驹子也跟着笑了。

"你要是成了家，你丈夫准得成天挨骂。"

"我不是什么也没骂么？平日就连要洗的脏东西都叠得整整齐齐的，人家常笑我。生就的脾气。"

"一般常说，只要看一看衣柜里的东西，就可以知道女人的脾性如何了。"

朝阳满屋，温暖宜人。驹子一面吃早饭，一面说：

"天气真好。能早些回去练琴多好。这种天气，连琴声都跟平日不同。"

说着，仰望一碧到底的蓝天。

远山的积雪如同乳白色的轻烟，笼罩在山巅。

岛村想起按摩女的话，便说她可以在这里练琴。驹子马上站起来，打电话叫家里把替换的衣服和三弦的曲本送来。

昨天去过的那户人家，居然会有电话？岛村想到这里，脑海里不禁又浮现出叶子那双眼睛。

"是那姑娘给你送来么？"

"也许。"

"听说，你同那位少爷订了婚，是么？"

"哟，你什么时候听说的？"

"昨天。"

"你这人真怪。听就听说了呗，昨天怎么没说呢？"可是这次不像昨天白天，驹子只是爽朗地笑着。

"除非瞧不起你，不然就说不出口。"

"言不由衷。东京人就会说谎，讨厌。"

"你看，我刚开口，你就打岔。"

"谁打岔了！那你真相信了么？"

"真相信了。"

"又瞎说。你才没当真呢。"

"当然，也确实有点疑惑。可是，人家说你为了未婚夫才去当艺伎的，好赚钱给他治病。"

"真讨厌，说的就跟新派文明戏似的。订婚什么的全是无稽之谈。大概有不少人都那样以为。其实，我何尝是为了别人去当艺伎的？不过是尽尽人事罢了。"

"你净跟我打哑谜。"

"跟你明说吧，师傅未尝没这么想过：我和少爷若能成婚，倒也不错。尽管她心里这么想，嘴上可从来没提过。不过，师傅的心思，少爷也好，我也好，都隐隐约约猜到一些。可是，我们俩本人也并不怎么的，如此而已。"

"你们算得是青梅竹马喽。"

"就算吧。不过，我们可不是在一起长大的。我给卖到东京的时候，是他一个人送我上的车。我最早的日记里，一开头记的就是这件事。"

"要是你们两人都住在港口小镇上，说不定现在已经成家了。"

"我想不至于吧。"

"是吗？"

"少替别人操心吧。他反正不久于人世了。"

"那你在外头过夜总不大好。"

"你不该说这种话。我爱怎么的就怎么的，人都快死了，哪儿还管得着！"

岛村无言以对。

可是，驹子仍然只字不提叶子，这究竟是什么缘故呢？

再说叶子，即便在火车上，也像个小母亲似的，忘我地照料少爷，把他带了回来。现在，又要给这位也不知是他什么人的驹子，一清早就送替换的衣服来，她心里该作何感想呢？

岛村又像往常那样，冥思遐想起来。

"驹姐，驹姐。"外面传来叶子的声音，虽然低沉，却清澈优美。

"嗳，让你受累了。"驹子起身走到隔壁三张席的小房间里。

"阿叶，你来啦。啊哟，全拿来了，多沉啊。"

叶子好像什么也没说便回去了。

驹子用手指把第三弦给挑断，换上新弦，定好音。仅这几下，岛村便已听出她琴艺的精湛纯熟。等她打开暖笼上鼓鼓的包袱一看，除了普通的练习曲谱之外，还有二十几本杵家弥七[1]的《文化三弦谱》。岛村颇为意外，拿起来问道：

"你就用这个练琴？"

"可不，这儿又没有师傅，有什么办法。"

"家里不是有现成的师傅吗？"

"她中风了。"

"中风了，也可以口授嘛。"

"话也不能说了。左手虽然能动，舞蹈还可以指点一下，弹三弦却叫人听了心烦。"

"谱子看得懂吗？"

"都看得懂。"

"若是一般人倒也罢了，一个艺伎能在偏远的山村里发愤苦练，乐谱店也准会高兴吧。"

---

[1] 杵家弥七（1890—1942），日本长歌三弦演奏家，对三弦音乐的普及和现代化卓有贡献。——译注（全书正文注释均为译者注）

"陪酒时主要是舞蹈,而且,在东京学的也是舞蹈。三弦只学了点皮毛。忘了也没人指点,只好靠曲谱了。"

"歌曲呢?"

"歌曲可不行。练舞蹈时记得的,还勉强,新曲子是听收音机,要么就是在什么地方听会的,至于好坏,就不知道了。闭门造车,准是怪腔怪调的。再说,在熟人面前张不开口。若是生人,还敢放开声音唱唱。"说完,不免有些娇羞,然后,仿佛等人唱歌似的,端正姿势,盯着岛村。

岛村不觉为之一震。

他生长在东京的商业区,自幼受歌舞伎和日本舞的熏陶,有些长歌的词句还能记得,那也是听会的,自己并没特意去学。提起长歌,他便立即联想起舞台上的演出,却无从想象艺伎在酒宴上是怎么唱的。

"真讨厌,你这个客人,顶叫人紧张了。"说完,驹子轻轻咬着下唇,把三弦抱在膝上,宛如换了一个人似的,一本正经翻开曲谱。

"这是今年秋天照谱子练的。"

弹的是出《劝进帐》。

蓦地,岛村感到一股凉意,从脸上一直凉到了丹田,好像要起鸡皮疙瘩似的。岛村那一片空灵的脑海里,顿时响彻了三弦的琴声。他不是给慑服,而是整个儿给击垮了。他为一种虔诚的感情所打动,为一颗悔恨之心所涤荡。他瘫在那里,感到惬意,任凭驹子拨动的力将他冲来荡去、载沉载浮。

一个年近二十的乡下艺伎,三弦的造诣本来不过尔尔,只在酒宴上弹弹罢了,现在听来,竟不亚于在舞台上的演出,岛村心里想,这无非是自己山居生活的感伤而已。这时,驹子故意照本宣科,说这儿太慢、太麻烦,便跳过一段。可是渐渐的,她简直着了魔似的,声音愈来愈高亢,那弹拨的弦音,不知要激越到什么程度,岛村不禁替她捏了把汗,故意做张做致地枕着胳膊一骨碌躺下了。

直到《劝进帐》一曲终了,岛村才松了口气。心想,唉,这个女人竟迷恋上我了，也真是可怜。

"这种天气，连琴声都跟平日不同。"驹子早晨仰望雪后的晴天，曾经这么说过。其实是空气不同。这里没有剧场的围墙，没有听众的嘈杂，更没有都会的尘嚣。琴声清冷，穿过洁无纤尘的冬日清晨，一直回响在白雪覆盖的远山之间。

她虽然不自觉，但平时的习惯，一向以山峡这样的大自然为对象，孤独地练琴，自然而然练就一手铿锵有力的拨弦。她那份孤独，竟抑制住内心的哀愁，孕育出一股野性的力。虽说有几分根基，然而，仅凭曲谱来练习复杂的曲子，并能不看谱子弹拨自如，非有顽强的意志，经年累月的努力不可。

驹子的这种生活作为，岛村认为是一种虚无的徒劳，同时也哀怜她做这种可望不可即的憧憬。但对驹子自己来说，那正是生存价值的所在，并且凛然洋溢在她的琴声里。

岛村的耳朵分辨不出她纤纤素手弹拨之灵巧，但能咂摸体会那音调中的感情色彩，所以倒正是驹子最相宜的知音。

弹到第三支曲子《都鸟》时，也许是曲调本身柔婉缠绵，岛村的鸡皮疙瘩之感已经随之消失，只觉得一片温馨平和。凝视着驹子的面庞，深感一种体肤之间相亲相近的况味。

细巧挺直的鼻子虽然稍嫌单薄，面颊却鲜艳红嫩，仿佛在悄声低语：我在这儿呢。美丽而柔滑的朱唇，闭拢时润泽有光，而随着歌唱张开来时，又好像立即会合在一起，显得依依可人，跟她人一样妩媚。两道弯弯的眉毛下，眼梢不上不下，眼睛仿佛特意描成一直线，水灵灵亮晶晶的，带些稚气。不施脂粉的肌肤，经过都会生涯的陶冶，又加山川秀气之所钟，真好像剥去外皮的百合或洋葱的球根一样鲜美细嫩，甚至连脖子都是白里透红，看着十分净丽。

她端端正正坐在那里，俨然一副少女风范，是平时所不见的。

最后，说是再弹一阕新近练的曲子《新曲浦岛》，便看着谱子弹了起来。弹完,将拨子挟在弦下,姿势也随即松弛下来。

蓦然间,她神态间流露出一种娟媚惑人的风情。

岛村不知说什么才好,驹子也不在乎他怎么评论,纯然一副快活的样子。

"别的艺伎弹三弦,光听声音,你能分辨出是谁弹的么?"

"当然分得清啦,统共也不到二十个人。尤其弹情歌小调,最能显出各人的特性来。"

说着又捡起三弦,挪了挪弯着的那只右腿,把琴筒搁在腿肚上,跪坐在左腿上,身子倾向右侧。

"小时候是这么学的。"眼睛乜斜着琴柄说,"黑——发——的……"一边学孩子的口吻唱着,一边绷绷地拨着弦。

"你的启蒙曲子是《黑发》么?"

"嗯——"驹子像孩子似的晃着脑袋。

从那以后,驹子留下来过夜,不再赶着天亮前回去了。

旅馆里有个三岁的小女孩,常在走廊里,老远就喊她"驹姑娘——"把尾音挑得老高。有时驹子把她抱到暖笼里,一心一意地逗她玩,将近中午的时候再领她去洗澡。

洗完澡,一边给她梳头一边说:

"这孩子一看见艺伎,便挑高了尾音喊'驹姑娘'。照片和画片上,凡是有梳日本发髻的,她都叫'驹姑娘'。我喜欢小孩子,所以她跟我熟。小君,到驹姑娘家玩去,好么?"说着站了起来,却又在廊子上的一把藤椅上悠闲自在地坐下来。

"东京人好性急。已经滑开雪了。"

这个房间居高临下,方向朝南,望得见侧面山脚下的那片滑雪场。

岛村坐在暖笼里,回头望去,山坡上的积雪斑驳不匀。五六个穿黑色滑雪装的人,一直在山下的田里滑来滑去。层层梯田,田埂还露出在雪地上,坡度也不大,看来也没多大意思。

"好像是些学生。今儿是星期天么?那样滑有什么好玩的?"

"不过,姿势倒挺好。"驹子一人自言自语,"他们说,在滑雪场上,要是艺伎跟人打招呼,客人就会惊叫起来,'噢,是你呀!'因为滑雪把脸都晒黑了,认不出来。可晚上总是搽上胭脂抹上粉的。"

"也是穿滑雪装么?"

"穿雪裤。啊,真讨厌,烦死了。又快到这个季节了,每到这个时候,饭局一完,就说什么明儿个滑雪场上见,今年真不想滑了。回见了。来,小君,咱们走吧。今儿晚上要下雪。下雪前,晚上特别冷。"

驹子走后,岛村坐在方才她坐过的那把藤椅上,看见驹子牵着小君的手,在滑雪场尽头的山坡上正往家走。

天上云起,层峦叠嶂中,有的遮着云影,有的浴着阳光。光与影,时刻变幻不定,景物凄清。不大一会儿,滑雪场上也一片凝阴。俯视窗下,篱笆上像胶冻似的结着一条条霜柱,上面的菊花已经枯萎。檐头落水管里,化雪的滴沥声响个不停。

那天夜里没有下雪,飘洒了一阵雪珠之后,竟下起雨来了。

回家的前夜,月华如练,入夜深宵,寒气凛冽。那晚岛村又把驹子叫来,将近十一点时,她说要出去散步,怎么劝也不肯听。硬是把岛村拖出暖笼,勉强他陪她出去。

路上结了冰。村子沉睡在严寒之中。驹子撩起下摆,掖在腰带里。月光晶莹澄澈,悬在夜空,宛如嵌在蓝冰里的一把利刃。

"咱们走到车站去。"驹子说。

"你疯啦?来回快八里路呢。"

"你不是要回东京么?我想去看看车站。"

岛村从肩膀到两腿都冻麻了。

回到房间,驹子突然变得无精打采,两手深深插进暖笼里,垂头丧气,一反往常,连澡也不去洗了。

暖笼上蒙的被子原样不动，盖被就铺在下面，褥子靠脚的一头挨着地炉边，只铺了一个被窝。驹子从一旁向暖笼里取暖，低着头，一动也不动。

"怎么了？"

"想回去。"

"胡说。"

"别管我，你去睡吧。我只想这么待会儿。"

"干吗要回去？"

"不回去，我在这儿待到天亮。"

"好没意思。不要闹别扭嘛。"

"没闹别扭。谁闹别扭了。"

"那你——"

"嗯，身上怪难受的。"

"我当是什么呢，这点事，有什么关系。"岛村笑了起来，"我不会把你怎么样的。"

"讨厌。"

"再说，你也胡来。还出去那么乱跑一通。"

"我要回去了。"

"何苦呢。"

"真难过。唉，你还是回东京吧。难过得很。"驹子把脸悄悄伏在暖笼上。

她说难过，难道是怕对一个旅客过分的痴情而感到惴惴不安？抑或是面对此情此景，强忍一腔怨绪而无法排遣？她对自己的感情，竟到了这种地步么？岛村默然半晌。

"你回去吧。"

"原想明天就回去的。"

"咦，为什么回去？"驹子如梦方醒似的抬起头来。

"不论待多久，你的事，我不终究是无能为力么？"

她茫然望着岛村，突然激动地说：

"这可不好，你这人，就是这点不好。"说着霍地一下站起来，一把搂住岛村的脖子，狂乱不堪。

"你这人，怎么能说这种话。起来，你倒是起来呀。"嘴里这么说着，自己竟先倒了下去，狂乱之下连自己身子不舒服都忘了。

过了一会儿，她睁开温润的眸子。

"说真的，你明天就回去吧。"她平静地说着，拾起掉下来的头发。

岛村在第二天下午三点钟动身，正在换衣服时，旅馆账房把驹子悄悄叫到走廊。听见驹子回答说："好吧，就照十一个钟点结算吧。"也许账房认为十六七个钟点未免太长了。

一看账单才明白，早晨五点回去，就算到五点，第二天十二点回去，就算到十二点，全都照钟点计算。

驹子穿了外套，又围了一条白围巾，把岛村一直送到车站。

离开车还早，为了消磨时间，去买了些咸菜和蘑菇罐头等土特产，结果还有二十多分钟。于是，在地势稍高的站前广场上一面溜达，一面打量周围的景色，心想，这儿可真是雪山环抱，地带狭窄。驹子那头过于浓黑的美发，在这幽阴萧索的山峡里，反显得很凄凉。

远处，河流下游的山腰上，不知为什么，有一处照着一抹淡淡的阳光。

"我来了之后，雪化掉不少了。"

"可是，只要下上两天雪，马上能积到六尺深。如果连着下几天，电线杆上的路灯都能给埋进雪里。走路时，要是想着你什么的，脖子会碰到电线给刮破。"

"真能积得那么厚吗？"

"就在前面镇上那所中学里，听说下大雪的早晨，有的学生从二楼宿舍的窗口赤膊跳进雪里。身子一直沉到雪下面看不见影。就像游泳似的，在雪里划着走。你瞧，那边就有一辆扫雪车。"

"我倒很想来赏赏雪,不过,正月里恐怕旅馆挺挤的吧。火车会不会给雪崩埋住呢?"

"你这人好阔气。一向都这么过日子的么?"驹子望着岛村又说,"你怎么不留胡子?"

"哦,正打算留呢。"说着,用手摸着刚刮得青乎乎的下巴。嘴角旁一条蛮漂亮的皱纹,使他线条柔和的面颊,显得刚毅一些。心想,或许驹子喜欢的就是这个。

"你呢,每次洗掉脂粉,就像刚刮过脸一样。"

"乌鸦叫得真难听。这是在哪儿叫呢?好冷呀。"驹子仰头望着天空,胳膊抱在胸前。

"到候车室里烤烤火吧?"

这时,叶子穿着雪裤,从那边小巷里拐出来,慌慌张张朝停车场的这条大路跑来。

"哎呀,阿驹!行男他……阿驹!"叶子上气不接下气,好像小孩子受惊之后缠住母亲似的,抓住驹子的肩头说,"快回去,他样子不大对,赶快!"

驹子闭起眼睛,像是忍着肩膀上的疼痛,脸色刷白。想不到,她竟断然地摇了摇头说:

"我在送客,不能回去。"

岛村吃了一惊:

"送什么呢,不必了。"

"那不成。我哪知道你下次还来不来。"

"来的,还会来的。"

叶子好像压根儿没听见似的,只着急地说:

"方才打电话到旅馆,说你在车站,我就赶了来。行男他在叫你呢。"说着伸手去拉驹子。驹子先是忍着,突然挣脱她说:

"我不去。"

这一挣扎,驹子自己倒趔趄了两三步。接着打了一下呃,仿佛要吐,又没吐出什么来。眼圈湿了,脸上起了鸡皮疙瘩。

叶子愣在那里,呆呆地望着驹子。神情认真到极点,看不出是愤怒、惊愕,还是悲哀,毫无表情,简直像副假面具。

她又这样转过脸来,一把抓起岛村的手说:

"对不起,请叫她回去吧,叫她回去吧。好么?"她只顾用尖俏的嗓音央求着不撒手。

"好,我叫她回去。"岛村大声答应说,"快回去呀,傻瓜!"

"要你多什么嘴!"驹子冲着岛村说,一面伸手把叶子从岛村身边推开。

岛村的指尖叫叶子使劲握得发麻,他指着站前的汽车说:

"我马上叫那辆车送她回去。你就先走一步吧,好吗?在这儿,这样子,人家都看着呢。"

叶子点头同意了。

"那么,请快些,快些呀!"说完,转身就跑,动作之快,简直令人不能置信。目送她渐渐远去的背影,岛村心里不禁掠过一个此刻所不应有的疑窦:为什么那姑娘的神情老是那么认真呢?

叶子那美得几近悲凉的声音,仿佛雪山上就会传来回声似的,依旧在岛村的耳边萦绕。

"你到哪儿去?"驹子见岛村要去找司机,一把拉住他说,"不行,我不回去!"

陡然间,岛村从生理上对驹子感到厌恶。

"你们三人之间,究竟是怎么回事,我不清楚。可是,那位少爷说不定马上要死了,所以他想见你一面,才打发人来叫你的。你该乖乖地回去,否则,会后悔一辈子的。说话之间,万一他断了气怎么办?不要意气用事了,索性让一切都付之流水吧。"

"不,你误会了。"

"你给卖到东京的时候,不是只有他一个人给你送行么?你最早的一本日记上,一开头写的不就是这件事么?他临终的时候,你能忍心不回去?在他生命的最后一页上,你应当把自己写进去。"

"不,我不愿意看着一个人死掉。"

这话听来,既像冷酷无情,又像充满炽烈的爱。岛村简直迷惑不解了。

"日记已经记不下去了。我要烧掉它。"驹子嗫嚅着,不知怎的又飞红了脸,"你这人很厚道,对么?你要是厚道人,把日记全给你都行。你不会笑话我吧?我觉得你为人很厚道。"

岛村无端地很受感动。忽然觉得,的确没有人能像自己这么厚道。于是,也就不再勉强驹子回去。驹子也没有再开口。

旅馆派驻车站的茶房出来,通知他检票了。

只有四五个当地人,穿着灰暗的冬装,默默地上车下车。

"我不进站台了,再见吧。"驹子站在候车室的窗内,玻璃窗关得紧紧的。从火车上望过去,就像穷乡僻壤的水果店里,一枚珍果给遗忘在熏黑的玻璃箱里似的。

火车一开动,候车室的窗玻璃看上去熠熠发亮,驹子的脸庞在亮光里忽地一闪,随即消逝了。那是她绯红的面颊,同那天早晨映在雪镜中的模样一样。而在岛村,这是同现实临别之际的色彩。

火车从北面爬上县境上的群山,穿进长长的隧道时,冬天午后惨淡的阳光,仿佛被吸入黑暗的地底,而后,这辆旧式火车好像把一层光明的外壳脱卸在隧道里一般,又从重山叠嶂之间,驶向暮色苍茫的峡谷。山这边还没有下雪。

沿着河流,不久驶出旷野。山顶仿佛雕琢而成,饶有风致。一条美丽的斜线,舒缓地从峰顶一直伸向远处的山脚。月光照着山头。旷野的尽头,唯见这一景致:天空里淡淡的晚霞将山的轮廓勾成一圈深蓝色。月色已不那么白,只是淡淡的,却也没有冬夜那种清寒的意态。空中没有鸟雀。山下的田野,横无涯际,向左右伸展开去。快到河岸那里,矗立一所白色的建筑物，大概是水力发电厂。这是寒冬肃杀、日暮黄昏中，窗外所见的最后景象了。

因为暖气的湿热，车窗开始蒙上一层水汽。窗外飞逝的原野愈来愈暗，车内的乘客映在窗上也半似透明。又是那垂暮景色的镜中游戏。这列客车，跟东海道线上的火车相比，简直像是来自另一个国度，大概只挂了三四节陈旧褪色的老式车厢。电灯也昏暗无光。

岛村恍如置身于非现实世界，没有时空的概念，陷入一种茫然自失的状态之中，徒然地被运载而去。单调的车轮声，听来像是女人的细语。

这声声细语，尽管断断续续，十分简短，却是她顽强求生的象征，岛村听着感到心酸难过，始终不能忘怀。如今渐渐离她远去，那些话语已成遥远的回响，只不过额外给他增添一缕乡愁旅思而已。

此刻行男也许已经断气了吧？驹子为什么抵死不肯回去呢？会不会因此没赶上最后再看他一眼？

乘客少得惊人。

只有一个五十多岁的汉子同一个面色红润的姑娘相对而坐，一直不停地聊天。姑娘面色红润得像火一样，滚圆的肩膀上围着黑色的围巾。探着身子，专心听那汉子说话，高兴地应对。两人好像是长途旅行的乘客。

可是，到了丝厂烟囱高耸的车站时，那汉子慌忙从行李架上取下柳条包，一面从窗口放到月台上，一面说：

"好吧，要是有缘，后会有期。"跟姑娘道过别便下车走了。

岛村忽然忍不住要落泪，连自己也莫名其妙。因此，也就格外加重他幽会归来后的离情别绪。

他做梦也没想到，那两人只是偶然同车的陌路人。男的大概是个跑行商之类的。

在东京临动身时，妻子嘱咐他，现在正是飞蛾产卵的季节，不要把西服往衣架或墙壁上一挂就不管了。到了这里之后，果然发现旅馆房檐下吊着的灯笼上，钉着六七只玉米色的大飞蛾。隔壁三张席的小房间里，衣架上也停着一只身小肚大的飞蛾。

窗上还安着夏天防虫的铁纱。铁纱上也有一只飞蛾，一动不动，像粘在上面似的，一对桧皮色的触角，如同细羽毛一样，伸了出来，翅膀是透明的浅绿色，有女人手指那么长。窗外县境上连绵的群山，沐着夕阳，已经染上秋色，而这一点浅绿，反给人死一样的感觉。前翅和后翅重合的地方，绿得特别深。秋风一来，翅膀便如薄纸一般不住地掀动。

不知是不是活的，岛村站起来去看，隔着铁纱，拿手指去弹，飞蛾没有动。用拳头"嘭"的一敲，它便像树叶似的飘然下坠，落到半途，竟又翩然飞走了。

仔细看去，窗外杉林前，有无数蜻蜓飞来飞去，好像蒲公英的白絮在漫天飞舞。

山脚下的河流，仿佛是从杉树梢上流出来的。

有点像胡枝子的白花，银光闪闪，盛开在半山腰上。岛村眺望了良久。

从旅馆的浴池出来时，大门口坐着一个摆摊售货的俄国女人。岛村心想，居然跑到这种乡下来了，便过去看了看。卖的净是些常见的日本化妆品和发饰之类的东西。

女人大约已经四十出头了，满脸是细小的皱纹，看来风尘仆仆。滚粗的脖颈，露出来的部分倒还白白嫩嫩的。

"你从哪儿来的？"岛村问。

"从哪儿来的？我，从哪儿来的？"俄国女人不知怎样回答才好。一边收拾摊子，一边像在思索的样子。

女人的裙子像块脏布似的裹在身上，已经没有西装的样子了。她大概在日本待了很久，背起大包袱径自走了。不过，脚上倒还穿着皮靴。

旅馆老板娘同岛村一起，在门口瞧着俄国女人走后，邀他进了账房。炉边背朝外坐着一个高大丰腴的女人。这时，她提着衣服下摆站了起来，穿的是一件印有家徽的黑礼服。

滑雪场贴的广告照片上,她跟驹子两人并肩而立,穿着陪酒才穿的和服,套着雪裤,脚上踩着滑雪板。所以,岛村还记得她,她体态丰满、仪表大方,只是韶光已过。

旅馆老板把火筷子架在地炉上,烤着椭圆形的大馒头。

"这馒头,您来一个怎么样?是人家送的喜馒头,尝尝看。"

"方才那位已经洗手不干了?"

"可不是。"

"她蛮不错的嘛。"

"年限到了,是来辞行的。原先倒很走红。"

岛村吹着馒头上的热气,咬了一口,硬皮上有股陈馒头味,带点酸。

窗外,夕阳照在又红又熟的柿子上,光线一直射到悬在地炉上面吊钩的竹筒上。

"那么长,是狗尾草吧?"岛村惊奇地望着山坡。一个老太婆背着草。草竟有她人两个高,而且穗也很长。

"不,那是茅草。"

"茅草?是茅草么?"

"那次铁路局在这里举办温泉展览会,盖了一间不知是休息室还是茶室,屋顶葺的就是这儿的茅草。后来听说,有位东京人,把那间茶室原封不动,整座买走了。"

"是茅草。"岛村自言自语又说了一句,"那么山上开的就是茅草花了。我还以为是胡枝子花呢。"

岛村刚下火车时,首先映入眼帘的,便是山上的这些白花。近山顶的那一段陡坡上,开了好大一片,闪着银色的光辉,宛如洒满山坡的秋阳,岛村的情绪也受了感染,不由得为之一叹。当时还以为是胡枝子花呢。

然而,近看茅草萋萋,远望是令人感伤的花朵,两种感受迥然不同。大捆大捆的茅草,把一个个背草的女人完全给遮住了,草碰在山路两旁的石崖上,一路上沙沙作响。草穗也很硕大。

回到屋里，隔壁一间点着十烛光灯泡的房间，光线幽暗，进去一看，那只个小肚大的飞蛾，已把卵产在黑漆衣架上，在那上面爬着。屋檐上的飞蛾，吧嗒吧嗒直往灯上撞。

秋虫从白天开始便唧啾不已。

驹子过了一会儿才来。

站在走廊上，面对面地凝目望着岛村。

"你来做什么？到这种地方来做什么？"

"来看看你。"

"言不由衷。东京人最会撒谎，讨厌。"

驹子坐了下来，用温柔而低回的声调说：

"我可不愿再给你送行了。心里有说不出的滋味。"

"好吧，这次我就悄悄地走吧。"

"那不行。我的意思是不送你到车站了。"

"他后来怎么样了？"

"当然死了。"

"是你来送我的时候么？"

"我说的是两回事。我万没想到送别会叫人那么难过。"

"唔。"

"二月十四那天，你干什么去了？净骗人。害我等得好苦。以后你说什么，我也不信了。"

二月十四日是驱鸟节，是这一带雪国儿童一年一度的节日。先在十天之前，村里的孩子们便穿上草鞋，把雪踩硬实，然后切成二尺见方的雪砖，一块块垒起来，盖成一座雪堂。这雪堂有一丈六七尺见方，一丈多高。十四日夜里，孩子们把各家各户挂在门口驱邪用的草绳全部搜罗来，堆在雪堂门口，点起熊熊篝火。这一带雪国是二月初一过年的，所以，家家门上的避邪绳还未摘掉。之后，孩子们爬到雪堂顶上，挤来挤去，唱驱鸟歌。唱完便进到雪堂里，点灯守夜。直到天亮。十五日一清早，又爬上雪堂顶，再次唱驱鸟歌。

那时积雪最深，岛村曾同驹子相约，前来观看驱鸟节。

"我二月里回老家去了，连生意都歇了。以为你准来，十四日那天就赶了回来。早知道多服侍几天病人该多好。"

"谁病了？"

"师傅上港口去，得了肺炎。我那时正在老家，拍了电报来，我就赶去服侍。"

"好了么？"

"没好。"

"那太糟糕了。"岛村又像是对自己失约而表示歉意，又像是对师傅的死表示悲悼。

"哦——"驹子忽然轻轻摇了摇头，拿手帕掸着桌子说，"这么多小虫。"

从矮桌上掸下一片小飞虫，落在席子上。有几只飞蛾绕着电灯回旋飞舞。

纱窗外面停着好些种飞蛾，在清明澄澈的月光下，浮出星星点点的黑影。

"胃痛，胃痛得很。"驹子两手插进腰带，伏在岛村的膝盖上。

敞开的后衣领口，露出搽得雪白的粉颈，霎时落下不少比蚊子还小的飞虫。有的当即死去，不再动弹了。

头颈比去年粗了些，也更为丰腴。已经二十一岁了，岛村心想。

他觉得膝头有些热烘烘、潮乎乎的。

"账房他们贼忒嘻嘻地笑着说：'驹姑娘，快到茶花厅去看看吧。'真讨厌，我刚送大姐上火车回来，想舒舒服服睡一觉，说是旅馆里来了电话。我累得要命，真不打算来了。昨晚上喝多了，给大姐饯行来着。在账房那儿他们光是笑，不吭声，原来是你。有一年了吧？你一年来一次，是么？"

"那馒头我也吃了。"

"是么?"驹子直起身子,脸颊在岛村膝盖上压过的地方,红了一块,那样子突然显得有些稚气。

她说,给那位中年艺伎送行,一送送到下下一站才回来。

"真没意思。从前办什么事都很齐心。可现在,越来越自私,都只顾自己。这儿现在也变得相当厉害。脾气合不来的人也一天天多起来。菊勇姐这一走,我就孤单得很了。本来什么事都听她的,生意上也数她走红,从没少于六百炷香[1]的,家里拿她当宝贝呢。"

"听说菊勇年限满了,要回老家去,是结婚呢,还是继续在这一行里混呢?"岛村问道。

"说起来大姐也怪可怜的。原先嫁人不成才到这儿来的。"说到这里,驹子有些吞吞吐吐,犹豫了一阵儿,望着月光朗照下的梯田说,"那边半山腰上,有座新盖的房子不是?"

"那家叫菊村的小饭馆吧?"

"嗯。大姐本来要到那家铺子去的,想不到她自作自受,竟吹掉了。事情闹得满城风雨。人家特意为她盖起的房子,临要搬进去的时候,竟把人给甩了。因为她另有相好的,打算跟那人结婚,结果反又受了骗。人一着了迷,真会那么执迷不悟?对方逃走了,她可没脸再跟原先那位破镜重圆,去要人家那个铺子。再说,丢人现眼的,也没法儿在这儿混下去了。只好到别处去重打锣鼓另开张。想想也实在怪可怜的。我们虽然不大清楚,反正有过不少人。"

"跟她相好的男人吧?能有五个吗?"

"也许吧。"驹子抿嘴一笑,扭过头去说,"大姐其实是个感情挺脆弱的人。一个可怜虫。"

"那也由不得人呀。"

---

[1] 艺伎陪酒以一炷香为一单位。

"那可不见得。相好一阵儿,又能怎样?"她低着头,用簪子搔着头皮说,"今儿个去送行,心里难受极了。"

"那么,给她盖的那个饭馆呢?"

"那人的太太来掌管了。"

"他太太来开饭馆,倒有意思。"

"本来什么都齐全了,就等着开张了。要不,怎么办?他太太便带着孩子全搬了来。"

"那他家里呢?"

"听说只留一个婆婆在家。男的虽然是乡下人出身,却很好此道。人倒怪风趣的。"

"哦,是个浪荡子。年纪不小了吧?"

"还年轻呢。刚三十二三吧。"

"唔?那么说姨太太反比自己太太年纪还大?"

"是同年,都是二十七岁。"

"'菊村'大概就是取菊勇的菊字吧?结果却由他太太来掌管。"

"招牌既然打了出去,想必也不便再改了。"

岛村把衣领往上掖了掖,驹子起来去关上窗子,一面说:

"大姐她也知道你。今儿还告诉我,说你来了。"

"我在账房里碰见她来辞行的。"

"说了些什么?"

"没说什么。"

"你知不知道我的心情?"驹子把刚关上的窗子唰地又打开,一屁股坐到窗台上。隔了一会儿,岛村说:

"这里的星星跟东京的不一样。好像浮在天上似的。"

"因为有月亮的缘故,要不然也不这样。今年的雪好大哟。"

"听说火车时常不通,是么?"

"嗯,简直吓人。汽车也比往年迟了一个月,到今年五月才通车。

滑雪场上不是有个小卖店么？雪崩把二楼屋顶给压塌了，楼下的人还不知道，听声音不对劲儿，以为是厨房里的老鼠在作怪。去厨房看了看，没什么事，上楼一看，到处是雪。挡雨板什么的，全给风雪卷走了。虽然只是山表皮上一层雪崩，广播里却大肆宣传，吓得人家都不敢来滑雪了。今年我也不打算滑了，去年年底把一副滑雪板都送了人。虽然如此，我依旧去滑了两三次。你看我变样没有？"

"师傅死后，你这一向怎么过的呢？"

"少替别人操心吧。二月里，我可是准时在这儿等你来着。"

"既然回到港口，来信告诉我一声不就得了？"

"我才不呢。那么可怜巴巴的，我不干。叫你太太看见也没要紧的信，写它干什么呢！多可怜！因为有所顾忌而言不由衷，何苦呢！"

驹子的口气很急，连珠炮似的数落了一顿。岛村点了点头。

"你别坐在虫子堆里，把灯关了就好了。"

月光朗澈，几乎连她耳朵的轮廓都凹凸分明。一直照进屋内，把席子照得冷森森、青幽幽的。

驹子双唇柔滑细腻，像水蛭的轮环一样美丽。

"不，让我回去。"

"还是那个样子。"岛村侧着头凑过去，看着颧骨略高的小圆脸，那样子带点滑稽相。

"别人都说，我还是十七岁刚到这儿时的模样，一点没变。本来么，生活也一直是老样子。"

脸蛋儿红喷喷的，依然像北方少女那样。月光下，艺伎风情的肌肤，发出贝壳似的光泽。

"不过，这儿的家变了，你知道么？"

"师傅死了，是么？你已经不住在那间蚕房了吧？现在的屋子该是名副其实的住处喽？"

"名副其实的住处？可不是。是爿杂货店，卖些点心和香烟。店里就我一个人张罗。这回是受雇于人,所以,夜里太晚了,要看书就自己点蜡烛。"

岛村抱着胳膊笑了。

"因为装了电表,不好浪费人家的电。"

"哦,是这样。"

"可是这家人待我相当好。以至有时想,这叫给人做工呢。小孩子哭了,老板娘怕吵我,便把孩子背出去。我没有什么可不满意的。只是床铺铺得不大平整,挺别扭的。每次回去晚了,他们便把被窝给我铺好。不是褥子铺得歪歪扭扭的,就是单子皱皱巴巴的。看着心里怪难受的。可是,又不好意思重铺。人家也是一片好心,该领这个情才是。"

"你要是成了家,准是劳碌命。"

"谁说不是呢。生来就是这么个脾气。家里有四个孩子,简直乱成一团。整天跟在他们后面收拾个没完,明知收拾好了,又会给弄得乱七八糟的,可心里老惦着,丢不开手。只要条件许可,我总想把生活弄得干净舒服些。"

"这倒是。"

"你懂我的心思么?"

"当然懂呀。"

"既然懂,那你说说看。说吧,你倒是说呀。"驹子突然声音急切,逼着他说。

"你瞧,说不上来了吧?净骗人。你生活那么阔绰,什么都满不在乎的。你哪会懂我的心思呢。"

接着又低声说:

"真叫人伤心。我是个傻瓜。你明儿就回去吧。"

"你这么个追问法,哪能一下子说明白呢。"

"有什么说不明白的?你就是这点不好。"说着,无可奈何地闭起眼睛不作声了。那神气,仿佛知道岛村会体谅自己似的。

"一年来一次就行,以后你还得来呀。至少我在这里的期间,你每年一定来一次,好么?"

她说,她受雇的期限是四年。

"回老家去的时候,万没想到还要出来做这种营生,临走连滑雪板都送人了。要说成绩,倒是把烟戒掉了。"

"对了,你从前烟抽得很厉害。"

"可不。陪酒的时候,常把客人送的香烟偷偷拢进袖子里,回去一抖落,有时能有好几支呢。"

"不过,四年是够长的了。"

"转眼就会过去的。"

"你身上好暖和。"趁驹子挨了过来,岛村就势把她抱了起来。

"暖和也是天生的。"

"早晚已经冷了吧。"

"我来这里已经五年了。刚来时,一想到要住在这种地方,心里就有些发慌。尤其没通火车之前,真是冷清极了。从你第一次来,到现在也有三年了。"

不到三年工夫,来了三次,每一次来,驹子的境遇都有一些变化,岛村心里这样寻思着。

忽然几只纺织娘叫了起来。

"真讨厌。"驹子从他膝上站了起来。

吹来一阵北风,纱窗上的蛾子一齐飞了起来。

岛村已然知道,看来像是微微睁开的黑眸子,其实是浓密的睫毛合着的缘故,可他仍凑上去看了看。

"戒了烟,人倒胖了。"

肚皮上的脂肪,确实是厚了些。

本来分开后难以捉摸的种种,两人一旦挨近在一起,顿时又恢复往日的亲密。

驹子把手轻轻放在胸脯上。

"一边变大了。"

"傻瓜。是那人的怪癖吧？光摸一边。"

"哎哟，真讨厌！胡说八道的，你这人讨厌死了。"驹子忽地变了脸。岛村想起来，是这么回事。

"下次叫他两边匀着些。"

"匀着些？叫他匀着些？"驹子温柔地把脸凑了过来。

这间屋子在二楼上，听得见癞蛤蟆在旅馆四周叫。而且，不止一只，好像有两三只在爬，叫了好一阵儿。

从旅馆的浴池上来后，驹子用平静的语调又坦然说起自己的身世来。

刚到这里接受身体检查时，以为同雏伎一样，衣服只脱了上半身，被人取笑了一番，为此还哭了起来。她甚至连这些枝节都告诉了岛村。凡岛村问的，她全都回答。

"我那个非常准，每月都提前两天。"

"陪酒时没什么不方便吧？"

"嗯。怎么你也懂得这些事？"

每天都到有名的热温泉里舒筋活血，去新老两家旅馆应酬陪酒，还要走上八里多路，以及很少熬夜的山居生活，使她长得体态丰满而结实，身腰却又像一般艺伎那么婀娜。正看纤瘦苗条，侧看则很厚实。她之所以能把岛村大老远地吸引过来，自有其惹人爱怜之处。

"像我这种人难道不能生孩子么？"驹子一本正经地问。她的意思是，只与一个人交往，岂不如同夫妇一样。

驹子身边有那么一个人，岛村还是头一次听说。她说从十七岁那年起，已经有了五年关系了。岛村一直觉得奇怪，驹子会那么无知而又不知戒备，现在才明白个中缘由了。

她说，还是当雏伎的时候，给她赎身的那个人去世了，后来，她刚回到港口，这个人就马上提出愿意照顾她。也许就是为了这个缘故，驹子说从开始到现在,一直讨厌那人,感情上始终不能融洽。

"既然相处了五年,那人也算是好的了。"

"我有过两次机会可以跟他分手。一次是来这儿当艺伎,还有一次是从师傅家搬到现在这家来的时候。不过,我这人心太软,真的,心太软。"

驹子说,那人现在住在港口那边。因为把她留在镇上有所不便,所以趁师傅回乡,便把她托付给师傅。他为人虽然厚道,驹子却一次都没许身给他,想想怪不忍心的。因为年纪相差挺大,他偶尔才到这里来一趟。

"怎么才能跟他一刀两断呢。我常常想,索性就放荡一下。我真的这么想过。"

"放荡可不好。"

"要放荡,我也办不到。天性如此,做不出这种事。我对自己的身子是很爱惜的。只要自己舍得干,四年的期限,就可以缩短到两年,可我从不胡来。反正身体要紧。要是勉强自己去做,那能赚不少钱哩。因为我们是算年限的,只要老板不吃亏就行。借的本金每月合多少,利息多少,税金多少,再加上自己的伙食钱,这些钱一算就清楚了。这之外用不着勉强自己多做。有的饭局太麻烦,要是不愿意,干脆就回掉,赶紧回家,除非是熟客指名点我,要不然,旅馆里也不会夜里大老晚地打电话来。不过,说到奢侈,那是没个止境的,我反正随便挣一点,能够对付过去就行了。我借的本钱,已经还掉一大半了。还不到一年的工夫。话又说回来,每个月的零用,加上别的花销,怎么也得三十块钱。"

她说,一个月只要能赚上一百元就够了。上个月,做得最少的人也有三百炷香,合六十块钱。而驹子出去陪酒,有九十几次,是赚得最多的。每一次饭局,自己可拿一炷香,老板虽然吃些亏,但水涨船高,赚得还是不少。至于债台高筑,延长年限的人,这个温泉村里倒一个也没有。

第二天清晨,驹子依旧起得很早。

"我做了一个梦,梦见和插花师傅打扫这间屋子,于是就醒了。"

搬到窗口的梳妆台，镜子上映着漫山红叶的冈峦。镜中的秋阳，明光闪亮。

糖果店的女孩子把驹子的替换衣服送了来。

隔着纸拉门喊"驹姐"的，已不是那个声音清澈得几近悲凉的叶子。

"那姑娘后来怎么样了？"

驹子睃了岛村一眼。

"天天上坟去。你瞧，滑雪场下面，有块荞麦田吧？开白花的那片地。靠左边有座坟墓，看见没有？"

驹子回去之后，岛村也到村里散步去了。

有个小女孩穿着簇新的红法兰绒雪裤，正在房檐下白粉墙旁拍皮球，完全是一派秋天的景象。

房屋大多是古色古香的，令人以为是封建诸侯驻跸的遗迹。房檐很深。楼上的纸窗只有一尺来高，而且很窄。檐头上挂着茅草帘子。

土坡上种了一道丝芒当篱笆，正盛开着浅黄色的小花。细叶片片，披散开来，如同美丽的喷泉。

路旁向阳的地方，在席子上打豆子的，恰是叶子。

一粒粒红小豆亮晶晶的，从干豆荚里迸出来。

叶子穿着雪裤，头上包着头巾，也许是没看见岛村，叉开腿，一边打红小豆，一边用她那清澈得几近悲凉，好似要发出回声一样的声音唱着歌：

> 蝴蝶，蜻蜓，蟋蟀哟，
> 正在那个山上叫，
> 金琵琶，金钟儿，还有那个纺织娘。

有一首歌谣唱着：飞飞飞，一飞飞出杉树林，晚风里，乌鸦的个儿真叫大。从窗口俯视下面的杉树林，今天仍有成群的蜻蜓在盘旋。临近傍晚时分,好像也飞得更为迅疾似的。

岛村动身之前,在火车站的小卖店里,买了一本新出版的关于这一带的登山指南。他一口气看下去,上面写着:从旅馆这间屋子眺望县境上的群山,其中一座山峰的附近,有一条小径穿过美丽的池沼。沼地上的各种高山植物,百花盛开;到了夏天,红蜻蜓悠闲自在地飞舞,会停在你的帽子上、手上,甚至眼镜框上,比起城里受人追捕的蜻蜓,真是天壤之别。

可是,眼前这群蜻蜓,好像被什么东西追逐似的。仿佛急于趁日落黄昏之前飞走,免得被杉林的幽暗吞没。

远山沐浴着夕阳,从峰顶往下,红叶红得越发鲜明。

"人真是脆弱啊。听说从头到脚都摔得粉碎了。要是熊什么的,从再高的岩石上摔下来,身上也不会伤着哪儿。"岛村想起驹子早晨说的这些话。当时她一面指着那座山,一面说那儿又有人遇难的事。

倘若能像熊那样,有一身又硬又厚的皮毛,人的官能准是另一番样子了。可是人却彼此喜爱那柔滑细嫩的肌肤。岛村远眺夕阳下的山峦,想着想着竟自伤感起来,对人的肌肤油然生起一缕缱绻之情。

"蝴蝶,蜻蜓,蟋蟀哟……"一个艺伎在提前开的晚饭桌上,弹着蹩脚的三弦,唱着这首歌谣。

登山指南上只简单地载明路线、日程、住宿和费用等项,所以,这反倒使岛村可以海阔天空去遐想。他最初认识驹子,是在残雪中新绿已萌的山谷中漫游之后,来到这座温泉村的时候。如今又是秋天登山时节,望着自己屐痕处处的山岭,对群山不禁又心向往之。终日无所事事的他,在疏散无为中,偏要千辛万苦去登山,岂不是纯属徒劳么?可是,也唯其如此,其中才有一种超乎现实的魅力。

离别之后,会时时思念驹子,可是一旦到了她身旁,也不知是因为心里泰然呢,还是对她的肉体过于亲近的缘故,觉得对人的肌肤的渴念和对山的向往,恍如同为梦幻。也许是昨晚驹子刚在这里过夜的缘故?寂静中，独自枯坐，只好心里盼着驹子能不招自来。一群徒步旅行的女学生，年轻活泼，嬉闹之声不绝于耳，听着听着竟睡意蒙眬起来，岛村便早早睡下了。

不大会儿工夫，好像下了一阵秋雨。

第二天早晨醒来，驹子已端端正正坐在桌前看书，穿了一套绸料的家常衣服。

"醒了么？"她轻轻地问，转过脸来看着岛村。

"怎么回事？"

"你醒了么？"

岛村疑心她是在自己睡着后来过的夜，便看了看铺盖。一面拿起枕边的表，才六点半。

"这么早。"

"可是，女用人早就来添过火了。"

铁壶冒着热气，全然是清晨的景象。

"起来吧。"驹子站起来，坐到岛村的枕边。那举止俨然是居家女子的模样。岛村伸了个懒腰，顺手握住驹子放在膝上的手，摸着她小指上弹三弦弹起的老茧。

"还困着呢。天不是刚亮吗？"

"一个人睡得好么？"

"嗯。"

"你到底还是没留胡子。"

"对了，上次临走时，你提过这话，要我把胡子留起来。"

"忘了就算了。你倒总是把胡子刮得干干净净青乎乎的。"

"你不也是么，一洗掉脂粉，就像刚刮过脸一样。"

"脸上好像胖了一点。白白净净的，没有胡子。睡着的时候，看上去挺别扭的。圆乎乎的。"

"圆乎一些还不好？"

"才靠不住呢。"

"真讨厌,你一直盯着我么?"

"正是。"驹子微笑着点了点头,忽然扑哧一声笑了出来,笑得连她的小手指在岛村手里也抽紧了起来。

"方才我躲进壁橱里,女用人一点没发现。"

"什么时候?什么时候躲进去的?"

"就是方才呀!女用人来添火的时候。"

她想起来竟又笑个没完。但突然脸红起来,一直红到耳根,好像为了掩饰一下,掀起被角扇着,一面说:

"起来吧,你起来呀!"

"好冷。"岛村抱紧了被子,"旅馆里的人都起来了么?"

"不知道。我是从后面上来的。"

"从后面?"

"从杉树林那边爬上来的。"

"那里有路吗?"

"没有路,但很近。"

岛村吃惊地望着驹子。

"谁都不知道我来。厨房里虽然有动静,大门却还关着。"

"你又这么早起来。"

"昨晚没睡着。"

"下了一阵雨你知道么?"

"是么?难怪那边的山白竹湿淋淋的,我说呢。我该回去了,你再睡一会儿,你睡吧。"

"我也要起来了。"岛村拉着她的手,一使劲出了被窝。到窗口向下望了望她爬上来的地方。那一带灌木丛生,山竹茂盛。和杉树林相接的小山腰上,恰好在旅馆的窗下,是一片田地,种着萝卜、番薯、大葱和芋艿一类家常蔬菜,在朝阳的辉映下,菜叶的颜色各不相同,他好像是头一次看到似的。

去浴室的走廊上,茶房正在喂泉水池里的红鲤。

"大概是天冷的缘故,不好好吃食呢。"茶房对岛村说,于是看了一回浮在水面上的鱼饵,那是把蚕蛹晒干捣碎做成的。

驹子一身干净相,坐在那里,对洗澡回来的岛村说:

"这么清静的地方,做做针线才好呢。"

房间刚打扫过,秋日的晨曦一直照到半新不旧的席子上。

"你还会做针线?"

"你太瞧不起人了。姐妹当中,数我顶辛苦了。回想起来,我刚长大的时候,大概正是家里最困难的时候。"她似乎在自言自语,忽又放开声音说,"方才女用人挺奇怪的样子,问我,'驹姑娘,什么时候来的?'我又不能两次三番地往壁橱里躲。真难为情。我该回去了。忙着呢。既然没睡好,想洗洗头发。早晨要不早点洗,等到头发干了,再到梳头师傅那里去梳头,就怕赶不上中午的饭局了。这里也有宴会,昨天晚上才通知我的。可是我已经答应了别处,这里来不了了。今儿个是星期六,忙得很。不能来玩了。"

嘴上虽然这么说,驹子却没有站起来的意思。

临了,她又不打算洗头了,便邀岛村到后院去。方才大概是从这里悄悄上来的,廊子下面放着驹子一双湿木屐和布袜子。

方才她爬上来时穿过的那片山白竹,看样子过不去。便顺着田边,往有水声的地方下去,河岸是道悬崖峭壁,栗子树上传来孩子的声音。脚下的草丛里,落下好几个毛栗子。驹子用木屐踩破,剥开外壳,里面的栗子还很小。

对岸的陡坡上,一片茅草正在抽穗,迎风款摆时,闪着耀眼的银光。虽说是片耀眼的银色,却恰如飘忽在秋空里透明的幻境一般。

"到那边去看看吧,能看到你未婚夫的坟呢。"

驹子倏地挺直身子,面对面地瞪了岛村一眼,冷不防把一把栗子扔到他的脸上说：

"你拿我寻开心是么？"

岛村躲避不及，噼里啪啦打在额上，痛得很。

"这跟你有什么关系，要你去看他的坟？"

"何必这么当真呢。"

"对我来说，那是正正经经的事，才不像你，闲得没事干。"

"谁闲得没事干了？"他软弱无力地哪哝了一句。

"那你提什么未婚夫？上次不是告诉过你，他不是我的未婚夫么？难道你忘了？"

岛村并没有忘记。

"师傅未尝没这么想过：我和少爷若能成婚，倒也不错。尽管她心里那么想，嘴上可从来没提过。不过，师傅的心思，少爷也好，我也好，都隐隐约约猜到一些。可是，我们俩本人也并不怎么的。我们不是在一起长大的。我被卖到东京的时候，是他一个人送我上的车。"

他记得驹子这么说过。

那人病危的时候，她是在岛村这里过的夜。

"我爱怎的就怎的，人都快死了，哪里还管得着。"她甚至无所顾忌地说过这种话。

何况就在驹子送岛村去车站时，叶子来接她，说病人情况不妙，但她死活不肯回去，结果似乎临终也未能见上一面。这就使岛村心里更加忘不了那个叫行男的人。

驹子一向避免提起行男。虽说不是未婚夫，可是为了挣钱给他治病才沦落风尘，当了艺伎。所以在她，自是"正正经经的事"，却是错不了的。

见岛村挨了栗子打竟没生气，驹子一下子怔住了，顿时软了下来，攀住岛村说：

"噢，你真是个老实人。有点不高兴了吧？"

"孩子在树上看着呢。"

"我真弄不懂,东京人太复杂了。是不是周围乱糟糟的,对什么都不以为意了呢?"

"对什么都不以为意了。"

"将来怕是连命也不在乎了。去看看坟吧。"

"好吧。"

"你瞧你。哪儿有什么诚心想去看坟呢。"

"是你自己不情愿嘛。"

"我从来没有去过,所以,不免感到别扭。真的,一次也没去过。现在师傅也葬在一起,我觉得挺对不起师傅的,可是事到如今,反而更不便去了。倒显得假模假样的。"

"你这人才叫复杂呢。"

"为什么?他活着的时候,你没把态度说清楚,至少死后该有个明白交代啊。"

杉林里宁静得仿佛滴得下冷水珠来。走出林外,顺着滑雪场下面的铁路过去便是墓地。在田畦稍高的一角,竖着十来块墓碑和一尊地藏王。光秃秃的挺寒酸,连花也没有。

可是,从地藏王后面的矮树丛里,忽然露出叶子的上半身。刹那间,她的表情竟那么一本正经,像戴着假面具似的,眼光灼灼,尖利地朝这边瞧过来。岛村向她点头略施一礼,随即站住了。

"阿叶,好早哇。我上梳头师傅那儿……"驹子刚说到这里,猛地刮来一阵黑风,几乎要把人刮跑似的,她和岛村不由得缩了起来。

一列货车从身旁隆隆驶过。

"姐姐!"在震耳欲聋的声浪中传来一声呼喊。一个少年在黑色的货车门边挥动着帽子。

"佐一郎——,佐一郎——"叶子喊着。

依然是在雪地信号灯前,呼唤站长的那个声音。简直美得几近悲凉，仿佛是在呼唤着已经渐渐远去、听不见声音的船上人。

货车过后，如同揭下了遮眼布，铁路那一边的荞麦花灿然入目。红红的荞麦秆，花开得崭齐，显得十分幽丽。

两人无意中遇见叶子，竟没去注意开来的火车。而货车一过，方才尴尬的场面也给一带而去，烟消云散了。

而后，车轮的声响消散了，叶子的声音似乎依旧在回荡，像是纯洁的爱情发出的回声。

叶子目送着火车，说：

"弟弟在车上，要不要去车站看看呢？"

"火车是不会在站上尽等着你呀。"驹子笑了。

"倒也是。"

"我可不是来给行男上坟的。"

叶子点了点头，犹疑了一阵儿，在墓前蹲下来，双手合十。

驹子仍然站着不动。

岛村转眼去看地藏王。石像三面都雕着狭长的脸，除了胸前一双手合十之外，左右还各有两只手。

"我该梳头去啦。"驹子对叶子说了这么一句，便顺着田埂朝村子走去。

在树干之间，一层一层绑上几根竹竿或木棍，像晾衣竿似的，挂上要晒干的稻子，当地叫"禾台"，看上去就像一道高高的稻草屏风。——岛村他们经过的路旁，就有农民在搭这种"禾台"。

穿雪裤的姑娘，腰身一扭，便把一捆稻子扔了上去，高高地站在上面的男人，灵巧地接过去，捋齐分好，然后挂在竹竿上。动作熟练而自然，得心应手地重复着。

驹子像估量什么珍贵物品似的，把挂在禾台上的稻穗托在手心上掂了掂，说：

"这稻子多好，这么摸摸就叫人喜欢。跟去年可大不一样。"她眯起眼睛,似乎在玩味由稻子引起的那份惬意。一群麻雀在"禾台"上空低低地穿行飞掠。

路旁的墙头上还留着一张旧招贴,上面写着:"插秧工钱经公议,定为:每日大洋九角,供给伙食,女工六折。"

叶子家也有"禾台"。是搭在略低于街道的花圃后面。即院子的左面,沿着邻居家的白墙脚,在成排栽的柿子树上,搭起一个老高的"禾台";而花圃和院子交界处,恰好与柿子树之间的"禾台"形成直角的地方,也搭了一个"禾台"。稻子下面留出一个进出口,看着就像用稻子搭的草棚似的。地里的大丽花和蔷薇已经凋零,旁边的青芋叶子却很繁茂。隔着"禾台",已看不见养着红鲤的莲池。

驹子去年住的那间蚕房,窗子也被遮住了。

叶子好像生气似的,一低头便从稻穗中的缺口走了进去。

"她一个人住在这里么?"岛村望着叶子微微前倾的背影说。

"不见得,"驹子粗声粗气地回答说,"唉,烦死了。不去梳头了。全怪你多事,搅得她上不成坟。"

"是你自己意气用事,不愿在坟上遇见她。"

"你哪儿懂我的心思。等会儿有空再去洗头。也许会迟一些,反正一定上你那儿去。"

果然在半夜三点钟的时候,拉门像要给推倒似的,门声把岛村给惊醒了,驹子一下子扑倒在他胸上。

"我说来就来了不是?你看,我说来就来了不是?"她大口喘着气,连肚子也跟着一起一伏的。

"你醉得太厉害了。"

"你看,我说来,就来了不是?"

"是啊,你是来了。"

"上这儿来的路,简直看不见,看不见。哦,好难受。"

"亏你还能爬上这个陡坡。"

"管它呢，才不管它呢。"驹子一骨碌往后一仰，压得岛村透不过气来。因突然给她吵醒，人还迷迷糊糊的，刚坐起来，便又躺了下去，脑袋碰到一个滚烫的东西，便一惊。

"怎么跟团火似的，傻瓜。"

"是么？火枕头，会烫伤的哩。"

"真的。"岛村闭上眼睛，那股热气沁入他的脑门，使他感到自己确是活着。驹子呼哧呼哧的，气息那么粗，使他越来越意识到眼前这一现实。那似乎是种悔恨，但又令人恋恋不舍。此刻他心里很平静，好像在等着什么报复似的。

"我说来，就来了不是？"驹子反复念叨这句话。

"既然来过了，就该回去了。洗头去。"

于是爬起来，咕嘟咕嘟喝水。

"你这个样子，哪能回去呢？"

"我得回去。我有伴儿。洗澡的用具上哪儿去啦？"

岛村站起来去开灯，驹子两手捂着脸，伏在席子上。

"不要嘛。"

驹子身上穿了一件镶黑领的毛料圆袖夹睡衣，花色很鲜艳，腰上系着一条窄腰带，看不见内衣的领襟。一双赤脚，连脚边都泛出了酒意。她蜷缩着身子，仿佛要把自己藏起来似的，显得怪可爱的。

洗澡用具像是扔进来的，肥皂和梳子之类散在各处。

"帮我剪掉，我带剪刀来了。"

"剪什么？"

"这个呀。"驹子把手按在头发后面说，"本来要在家里剪掉头绳的，手不听使唤。顺便到这里，请你帮着剪一剪。"

岛村把她头发一绺绺分开，剪掉头绳。每剪一处，驹子便摇摇头，把头发抖落下来，人也安静一点。

"这会儿几点了？"

"已经三点了。"

"哟,这么晚了?可别把头发也剪掉呀。"

"系了这么许多。"

他手里捏了一绺假发,靠近头皮的地方还有些温热。

"已经三点了么?大概陪酒回来之后,就那么躺倒睡着了。事先跟女伴约好的,所以才来叫我的。她们这会儿准在想,也不知我到哪儿去了。"

"在等你吗?"

"在公共澡堂里洗呢,一共三个人。本来有六处饭局要应酬,结果只转了四处。下星期赏红叶,又得忙了。好,谢谢。"驹子梳着披散的头发仰起脸,粲然一笑。

"管它呢,嘻嘻,多好玩。"

接着,无可奈何地捡起假发说:

"不好让人家久等,我该走啦。回来时,我就不过来了。"

"看得见路么?"

"看得见。"

可是,她毕竟踩着衣服下摆,踉跄了一下。

早晨七点和半夜三点,在这种异乎寻常的时间里竟一天两次偷空来看他,岛村觉得很不一般。

旅馆的茶房像过年挂松枝那样,把大门口拿红叶装饰起来,以示欢迎前来赏枫的客人。

在那里指手画脚、颐指气使的,竟是那个临时雇来、自嘲为"候鸟"的茶房。有些人从新绿的初春到漫山红叶的深秋,来这里的山间温泉做生活,冬天则到热海、长冈那一带的伊豆温泉去谋生,他就是这么一种人。每年不限于在同一家旅馆干活。一方面卖弄他在繁华的伊豆温泉场的那套经验,一方面又专说这一带旅馆待客的坏话。虽然搓手哈腰善于死皮赖脸地拉客,但显得假惺惺的,一副讨好的样子。

"先生，您晓得通草籽么？您要尝尝，我来给您摘。"他冲着散步回来的岛村说，一面把带着通草籽的蔓藤系在枫树枝上。

枫树枝大概是从山上砍下来的，有屋檐那么高。鲜红的色调，使得大门焕然生辉，每片枫叶都大得出奇。

岛村看着握在手里冰凉的通草籽，偶然朝账房那边望了一眼，见叶子正坐在地炉边上。

老板娘守着铜壶在温酒。叶子面对着她，老板娘说句什么，叶子便爽快地点一点头。没穿雪裤，也没套和服外褂，只穿了一件像似刚浆洗过的绸子和服。

"是来帮忙的么？"岛村若无其事地问茶房。

"是呀，幸好她来，人手不够哩。"

"和你一样吧？"

"嗳。不过，乡下姑娘古怪得很。"

叶子好像在厨房里帮忙，从来没上客厅来过。客人一多，厨房里女用人的声音便乱糟糟地响成一片，却听不见叶子那美妙的声音。在岛村这间房里侍候的女用人说，叶子有个习惯，睡觉前洗澡的时候，好在澡堂里唱歌。不过，岛村没听见她唱过。

然而，一想到叶子也在这里，不知怎的，岛村觉得再叫驹子，就不免有所顾忌。驹子虽然对他表示爱恋，岛村自己却感到空虚，认为那只不过是一场美丽的春梦而已。也正因为如此，他好像摸到光滑的肌肤一般，反而感受到驹子身上那股求生的活力。他既哀怜驹子，也哀怜自己。他觉得叶子仿佛有一双慧眼，无意之间能洞察这一切似的。岛村同时又为她所吸引。

岛村即便不叫，驹子也常常会不期而至。

有一次，岛村去溪谷深处看红叶，经过驹子家门前。她听见车声，断定准是岛村，便跑了出来。而他竟头都没有回，事后她曾责备岛村是个薄情郎。驹子只要应召来旅馆，是不会不去岛村的房间的。去洗澡时，也会顺便来一趟。要是有饭局,便提早一个钟点,在岛村这里一直玩到女用人来催她才离开。陪酒时,也时常偷偷溜出来,在他那里对镜匀脸。

"做活去了,要赚钱嘛。走啦,赚钱,赚钱!"说着站起来走了。

装琴拨的口袋呀,和服的外褂呀,以及她带来的不论什么东西,总爱留在岛村房里,然后才回去。

"昨晚回去没有开水,就在厨房里稀里哗啦把早晨吃剩的酱汤浇在饭上,就着咸梅子吃的。凉极了。今天早晨也没人叫我。醒来一看,已经十点半了。本来想七点钟起来,结果也没起成。"

她把这类琐事,以及从哪家旅馆到哪家旅馆陪酒,酒宴上的情形,都一一说给岛村听。

"等会儿再来。"喝完水站起来后却又说,"或许不来了。三十位客人,我们才三个,忙得脱不开身呀。"

可是,过一会儿又来了。

"真受不了。对方有三十个人,我们才三个人。而且,老的老,小的小,就苦了我。这帮客人,小气得很,准是什么旅行团的。三十个人,至少也该叫六个人才行。回头喝它一通,把他们吓一吓再来。"

每天都是这种情景,这样下去怎么了局。驹子似乎也在极力掩饰自己这种无所依托的情怀,可是,她那说不出的孤独感,反倒给她平添了无限的风情,愈发的娇艳。

"走廊走起来要出声音,真难为情。哪怕脚步放得再轻也听得见。走过厨房时,他们常拿我打趣,说:'驹姑娘,是去茶花厅吧?'我万万没想到会变得这么顾虑重重的。"

"小地方就是多事。"

"现在人家全知道了。"

"那很糟糕。"

"可不是!要是名声稍有不好,在这种小地方就算完了。"随即仰脸微笑着又说,"算了,管它呢。我们这种人,到哪儿也能混碗饭吃。"

这种坦率的老实话，使得仰承先人遗产而饱食终日的岛村，大为意外。

"本来么，在哪儿还不是一样混饭吃，有什么好想不开的！"

她虽然说得那么轻描淡写，岛村仍能听到女人的心声。

"得了，甭去想了。能够真心去爱一个人的，只有女人才做得到。"驹子微微红着脸，低下头去。

后衣领敞了开来，露出雪白的肩背，像把展开的扇面。丰盈的肌肉，搽着厚厚的白粉，不知为什么，有点可怜兮兮的，看着既像毛织品，又像是兽类。

"也是因为如今这世道……"岛村嗫嚅道，忽而意识到语意的空洞，不由得打了个寒噤。

但驹子却单纯地说：

"什么世道还不都一样嘛！"

抬起头来，呆呆地又说了一句，"你这还不知道？"

贴在背上的红衬衣给遮住看不见了。

岛村现在正在翻译瓦莱里[1]、阿兰[2]，以及俄国舞鼎盛时期法国文人的舞蹈论。打算自费出版少量豪华版。说来这种书对今天的日本舞蹈界未必有用，不过是聊以自慰罢了。拿自己的工作来嘲弄自己，恐怕也算是一种自得其乐吧。他那可怜的梦幻世界，也许正是从那里幻化出来的。尤其他无须这么急着出来旅行。

他仔细观察了昆虫憋死的惨状。

秋天愈来愈冷，他房里的席子上，每天都有死掉的虫子。硬翅膀的虫子，一翻转来，便再也爬不起来了。而蜂，却是跌跌爬爬，爬爬跌跌的。似乎是随着季节的推移，而自然地死去，死得静谧安宁。其实走近一看，脚和触须还在抽搐、挣扎。区区小虫的死所，竟有八张席之大，看来

---

1 保罗·瓦莱里（1871—1945），法国后期象征派诗人，评论家。
2 阿兰（1868—1951），法国哲学家，提倡理性主义。

是宽敞有余了。

岛村用手去捏起来扔掉,有时会突然想起留在家里的几个孩子。

有的蛾子,一直停在纱窗上不动,其实已经死了,像枯叶似的飘落下来。有的是从墙上掉下来的。岛村捡起来一看,心想,为什么长得这样美呢?

防虫的纱窗已经卸掉,虫声寂然不闻。

县境上的群山,红得越发浓重,夕照之下,宛如冰冷的矿石,发出黯然的光彩。旅馆里挤满观赏红叶的游客。

"今儿个大约来不成了。本地人要举行宴会。"那天晚上驹子到岛村房里来时说。不大一会儿,从大厅里传来鼓声,夹带着女人的尖声高叫。正闹成一片时,出乎意外地近旁响起一个清亮的嗓音:

"有人吗?有人没有?"是叶子在叫。

"这是驹姐姐叫我送来的。"

叶子站着,像邮差似的伸过手来,随即又慌忙一跪。岛村解开打着结的便条时,叶子已经走掉了。连句话都没来得及说。

"此刻正在喝酒,闹得挺开心。"字是写在手纸上的,歪七扭八的。

然而,不出十分钟,驹子踉踉跄跄地走了进来。

"方才那丫头送什么东西来没有?"

"来过了。"

"是么?"高兴地眯起一只眼睛。

"啊,真痛快。我推说去叫酒,便偷偷溜了出来。给账房先生看见了,还挨了骂。酒真好。挨骂也罢,脚步声也罢,什么都不在乎。哎呀,糟糕,一来这儿,忽然醉起来啦。我还得做生意去。"

"你连手指尖都红得很好看呢。"

"走啦,做生意去。那丫头说什么没有?她可会拈酸吃醋呢,你知道不?"

"谁呀?"

"会给宰了的。"

"她也在帮忙么?"

"端着酒壶,一动不动地站在走廊上瞧着,眼睛忽闪忽闪,亮晶晶的。你就喜欢那种眼神,是吧?"

"她准是一边看,心里一边想,真够下流的。"

"所以呀,我才写了条子叫她送来。好渴,给我点水吧。谁下流?要没把女人骗到手,那可难说。我醉了么?"说着扑向镜台,抓住镜台的两角,对着镜子照了照,随即直起身子理好下摆便出去了。

过了一会儿,宴会似乎散了,忽然沉静下来,远远传来碗盏磕碰的声音。以为驹子被客人带到别的旅馆,去陪第二次酒时,不料叶子又拿着驹子打了结的字条来了。

"山风馆饭局已作罢,将去梅厅,回家时前来,晚安。"

岛村有些发窘,苦笑着说:

"谢谢你。是来帮忙的么?"

"嗯。"叶子点头时,美丽的目光锐利地瞥了岛村一眼。岛村不免有些狼狈。

以前见的那几次,都曾留下令人感动的印象,而她现在这样若无其事地坐在面前,岛村竟莫名其妙地有些局促起来。她那过于严肃的举止,总像有什么不寻常的事似的。

"好像很忙吧?"

"嗯。不过,我什么都做不来。"

"我倒是见过你好几次呢。头一次在回来的火车上,你照顾那个病人,还把你弟弟托付给站长,你还记得吗?"

"记得。"

"听说你睡觉前爱在澡堂里唱歌?"

"啊哟,真不像话,多难为情呀。"那声音美得惊人。

"你的事,我好像什么都知道似的。"

"是么？是听驹姐姐说的吧？"

"她倒没说什么。甚至不大愿意提你的事呢。"

"是么？"叶子悄悄扭过脸去说，"驹姐姐人很好，就是太可怜了，请你好好待她吧。"

说得很快，说到后来，声音都带点颤。

"可是，我也无能为力啊。"

叶子好像浑身都在发颤。脸上光艳照人。岛村忙将目光避开，笑着说：

"也许我该早些回东京的好。"

"我也要去东京呢。"

"什么时候？"

"什么时候都行。"

"那么，回去时带你一起走吧？"

"好的，就请带我一起走吧。"似随便说说，但声音却透着真挚，岛村感到惊讶。

"只要你家里人肯答应。"

"我家里，只有一个在铁路上做事的弟弟。我自己做主就行了。"

"东京有什么熟人么？"

"没有。"

"同她商量过没有？"

"你是说驹姐姐吗？她可恨，我才不告诉她呢。"

说着说着，情绪和缓下来，抬起有点湿润的眼睛，看着岛村。在叶子身上，岛村感到有种奇怪的魅力。但不知怎的，对驹子的恋情反倒更加炽烈起来。同一个身世不明的姑娘，像私奔似的回去，他觉得这做法虽然有些过分，但对驹子却是一种悔罪的表示，或者说也是一种惩罚。

"你同一个男人走，不怕吗？"

"怕什么呢？"

"你至少得打好主意，在东京什么地方落脚，想要做什么，否则岂不太冒险吗？"

"一个女孩子家总会有办法的。"叶子把尾音往上一挑，听来很悦耳。她盯着岛村说：

"你不能雇我做女用人么？"

"什么话，做女用人？"

"说真的，我也不愿意当女用人。"

"以前你在东京做什么呢？"

"看护。"

"在医院里还是在学校里？"

"都不是，只不过我想当就是了。"

岛村又想起火车上叶子照顾师傅儿子的情景，神情那么专注，正足以表现她的志向，不由得微笑了。

"那么这次也想去学看护了？"

"不想再当了。"

"那么没长性可不行。"

"啊哟，什么没长性，我不喜欢嘛。"叶子不以为然地笑了起来。

她的笑声也响亮清脆得近乎悲凉，听着丝毫不显得痴骏。在岛村的心弦上，徒然地叩击了几下便消逝了。

"什么事那么好笑？"

"说穿了吧，我只看护过一个病人。"

"唔？"

"而且，再也做不到了。"

"原来这样。"岛村出其不意又挨了这么一句，便轻轻地说，"听说你每天都到荞麦田下面的坟上去，是么？"

"嗯。"

"你以为这一生就不会再看护别的病人，也不上别人的坟了么？"

"不啦。"

"那你怎么舍得抛下那座坟,跑到东京去呢?"

"啊呀,对不起。你带我去吧。"

"驹子说,你最会吃醋哩。那个人不是驹子的未婚夫么?"

"行男么?瞎说,没有的事。"

"你说驹子可恨,为什么呢?"

"驹姐姐么?"她像当面叫人似的,眼光忽闪忽闪地盯住岛村说,"请你好好待驹子姐姐吧。"

"我也力不从心啊。"

叶子的眼角里涌出了泪水,一面捏着掉在席上的小飞蛾,一面啜泣着说:

"驹姐姐说,我会发疯的。"说完,霍地跑出屋去。

岛村感到一缕寒意。

他打开窗子,想把叶子捏死的蛾子扔出去,却看见驹子喝醉了酒,正欠起身子,逼着客人猜拳。天空阴沉沉的。岛村洗澡去了。

叶子领着旅馆的孩子,走进隔壁的女浴池。

让孩子脱衣服,给他擦澡,说话那么温柔,声音那么甜美,俨然一个天真烂漫的小母亲,听起来怪舒服的。

接着她用那声音唱起歌来。

…………
来到房后瞧一瞧,
梨树有三株,
杉树有三株,
三三一共有六株。
下做乌鸦巢,
上筑麻雀窝,

蟋蟀在林中，

为啥唧唧叫不休。

阿杉去扫墓，

扫的哪个墓，

扫的朋友墓，

一处一处又一处……

叶子孩子气地急口唱起这首拍球唱的儿歌，曲调轻快、活泼。使岛村觉得，方才的叶子就如同梦幻一样。

叶子不停地跟孩子说话，直到走出澡堂，她的声音还像笛韵一样，余音袅袅。门口黑亮、陈旧的地板上，一旁摆着一只桐木三弦琴盒，在这秋夜的静谧中，也足以牵系岛村的情思。他走近去看是哪个艺伎的，正巧驹子从洗碗盏的那边走了过来。

"看什么呢？"

"这个也在这里过夜么？"

"谁？哦，这个呀？多傻呀，你这人。这东西哪能随身带着各处走呢。有时一放就是好几天。"她笑着刚说完，便痛苦地喘着粗气，闭起眼睛，松开衣摆，跟跟跄跄地靠在岛村身上。

"好么？送送我吧。"

"何必回去呢？"

"不，不，我得回去。本地人的饭局，别人全跟着去侍候第二局，只我一个人留下来了。这里的饭局倒还好说。等会儿她们回家约我去洗澡，我若不在，就太说不过去了。"

人已经醉得不成样子，驹子居然还能挺住身子走下陡坡。

"是你把那丫头弄哭的吧？"

"这么一说，她倒真有些疯疯癫癫的呢。"

"把人家看成那样，还觉得挺有趣，是不？"

"那不是你说的吗?说她会发疯。大概想起你的话,才气哭了的。"

"那就算了。"

"可是还不到十分钟,便在澡堂里美滋滋地唱了起来。"

"在澡堂里唱歌,是她的怪癖。"

"她还正正经经求我,叫我好好待你来着。"

"多蠢呢。不过,这种话用不着你来跟我吹嘘。"

"吹嘘?不知为什么,很奇怪,一提起那姑娘,你就闹别扭。"

"你想要她是不是?"

"你这人,怎么说出这种话!"

"不是跟你开玩笑。看见那丫头,总觉得日后会成为我的一大包袱。不知怎的,我老有这种感觉。事情搁在你身上也是一样,假定你喜欢她,就好好观察观察看,你准会也这么认为的。"驹子把手搭在岛村肩上,依傍过来,忽而又摇摇头说,"不。要是有你这样的人照顾她,也许还不至于疯。你替我背这包袱吧,好么?"

"别胡说了。"

"你以为我是耍酒疯说醉话么?我想过,那丫头要能在你身边,有你疼她,我索性就在这山里放浪下去。那多痛快。"

"喂!"

"放开我!"说着一脱身跑开了,咕咚一下撞到挡雨板上,已经到了她的住处。

"他们以为你不回来了。"

"嗯。我能开。"

从底下连提带拉,门便吱吱呀呀地开了。驹子低声说道:

"坐坐再走吧?"

"这么晚了。"

"他们全睡了。"

岛村终究有些犹疑。

"那我送你回去。"

"不必了。"

"不行。我现在的房间你还没看过呢。"

走进后门,眼前便横七竖八睡了一家人。盖的棉被是这一带做雪裤用的布料,已经褪了色,硬板板的。昏黄的灯光下,主人夫妇和一个十七八岁的女儿,还有五六个孩子,脸朝哪面睡的都有,贫寒之中自有一种强劲的生命力。

房里一股热烘烘的鼻息,逼得岛村不由得想退出门去,可是驹子已把后门啪嗒一声关上了,也不顾脚下出声,踩着木板地过来,岛村蹑手蹑脚走过小孩子的枕头边。一种奇异的快感,使他胸中发颤。

"你在这儿等一下,我先上去开灯。"

"不用了。"岛村摸黑走上楼梯。回头一看,顺着一张张朴实的睡脸望过去,那边是卖点心糖食的铺面。

楼上有四间屋子,农家的格局,铺着旧席子。

"我一个人住,大是够大的了。"驹子说。她把所有的纸门都敞开,旧家具什么的,全堆在另一间屋里。熏黑的纸门里面,铺着驹子的小铺盖。墙上挂着陪酒穿的衣服,简直像一座狐仙的洞府。

驹子一个人坐在铺盖上,把仅有的一个坐垫让给了岛村。

"哟,好红!"照着镜子说,"竟醉成这个样子了?"

说完便在衣橱上摸索了一阵儿。

"给你,日记。"

"这么多。"

从衣橱旁又拿来一个花纸糊的小盒,里面装满了各种牌子的香烟。

"客人给了,我就笼在袖子里或掖在腰带里带回来。虽然皱成这样子,却一点不脏。差不多的牌子都有了。"说着在岛村面前挂着一只胳膊,翻弄着盒里的香烟。

"哎呀,没有火柴。戒了烟,便用不着了。"

"算了。你还做针线?"

"嗯。赏红叶的客人一多,就忙得没工夫做。"驹子回身把衣橱前面的活计收到一旁。

那只直木纹的漂亮衣橱和豪华的朱漆针线盒,大概是驹子在东京那段生活的纪念品,依然同放在师傅家那间纸箱也似的顶楼里一样,目前摆在这荒凉的二楼上,显得黯然失色。

电灯上吊着一根细绳,一直垂到枕边。

"看完书想睡时,一拉这根绳,灯便熄了。"驹子摆弄着灯绳,俨然一个家庭主妇,规规矩矩坐在那里,带着一点娇羞。

"你倒像待嫁的狐仙呢。"

"可不是。"

"真要在这屋里住四年么?"

"已经半年过去了,其实也快。"

楼下的鼻息声隐约可闻,一时找不出话来,岛村便匆匆忙忙站了起来。

驹子一面关门,一面探头仰望夜空。

"要下雪了。红叶也快过了。"说着也走到外面。

"这一带全是山,红叶还没落尽便会下雪。"

"那么,你休息吧。"

"我送送你,送到旅馆门口。"

可是,仍和岛村一起进了旅馆。

"明儿见。"说完便不知到哪儿去了。过一会儿,端了满满两杯冷酒来,一进屋便兴冲冲地说:

"来,喝一杯。你喝呀。"

"旅馆的人都睡了,你从哪儿拿来的?"

"嗯,我知道放在哪儿。"

看样子,驹子从酒桶倒酒时已经喝过了,又露出方才的醉态,眯起眼睛，看着酒从杯口往外溢。

"不过，摸黑喝酒，真没味儿。"

岛村接过那杯冷酒，一口便喝干了。

喝这点酒本不该醉，也许是方才在外面走受了凉，突然觉得恶心起来，酒力上了头。岛村自知脸色发青，便闭起眼睛躺了下去。驹子慌忙过来服侍。不久，贴着女人热烘烘的身体，岛村像孩子似的感到泰然。

驹子羞答答的，举止就像一个没生育过的少女，抱着别人的娃娃，抬头望着孩子的睡脸。

过了一会儿，岛村突然开口说：

"你是个好姑娘。"

"好什么？好在哪儿？"

"是个好姑娘嘛。"

"是么？你这人真讨厌。说些什么呀？振作一些吧。"驹子扭过脸去，一面摇着岛村，断断续续地埋怨他几句，便一声不响了。

少顷，她独自含笑道：

"这么着不好。我心里很难过，你还是回去吧。替换的衣服也没有了。每回上你这儿来，都想换一件陪酒穿的衣服，可是也再没的可换了，身上这件还是向朋友借的呢。我这人很坏，是不？"

岛村无话可答。

"我这种人，有什么好？"驹子声音有些哽咽，"初次见到你时，我曾想，这人多讨厌呢。哪有说话这么不礼貌的？那时真觉得挺讨厌的。"

岛村点了点头。

"哎呀，这话我可一直没告诉你，你懂么？一个人让女人这么说他，岂不完了？"

"我不在乎。"

"真的？"驹子仿佛在回顾自己的过去，默然有顷。她把女性生命的温暖传给了岛村。

"你是个好女人。"

"怎么好法?"

"就是好女人嘛。"

"真是个怪人。"害羞似的缩起肩膀,把脸藏了起来。蓦地不知想起什么,支起一只胳膊,抬起头问:

"你这话是什么意思?告诉我,指的什么?"

岛村一愣,望着驹子。

"告诉我呀。就因为这,才老往这儿跑的么?你是笑话我,对吧?你到底还是笑我了。"

驹子面孔涨得通红,眼睛瞪着岛村责问。愤激得肩膀也直哆嗦。铁青着脸,扑簌簌地掉下泪来。

"真窝心!啊,太窝心了!"一骨碌出了被窝,背对岛村坐着。

岛村这才明白驹子误会了自己的意思,心里一怔,可仍是闭着眼睛不作声。

"真叫人伤心呀。"

驹子一个人喃喃自语,身子缩成一团,趴在席子上。

大概是哭够了,拿银簪扑哧扑哧在席子上扎了半天,突然站起来走出房间。

岛村无法去追她。听驹子这么一说,心里十分内疚。

可是,驹子旋即又轻手轻脚地走回来,在纸拉门外娇声叫道:

"嗳,洗澡去吗?"

"唔。"

"别介意呀。我又想通了。"

躲在走廊上,站着不肯进来,岛村便拿了毛巾出去。驹子怕碰见他的目光,略微低着头走在前面。就像一个犯了案的罪人给逮走的样子。洗过澡,身体暖和了之后,人又嘻嘻哈哈起来,看着叫人怪心疼的,她哪还能睡得着。

第二天清早，岛村给唱谣曲的吵醒了。

静静地听了一会儿，驹子从梳妆台前回过头来，嫣然一笑，说道：

"是梅花厅的客人。昨晚宴会后不是叫我去了么？"

"是谣曲会的团体旅行吧。"

"嗯。"

"下雪了吗？"

"可不。"驹子站起来，哗啦一声拉开纸窗。

"红叶也快完了。"

窗外是一角灰暗的天空，鹅毛大雪飞飞扬扬，飘洒进来。四周简直静得出奇。岛村睡意未消，茫然望着窗外。

唱谣曲的人又敲起鼓来。

岛村想起去年年底，那面映着晨雪的镜子，便向梳妆台望去。镜中那冰冷的雪花，显得分外大。驹子敞开衣领在擦脖子，四周闪过一道道白光。

驹子的肌肤白净得像刚洗过一样。想不到她这人，竟会因岛村偶然的一句话，造成那样的误会。于此也可看出她内心难以抑制的悲哀。

远山的红叶，颜色日渐黯淡，因了这场初雪，竟又变得光鲜而富有生气。

杉林覆盖着一层薄雪，一棵棵立在雪地上格外分明，峭棱棱地指向天空。

雪中绩麻，雪中纺织，雪水漂洗，雪上晾晒。从绩麻到织布，都在雪中完成。所以古书上写道：有雪才有绉布，雪为绉布之母。

在漫长的雪季，织这种麻绉是农妇村姑的手工艺。岛村在估衣铺里搜求过这种雪国产的麻绉，用来做夏服穿。因舞蹈方面的关系，他认识经营古典戏装的旧货店，甚至托他们，但凡有什么货色好的，便留给他看看。他喜欢这种麻绉，有时也做成贴身的单衣。

据说，从前每逢拆下挡雪帘子，到了冰雪解冻的春天，便是麻绉上市的季节。收购麻绉的商贾，从东京、大阪和京都远道而来，甚至有固定的常住旅店，姑娘们辛苦半年，精心织的麻绉，也为的是赶这个一年中的头一个集市。远村近郭的男男女女都云集到此，要把戏的、卖东西的，摊头鳞次栉比，就跟城里庙会一般热闹。绉布上拴着纸签，写着织布人的姓名、住处，按布的成色定为一等二等。这也成了挑选媳妇的标准。得从小学起，若非十五六至二十四五的年轻姑娘来织，是绝对织不出好绉布来的。年纪一大，织出来的绉布就缺少光泽。因为姑娘们要想成为数一数二的织布能手，势必得下番苦功，磨炼自己的手艺不可。再说，每年旧历十月开始绩麻，到第二年二月中晾完，隆冬雪天，别无杂事，只能专心致志于这门手艺。所以，产品中自是凝聚了织女的一番心血。

岛村穿的麻绉中，说不定就有明治初年，甚至更早的江户末年的姑娘织的料子呢。

直到现在，岛村还把自己的麻绉拿出去"晾雪"。把不知从前是什么人穿过的旧衣服，每年送到产地去晾，固然是件麻烦事，但是想到姑娘们当年在大雪天里，那么兢兢业业，便不由得想要送到织女所在地去好好晾晾。白麻，晾在深厚的雪地上，映着朝阳，染上一层红色，浑然分不出是雪，还是布。每当想起这一情景，夏天的污秽便好像已涤荡无遗，自己的身体也像晾晒过，觉得那么舒适。不过，晾晒都由东京的估衣店代办。至于古代晾法究竟有没有传下来，岛村便不得而知了。

可是，晾麻店是自古就有的。织女很少自织自晾的，大抵都送到晾麻店去。白绉布是先织后晾，而带色的，则在纺成麻纱之后，便先期晾在绷架上。白绉布是直接铺在雪地上晾，从旧历正月晾到二月。所以，据说有时就把盖着积雪的田地当成晾绉场。

无论是布还是纱，都要在灰水里浸上一夜，第二天早晨用清水漂过几道，绞干再晾。如是者，反复几天。待到白绉晾晒接近完工时，遇到一轮朝日照在上面，红彤彤的景色，蔚为壮观，无可形容。难怪古人在书上写道：希望南国庶众，也能一饱眼福，而晾事一了，便预示着雪国之春即将来临。

绉布的产地离这个温泉村很近。就在山峡渐渐开阔，河川下游的平原上，从岛村的房间似也隐约可见。从前有绉布市集的村镇，现在都修了火车站，成了有名的机织工业区了。

但是，无论穿麻绉的盛夏，抑或织麻绉的寒冬，岛村都没有来过这个温泉村，所以也就无从和驹子提起麻绉的事。而且，他也不是专门探求古代民间工艺遗迹的那种人。

然而，在澡堂里听见叶子的歌声，岛村忽然想到，倘如这姑娘生在古时，在纺车和织机旁准是也这么唱歌的。叶子的歌声，富于那种古朴的情调。

麻纱比毛发还细，如果不借助天然冰雪来回潮一下，便更难处理，据说在阴冷季节最为合适。古人说，数九寒天织的布，三伏天穿着最为凉爽，这乃是阴阳和合，自然之道。即便是缠着岛村不放的驹子，身上似乎也有着某种凉意。因此，她热情奔放之时，岛村便格外怜惜。

但是，这种情爱，远不如一匹麻绉那么实在，麻绉还能以确切的形式保存下来，在工艺品中，穿着用的布匹寿命最短，但只要保存得好，即便是五十年前的麻绉，都不褪色，仍旧可穿。然而，人的情爱竟不及麻绉来得持久。岛村茫茫然想到此处，脑海里蓦地出现驹子日后给人生儿育女，做了母亲的模样。他倏然惊觉，向四周打量了一下；心里想，可能是太累了。

他这次逗留这么久，好像把妻儿家小都给忘记了。倒也不是因为难舍难分，只是盼望驹子时时前来相会，已经成了习惯。驹子越是这样苦苦追求，岛村越是责备自己，难道自己已经心如死灰了么？也就是说，明知自己寂寞，却又不思摆脱。驹子闯入自己的心灵，岛村觉得很不可思议。她的一切，岛村都能理解，而岛村的一切，驹子似乎毫无所知。驹子撞上一堵虚无的墙壁，那回声，在岛村听来，如同雪花纷纷落在自己的心坎上。岛村毕竟不可能由着自己的性儿，永远这样下去。

他觉得，这次回去，怕是一时不会再到这温泉村来了。雪季将临，已经笼上了火盆，岛村靠在火盆边上。方才旅馆老板特地送来一只京都产的古色古香的铁壶。壶上镶着嵌银的花鸟图案，十分精巧。这时壶水发出柔和的声音，有如松涛细响一般。声音分成远近二重，那远的，在松涛之外，仿佛另有只小铃铛，隐隐约约响个不停。岛村把耳朵贴近水壶去谛听那铃声。忽然看见驹子的一双小脚，迈着如铃声一般细碎的步子，从那铃声悠扬的远方走来。岛村一惊之下，决意非尽快离开这里不可了。

于是，岛村便想到麻绉产地去看看，并打算趁此机会，离开这温泉村。

河的下游有好几处村镇，岛村不知该上哪儿好。他不想去看现在已经发展成机织工业的大镇，宁愿在一个冷清的小站下车。走了片刻，便到了一条像似从前的客栈街。

家家的屋檐都伸出一大块，支撑檐头的柱子，沿着路旁竖了一长排。类似江户城里的骑楼底。而这里自古叫"雁木"，雪深时便成了人行道。路的一侧，房屋鳞次栉比，上面的屋檐彼此相连。

因为屋檐家家相连，顶上的积雪只能扫到路中间，否则无处可堆。路上已经形成一条雪堤。所以，实际上是把雪从屋顶上扫到路中间的雪堤上。要过马路，须打通雪堤，开出许多洞才行。当地叫作"胎里钻"。

虽然同是雪国，但驹子所在的温泉村，屋檐并不相连，所以岛村到了这个镇上，才头一次见到"雁木"。他稀奇得不得了，在那下面走了一遭。古老的屋檐，遮住下面很暗。倾圮的柱脚已快朽烂。他觉得好像在窥探这世世代代埋在雪中阴森忧郁的人家似的。

织女们在雪下苦心孤诣从事手工劳作的生涯，绝不像她们织出的麻绉那么清爽明丽。这个十分古老的村镇所给他的印象，足以使他这么认为。记载有关麻绉的古书里，曾引用中国唐朝秦韬玉的诗，而当时之所以无人肯雇织女织布，据说是因为织一匹麻绉，既费工又费钱，得不偿失。

如此辛劳的织女，没留个名字便早已死去，只有美丽的麻绉留存下来。夏天穿着感觉凉爽，于是便成为岛村这类人的奢侈衣物了。这本来是毫不足怪的事，岛村忽然觉得不可思议起来。那一往情深的爱的追求，有朝一日，难道竟会变成对所爱的人的鞭笞么？岛村从雁木下走到马路上。

这条街又直又长，当年街上客栈云集，大概一直通到温泉村，是条由来已久的街道。木板葺的屋顶，上面压着板条和石块，同温泉村毫无二致。

屋檐下的柱子，投下一抹淡淡的影子。不知不觉间已近黄昏了。

看无可看了，岛村便又乘上火车，到了另一个村镇。样子和前一个镇子差不多。他随便闲逛了一会儿，吃了一碗面，好压压寒气。

面馆儿靠近河边，想必这条河也是从温泉村流过来的。三三两两的尼姑，先后从桥上走过。都穿着草鞋，有的身背圆斗笠，好像是托钵归来的样子，给人以乌鸦急急还巢的感觉。

"走过去的尼姑似乎不少哩？"岛村问面馆儿的女人。

"敢情，山里有座尼姑庵。过几天一下雪，再下山，就难了。"

暮色渐浓，桥那边的山显得白蒙蒙的。

这一带，一到叶落风寒，便连日阴天，冷飕飕的。这是下雪的兆头。远近的高山白蒙蒙一片，这叫作"山戴帽"。近海的地方，会有海啸；山深之处，则有山鸣，远远的如同雷声。这便是"地打雷"。但凡看见"山戴帽"或听见"地打雷"，便可知道大雪将临。岛村想起古书上是这么写的。

岛村早晨躺在床上，听赏红叶的游客唱谣曲的那天，下了头场雪。今年难道已经海啸山鸣过了么？岛村独自一人羁旅在温泉村，不时地与驹子相会，很奇怪，耳朵好像变得很灵敏，单单是那么想一下海啸山鸣，耳内便仿佛已隐隐响起一阵轰鸣。

"这往后，尼姑她们过冬该闭门不出了吧？有多少人呢？"

"嗯，恐怕不少呢。"

"净是些尼姑在一起，大雪封山的这几个月，都做些什么呢？从前这里出产的那种麻绉，要是庵里能织织倒不错。"

好事的岛村说的这番话，面馆儿女人听了只是淡淡一笑。

回去时，岛村在车站上差不多等了两个小时的火车。惨淡的夕阳已经西沉，寒气渐渐袭人，仿佛连星光也冷得格外璀璨。脚上冻得冰凉。

岛村毫无目的地跑了一趟，又回到了温泉村。车子开过平交道，到了杉林旁的时候，眼前一户人家灯火明亮，岛村松了一口气，那是菊村小饭馆，三四个艺伎正站在门口聊天。

岛村还没来得及想，驹子也许会在这里时，一眼便看见了她。

车速突然慢了下来。恐怕司机对岛村和驹子的关系已有所知，所以无意中开得很慢。

岛村蓦地回头，朝后面望去，正好背着驹子的方向。自己乘的这辆汽车，在雪上分明留下两行车辙，想不到在星光下，竟能看得老远。

车子到了驹子面前，好像一眨眼的工夫，驹子猛地跳上汽车。汽车没有停，照旧慢吞吞地爬上山坡。驹子的身子缩在车门外的踏板上，抓着门把手。

那势头像是跳上来就给吸在上面似的。岛村感觉上恍如有个温暖的东西轻轻挨了过来，丝毫不觉得驹子的举动有什么不自然或危险之处。驹子像要抱住车窗，举起一只胳膊，袖子滑了下去，长衬衣的颜色，隔着厚厚的玻璃，映入岛村冻僵的眼帘。

驹子将前额贴在玻璃窗上，高声喊道：

"你到哪儿去啦？告诉我，到哪儿去啦？"

"多危险呀？不要胡来！"岛村也大声答道，这样闹着玩也不无甜情蜜意。

驹子打开车门，侧着身子钻了进来。这时车刚刚停下，已经开到山脚下了。

"告诉我，你到底去哪儿了？"

"嗯，没去哪儿。"

"哪儿？"

"没到哪里去。"

驹子用手理了一下衣摆，举止间艺伎的风情十足，岛村看着忽然觉得很稀奇。

司机坐着一动不动。岛村发觉车子停在路的尽头，这么坐在车里，觉得很可笑，便说："下车吧。"

驹子把手放在岛村搁在膝盖上的手上说：

"哟，好凉！这么凉！怎么不带我去呢？"

"是啊。"

"什么呀？你这人真怪。"驹子高兴地笑着，登上陡峭的石级小路。

"我看见你走的。好像是两点，要么就是还没到三点。"

"嗯。"

"听见汽车声，我就跑出来了，跑到门口看你来着。你没回头往后看吧？"

"是么？"

"没看。你为什么不回头看看呢？"

岛村一愣。

"你不知道我在送你么？"

"不知道。"

"瞧你这人！"驹子依旧高兴地抿嘴笑着，把肩膀靠了过来。

"怎么不带我去呢？越来越冷淡了，真可气。"

突然响起了警钟。

两人回头一看，喊道：

"失火了，失火了！"

"是失火了。"

火焰从下面的村中升起。

驹子叫了两三声，抓住岛村的手。

黑烟滚滚，火舌时隐时现。火势向四面蔓延开来，舐着房檐。

"是哪儿？是不是你原先住过的师傅家附近？"

"不是。"

"那是哪儿？"

"还要过去些，靠近火车站。"

火焰穿过屋顶，冲向天空。

"哎呀，是茧仓。是茧仓呀。哎呀，哎呀，茧仓烧起来啦。"驹子不住地喊着，脸颊靠在岛村肩上。

"茧仓，是茧仓。"

火势越来越猛，但从高处望去，辽阔的星空下，一片寂静，火灾如同儿戏一般。然而，又好似听见烈焰熊熊的声音，有些凄厉可怖。岛村搂着驹子。

"没什么好怕的。"

"不，不，不！"驹子摇着头哭起来了。脸庞在岛村手里显得比平时还小。绷紧的太阳穴颤个不停。

看见失火就哭了起来，但她为什么哭呢？岛村也不去多想，只是搂着她。

驹子忽然止住了哭泣，抬起脸说：

"呀，对了。茧仓里今儿晚上放电影。里面挤满了人。你看……"

"那可不得了。"

"准有人受伤，会烧死人的呀！"

听见上面人声嘈杂，两人急忙跑上石阶。抬头望去，高处旅馆的二三楼，差不多的房间都开着纸拉门，人都跑到亮堂堂的廊下看火烧。院子的一边，种了一排菊花，枝叶已经枯萎，也不知是旅馆的灯火，抑或是天上的星光，照得花叶轮廓分明，使人突然以为是火光照亮的。菊花的后面也站着人。有三四个茶房等人，从他俩头的上方连跑带颠地下来，驹子大声问：

"喂，是茧仓么？"

"是茧仓。"

"有人受伤么？有没有人受伤？"

"正在往外救呢。是影片拷贝忽地一下着了火，烧得很快。刚在电话里听说的。你看！"茶房迎面一边说，一边扬起胳膊一指，跑了下去。

"听说正把孩子一个个从楼上往下扔呢。"

"哎呀呀，那可怎么办？"驹子好像追着茶房，走下石阶。后下来的人，都赶过她，跑到前面去了。驹子随着跑了起来。岛村也跟着追去。

石阶下面，因为有房屋遮挡，只看见火苗。这时，火警又震天价响，使人愈发惶惶不安地奔跑起来。

"雪都冻上了，当心点，滑着呢。"驹子回头冲着岛村说，趁势收住了脚步。

"噢，对了，你算了吧，甭去了。我是因为惦记村里人。"

经她一说，倒也对，岛村不由得松了劲儿，一看脚下正是路轨，已经到了平交道了。

"银河，多美呀！"

驹子喃喃自语，望着天空，又跑了起来。

啊，银河！岛村举头望去，猛然间仿佛自己飘然飞入银河中去。银河好像近在咫尺，明亮得似能将岛村轻轻托起。漫游中的诗人芭蕉，在波涛汹涌的大海上所看到的银河，难道也是如此之瑰丽，如此之辽阔么？光洁的银河，似乎要以她赤裸的身躯，把黑夜中的大地卷裹进去，低垂到几乎伸手可及的地步，真是明艳已极。岛村甚至以为自己渺小的身影，会从地上倒映入银河。是那样澄明清澈，不仅里面的点点繁星一一可辨，就连天光云影间的斑斑银屑，也粒粒分明。但是，银河却深不见底，把人的视线也吸了进去。

"喂——，喂——"岛村喊着驹子。

"嗳——，快来呀——"

驹子向银河低垂处，暗黑的山那边跑去。

好像提着的下摆，随着手臂来回摆动，红衬衣的底襟便忽长忽短地时时露出来。从那星光皎洁的雪地上，可以知道那是红色的。

岛村拼命追上去。

驹子放慢脚步，松开下摆，拉着岛村的手说：

"你也去么？"

"去。"

"你真好事。"她又提起拖在雪地上的下摆。

"人家要笑我的，你回去吧。"

"好吧，就到前面。"

"那多不好，去火场还带着你，叫村里人看着，成什么样子。"

岛村点点头站住了，可驹子仍轻轻抓着岛村的袖子，慢慢地又走起来。

"在什么地方等我一下吧。我马上就回来。哪儿好呢？"

"哪儿都行。"

"好吧，再过去一些。"驹子瞅着岛村的面孔，忽然摇摇头说，"烦死我了。"

驹子的身子猛地撞了过来，岛村踉跄了一下。路旁的薄雪上，露出一排排大葱。

"太可恨啦。"驹子急急地找碴儿说，"你说过，我是个好女人，是吧？你走都要走了，为什么还说这种话？你倒是说呀！"

岛村想起驹子那时用簪子哧哧地扎着席子。

"当时我哭了，回去以后，又哭了一场。我真怕和你分手。不过，你还是快些走吧。给你说哭了，这事我可忘不了。"

一句话，造成一场误会，驹子竟会刻骨铭心，岛村回味之下，不免因惜别伤离在即，而心痛如绞。突然火场上人声鼎沸。新冒出来的火舌喷出了很多火星。

"哎呀，火又大起来了，火苗蹿出那么高。"

两人这才得救似的松了口气，又跑了起来。

驹子跑得很快，木屐如飞，掠过冰冻的雪地。手臂与其说是前后摆动，还不如说是在两旁舒展着，上身憋足了劲。岛村心想，原来她身材竟这么小巧。岛村躯体略胖，一面看着驹子的背影一面跑，很快便感到吃力了。驹子一下子喘不过气来，跌跌撞撞地倒向岛村。

"眼睛冻得都要淌眼泪啦。"

脸颊发热，眼睛却是冰冷的。岛村的眼睑也湿润了。眨了眨，顿时银河满目。岛村极力忍住，不让泪花儿流下。

"天天晚上银河都是这样的么？"

"银河？真美呀！不会夜夜都如此吧？好晴的天呀。"

银河的光从两人跑来的身后，流泻到他们前面，驹子的面庞好似映在银河里。

可是，纤细而笔挺的鼻子，轮廓模糊，小巧的双唇，也失去了色泽。岛村不能相信，那横贯长空的光层，竟会这样幽暗。星光似比薄明的月亮更加淡薄，银河却比任何满月的夜空还要明亮。大地朦朦胧胧，阒无一人，驹子的脸像个旧面具似的浮现起来，散发出女性的芬芳，真是不可思议。

仰望长空，银河好似要拥抱大地，垂降下来。

银河犹如一大片极光，倾泻在岛村身上，使他感到仿佛站在地角天涯一般。虽然冷幽已极，却是惊人的明丽。

"你走了，我要正正经经地过日子了。"驹子说着又走起来，拿手拢了拢蓬松的发髻。走了五六步，回过头来。

"怎么啦？你真是的。"

岛村仍是站着不动。

"嗯？那就等我一下吧。待会儿一起去你房间吧。"

驹子招了招左手，便跑开了。她的背影，好像给吸进黑黝黝的山底。银河在峰峦起伏的尽头，展开她的裙裾，反过来，似乎又从那里向天空灿穿四射。山容愈发显得黑沉沉的。

岛村开始走了起来，不久，街道的房子便遮住了驹子的身影。

一阵"嗨哟！嗨哟！嗨哟！"的吆喝声传来，有人拖着抽水机从街上过去。好像接连不断跑过很多人。岛村也赶忙走到大街上。两人来的小路，通到大街，正成一个丁字形。

又过来一台抽水机。岛村让开路，跟在后面跑着。

是台用手压的老式木头抽水机。除了一队人拖着长长的绳索走在前面外，抽水机周围还围了一圈消防队员，抽水机却小得可怜。

驹子也闪在路旁，让抽水机先过去。看见岛村，便跟着一起跑。站在路边给抽水机让路的人像给抽水机吸引过去似的，都跟在后面跑。现在他们两人，不过是随着人群跑向火场罢了。

"你也来啦？真好事。"

"嗯。这抽水机靠不住吧？还是明治维新前的哩。"

"可不。别摔着。"

"好滑。"

"是呀。以后，整夜刮暴风雪时，你该来看一次。来不了吧？那时，山鸡啦，野兔啦，全逃到人家家里来。"驹子说得高兴起来，那声音杂在消防员的吆喝声和人们的脚步声里，显得又响亮又起劲。岛村也一身轻松起来。

听见火焰声了。眼前火势很猛。驹子抓着岛村的胳膊肘。街上又低又黑的屋顶，在火光的明灭中，时隐时现。水龙的水流到脚下。岛村和驹子很自然地停住脚步站在人墙后。火烧的焦味混合着煮蚕茧的臭气。

人群里到处在高声议论，说的都是大同小异的事。什么影片拷贝起的火啦，把看电影的孩子一个个从楼上扔下来啦，没有人受伤啦，幸好村里现在没把蚕茧和大米放在里面啦，等等。可是，面对烈火，大家只有沉默的份儿，不论远近仿佛都失去了主宰，唯有这一片寂静笼罩着火场，好似人人都在倾听着火声和抽水机声。

村里不时有姗姗来迟的人，四处喊着亲人的名字。听到有人答应，便高兴得互相叫起来，只有这些声音才是生气勃勃的。

火警的钟声已经停止。

岛村怕引人注目，便悄悄离开驹子，站在一群孩子的后面。因为烟火烤人，孩子们向后退去。脚下的积雪松软了一些。而人墙前面的雪，因为火烤水浇已经融化，杂沓的脚印踩成一片泥泞。

茧仓旁正好是块田，和岛村一起跑来的村里人，大都站在田里。

火大概是在摆放映机的房门口烧起来的。茧仓的半边屋顶和墙壁已经烧掉，柱子和房梁还竖在那里冒烟。除了木板顶、板墙和地板之外，茧仓里空空的，所以里面的烟并不怎么大，屋顶上浇了很多水，看样子烧不起来了，但火还在蔓延，在意想不到的地方又会冒出火苗来。三台抽水机赶忙去浇，于是忽的一下，火星四溅，冒出一股浓烟。

火星溅落在银河里，岛村好像又被轻轻托上银河似的。黑烟冲向银河，而银河则飞流直下。水龙没有对准屋顶，喷出的水柱晃来晃去，变成一股白蒙蒙的烟雾，宛如映着银河的光芒。

驹子不知什么时候靠了过来，这时握住岛村的手。岛村转过头去看了一眼，没有作声。驹子神情专一，两颊绯红，只管望着火。火光一起一伏，在她脸上摇曳。一阵激情顿时涌上岛村的心头。驹子的发髻松了，伸着脖子。岛村倏地想伸过手去，但是指尖簌簌颤抖。他的手发热，驹子的手更烫。不知怎的，岛村感到别离已经迫在眼前了。

房门口的柱子还是别的什么，火又烧了起来。水龙一齐喷射过去，屋脊和横梁嘶嘶冒着热气，随即倾坍下来。

突然，围看的人群"哎呀"一声，倒抽一口冷气，只见一个女人落了下来。

茧仓兼作戏园，二楼尽管徒具形式，却也设有座位。虽说是二层，其实很低，从楼上掉到地上，照理只是转瞬之间的事，但时间长得好像足以让人看清掉下来的姿势。也许那样子很怪，跟木偶似的。所以，一眼看过去便知道，她已经不省人事了。掉在地上没有声音。地上是一汪水，所以，也没有扬起尘土。人正落在新蔓延的火苗和余烬复燃的死火之间。

一条水龙对着余烬的火苗，喷出一道弧形的水柱。就在水柱前面，忽然现出一个女人的身体，便那么落了下来。她在空中是平躺着的。岛村顿时怔住了，但猝然之间，并没有感到危险和恐怖。简直像非现实世界里的幻影。僵直的身体从空中落下来，显得很柔软，但那姿势，如同木偶一样没有挣扎，没有生命，无拘无束的，似乎生死均已停滞。要说岛村闪过什么念头，便是担心女人平躺着的身体，会不会头朝下，或腰腿弯起来。看着像会这样，结果还是平着掉了下来。

"啊——"

驹子遽然尖叫一声，捂上眼睛。岛村的眼睛则一眨也不眨地凝视着。

掉下来的是叶子。岛村是在什么时候知道的呢？人群的惊呼和驹子的尖叫，实际上好像发生在同一瞬间。叶子的小腿在地上痉挛，也在那一瞬间。

驹子的尖叫，直刺岛村的心。看着叶子的小腿痉挛，岛村的脚尖也都跟着发凉，抽搐起来。在这令人难耐的惨痛和悲哀的打击下，他感到心头在狂跳。

叶子的痉挛微乎其微，简直觉察不出来，而且马上便停住了。

在叶子痉挛之前，岛村先已看见她的脸和红色箭条花纹的衣服。叶子是仰面掉下来的。衣服的下摆一直翻到一条腿的膝盖上面。碰到地上，也只有小腿痉挛了一下，整个人仍是神志不清的样子。不知为什么，岛村压根儿没想到死上去，只感到叶子的内在生命在变形，正处于一个转折。

叶子掉下来的二楼看台上，接连又倒下两三根木头。在叶子的脸上面燃烧起来。叶子闭上了那顾盼撩人的眼睛，翘着下巴，仰着脖子。火光在她苍白的脸上闪动。

岛村蓦地想起几年前，到这个温泉村与驹子来相会的途中，在火车上看到过叶子的脸在窗上映着寒山灯火的情景，心头不禁又震颤起来。一刹那,仿佛照彻了他与驹子共同度过的岁月。那令人难耐的惨痛和悲哀,也正存乎其间。

驹子从岛村身旁冲了过去。这一举动和她遽然惊叫、捂上眼睛,几乎就在同一瞬间,也正是人群"哎呀"一声,倒抽一口冷气的时刻。

烧得黑乎乎的灰烬浇了水,七零八落地掉了满地。驹子拖着艺伎的长下摆,磕磕绊绊地跑了过去。她把叶子抱在胸前,想往回走,脸上现出用劲的样子。而叶子垂着头,脸上像即将临终那样漠然,毫无表情。驹子如同抱着她的牺牲品或是对她的惩戒。

人墙开始溃散,你一言我一语的,拥上去围住她俩。

"让开!请让开!"

岛村听见驹子的叫声。

"这孩子,疯了,她疯了!"

驹子发狂似的叫着,岛村想走近她。但被那些要从驹子手中接过叶子的男人家,挤得东倒西歪的。当他挺身站住脚跟时,抬眼一望,银河仿佛"哗"的一声,向岛村的心头倾泻下来。

(1935—1947年)

琼音

たまゆら

林少华 译

宫崎夕照

澄子是第一次坐飞机,新婚旅行时坐的。

从东京起飞,途中鸟瞰纪伊半岛南端的潮岬、四国南端的室户崎和足摺岬,经两个小时海上飞行,降落在夕照中的宫崎。

由机场搭出租车过得桔桥,朝右拐向大淀川畔。

"海枣……"周一对澄子说,"两旁都是海枣树。"

穿过排列着海枣树的河畔公园和大街,便是一座旅游宾馆。两人被领到四楼一间西式客房。男侍放下两人的行李,留下钥匙,关门离去后,澄子觉得胸口到膝部好像变得硬邦邦的,原来自己一进来就原地站着没动。

周一把怀里的风衣搭在椅背上。旁边放有澄子的外套——大概澄子学周一的样子。澄子先抱起周一的风衣,正往西服橱那边走时,周一叫道:

"好漂亮的晚霞,来看看!"

"啊,是好漂亮……春天似的。"

"果然,很难以为十一月都过半了。不像秋天的夕雾,更像春天的晚霞。"

"那么柔和。活像柔和的晚霞把所有景色都笼住了,就跟包上一场春梦似的。"

"春梦?"周一回头看澄子,"晚霞和大气融在一起,大气染上了晚霞,是吧?"

"……"

"这样的秋日黄昏，别处有没有呢？嗯？你可在别的地方看过这样的晚霞？"周一像问自己似的说。

"我没看过。"澄子并不犹豫地回答。

"真的？我也头一次。"周一改口道。

"和你结婚第一天，我第一次看到了这样的晚霞，两个人笼罩在晚霞里！咱们一定得好好记住。"

澄子点头，"河里漂着水鸟呢，是野鸭吧？"

"是吧。从西伯利亚一带冷地方飞来的，想必。"

"脖子全朝上游伸着呢。"

"噢，怕是为了不给冲走吧。"

"水在流动？"

大淀川便是这样徐缓这样平静，以致澄子发出这样的疑问。一只只野鸭后头仅有细微的涟漪。似乎正因为有这涟漪，河水才缓缓流淌。野鸭正慢慢游动，对面岸边映在河里的树影房影则凝然不动。

"听说这里日落同东京差一小时……"周一说。

"哦！"澄子像是一惊，"真是那样的？"

"南方嘛……到这最南端，日本也是差别好大的。"

两人把目光投向夕阳。夕阳在远处桔桥左侧摇摇欲坠，一道灿灿的金晖长长地斜射在河面上。金晖中也有野鸭小小的黑点，鸭尾曳起细细的光波。

"下到河岸去好吗？"周一劝道，"得仔细瞧瞧这夕照，好作为终生的回忆。"

"好的。"

澄子把周一的风衣搭在椅上，进浴室站在镜前。她看自己的脸，只怔怔地看，没理头发，没涂口红。手袋放在外边，身上什么也没带。

"澄子！"她试着小声模仿母亲的唤声。

"澄子！"又学了声父亲的召唤。

时间其实很短,但澄子仍像有人催促似的走出浴室。

"好,走吧,太阳快下去了。"周一催道。

"走吧。"

海枣树

大淀川河畔公园海枣树丛间，点点处处张着条纹布遮阳伞，下面放有简易的木桌木椅。

海枣叶片差不多有苏铁那么大，剽悍的树叶从树顶四下舒展开来，呈弓形下垂。长长的叶片几乎触地。叶片间闪出的树干大约有一抱来粗。老叶被切掉后，留下粗鳞般的茎痕。

这些排列在河畔的海枣树，营造出南国风情。美人蕉仍有残花缀着，很委屈似的蜷缩在海枣树下。

海枣树影投在宾馆前面的人行道上。相对于夕晖的柔和，树影要鲜明得多。加之其粗犷有力的黛绿色叶片如鸟尾般的一排刀刃齐刷刷排列开去，无疑给这茜红色的夕照抹上浓重的一笔。

过路到得河岸，周一摸了一下海枣叶片。澄子也不由自主地用手指碰了碰。

"有一种和这树名称一样的鸟[1]。"周一说。

"什么鸟？"

"神话中的鸟……大概是埃及神话吧，叫不死鸟……不死的鸟。"

"……"

见澄子不知道，周一继续道：

"一种火烧后还能复活的鸟。大约每隔五百年那鸟便在祭神坛火焰里把自己烧死，又作为雏鸟从中孵出。这种转世和新生每五百年重复一

---

[1] 海枣树和埃及神话中的不死鸟在英语中同为Phoenix。

次,直到永远。所以叫不死鸟,是长生不死的象征。"

"鸟羽可跟海枣树叶相似?"

"啊,可也是,或许吧。不过,毕竟是神话里的鸟……那个神话我知道得也不大详细,也可能这树叶使人联想到不死鸟,所以树名才同样叫Phoenix——是不是呢?找书什么的查一查,留在咱俩记忆中的树嘛!"说着,周一重新看树,"凑近看来,就像有强大生命力要喷出来似的。或许因为是热带树,才显得这么茁壮有力……"

两人穿过的路面上,有放学回家的少女们骑自行车通过。一辆接一辆的自行车全朝下游慢慢驶去。没有电车的宫崎市自行车很多,但少女们的自行车看上去那么悠然自得,恐怕同柔和的夕色不无关系。

两人站在河畔,在夕晖中眼望夕晖。夕晖已扩展到河面。恬静的水色向夕色舒张开去,暖暖地融在一起,并无"晚秋夕色入水来"那种凉意。点点漂浮的黑色野鸭也不显得缩瑟。

河对面横亘的宫崎平原南边的山峦,暮色中也空蒙蒙一抹淡紫一袭浅红。山顶上空的茜红色越来越浓,往两人头上漫来,罩住地面。

不高的山峦朝上游缓缓伸去,越来越低,其尽头处夕阳正衔山欲坠。桔桥风姿绰约地印在水面。桥那边便是树丛了。

远在河上游的高千穗山脉已隐没在雾霭之中。

周一回头,见澄子一侧脸颊和脖颈淡淡镀了层夕晖,仿佛娇滴滴的澄子身上蕴含着暖融融的光波。

"幸福啊,我……像给幸福整个包起来似的,简直是另一世界。这么温柔的夕晖包拢我,想必是为了不让我在幸福面前狼狈不堪不知所措吧!毕竟我对幸福还不习惯……活着真好!"接着,周一对澄子说:"谢谢,实在谢谢你!"

"我……"澄子喏嚅起来。

"是谢你的呀。"

"哦。"

"你说像春天的晚霞,像温馨的春梦,你怕也感到幸福吧?并不仅仅是因为来到这漂亮的地方,是吧?"

"嗯。"澄子点头道,"妈妈嘱咐我到了住处,要再次向你正式说一下。"

"说什么?"

"不好意思,说不出口。"

"是说'妾身无德无才,尚希终身垂爱'不成?"

"何至于,那么古板……不过,说也未尝不可。"

"何止无德无才……"

"瞧您,不是那样的……我对母亲说来着,相亲时谁还没说没劝就自己主动答应下来,这不也就算是正式说过了么……"

"就是嘛。那可叫我松了口气。"

"松口气的是我。相完亲刚回到家,当天您求婚电话就追赶似的打了过来,父母都吃了一惊。"

"相亲席上我就想提出来着。那之前一看你照片我就已拿定主意。即使照片订婚我也无所谓的。在等待相亲期间我总是看你的照片。哪怕再拖一个小时我都心焦得不行,生怕你有恋人或又有别人提亲。照片现在还在上衣袋里呢。"

"瞧您!"

"相亲时也在内衣袋里,护身符嘛。我在心里祷告,求照片施展法术把你套住。"周一半开玩笑地说,"进宾馆从窗口看晚霞时我心里想,恋爱结婚好比火车,要二十小时才到宫崎,可相亲结婚的飞机两小时就到了,对吧?"

"……"

"在天上飞没看路上风景……相完亲两个月时间,才见了三次面。"

"因是三次,每次见面你说的什么我都一一记着。"

"是吗?三次光是'快结婚吧'恐怕就说了十多遍……恨不得相亲

第二天就结婚才好。"

"那么十万火急的,我家这边……"

"感到蹊跷?怀疑里面有什么名堂,有什么怕人知道的,是吧?"

"哪里,父亲说我毛毛躁躁的,担心你信不过……"

"我对幸福还不习惯……觉得幸福就像闪电或彩虹似的,怕一下子消失,怕幸福消失,怕心爱的人消失。像我父亲那样。我父亲有时候就突然失踪。"

"……"

"婚礼上只单亲露面,是我继母……这么说是不大好,总之不是我生母。"

"……"

"不是生母也是好母亲。你也这样认为的吧?"

"嗯,是位好母亲,比你还要好……"

"这么说可是为安慰我?"

"不是安慰,真是这样。"

下游有声响传过,三节车厢的列车驶上前来。夕阳暖洋洋照在车厢上,车影依样映在水里移动。

暮霭中,入海口似乎离得很近。

新婚旅行

周一拉澄子坐在海滩遮阳式的伞下长椅上。阳伞呈鱼糕形，偏长，下面足可放两张配长椅的长桌。这样的遮阳伞点缀在河畔公园树荫里，从桔桥到宾馆下游。

照在车厢上的夕晖，也使桌椅的旧漆淡然生辉。

"想到从今天就可以和你一起生活了，很有些不可思议……"周一说，"我能遇上你，奇异得就像海里开出牡丹花。直到今天……不，在得到你照片前，我一次也没见过你，甚至不晓得世上竟有一个叫澄子的人。缘分啊！"

"是啊。"

"人和人相见都是不可思议的，那恐怕也就是人生。不过，再不可思议也比不上你我的幸遇。"

"觉得不可思议就不可思议……"

"不觉得不可思议就很可思议啰？"

"……"

"两人这么坐在宫崎的河边，可是真的？是真的？"周一重复道，"活着真好！也许别人听着不顺耳，以为小毛孩子不配说这种话。可我也到了可以这样说的时候了嘛……"

"别再那么说了……"

"啊，欢喜事该直说才是，"周一压低声音，"不要咬文嚼字的，是吧？"

"高兴是高兴，可我想消失了。"

"消失？什么想消失？"

"害羞得想消失——不可以这么说？"

"消失不好的。你要是像晚霞河里的精灵，消失到水里去了，我可怎么办？"周一盯视澄子道，"你身上只有一样不能消失……"

"哦，什么？"

"头发。剪短了吧？"

"头发？嗯，说是那么长婚礼上不好做发型，不是一会儿戴假发一会儿摘下来的么！"

"换装时候？"

"嗯。"

"可惜啊！婚礼又是午饭时间，不换装不也是可以的吗？"

"毕竟一生就这么一次，母亲到底……你挺遗憾的？"

"是啊。心想那么长的头发可以往手上缠好几圈……"

"……"

"晚间睡觉要解开的吧？"

"嗯。"

"多可惜。"

"还可以留的嘛。"

"要几年才能长那么长呢？"

"反正一直在您身边，几年也好，多少年也好。父亲就说来着，问我断发离家不成。"

周一点头"嗯"了一声。但仍意犹未尽："眼前浮现出你摊开长发卸妆时的样子了呢，连样子我都看到了。"

……

澄子似乎缩了下身子，没有作声。较之在宾馆房间，本来出门后澄子感到很舒展。但周一的谈吐，有时使她觉得意外。

"澄子，照片带来了？"周一问。

"照片？"

"贴你小时候照片的影集……去你家时给我看的。"

"瞧您，好几本，又大，又重……"

"真遗憾，叫你带来就好了。你小时的事儿很有意思，很让我喜欢。要是有影集，新婚旅行时可以不断听你讲往事——很多照片的吧？我小时的照片压根儿就没有。我情绪不好的时候，只要你像摇篮曲似的讲起自己小时的事就可以了。比如你说过的那场雪，就好像能把我洗干净……"

"在雪地上按脸印的事？"

"是啊。宫崎不下雪，有的孩子没见过雪，好几年飘一次雪花，小学的孩子们都跑到院子里朝天上看，说这就是雪。不赶紧看就看不到了——我这么提起宫崎就是这样的南国气候时，你就想起了去雪国亲戚家玩时的事来。多大时候的事？"

"十五岁冬天，寒假。"

"十五……你和当地少女们一起在雪路上走，少女们把脸按在路旁雪里？"

"突如其来的，吓我一跳。虽说是路旁，雪也深的稍一弯腰脸就能触到，就在那雪上把脸按下去一动不动。然后用双手把压出脸形的雪小心捧起来。我觉得很新鲜。"

"你也学了？"

"嗯。"

"人人都捧着那'雪脸'往家里跑，趁还没融化的时候……"

"你也一样。我都看见了在银白色世界里一路奔跑的小澄子！"

"……"

包拢两人的夕晖仿佛做着大面积呼吸。

"太阳快落下去了……"澄子道。

两人望着下垂的夕阳。随着夕阳下垂，西天的茜红色变得浓郁起来。暮色迷蒙，几乎使人察觉不出物影的消失。

周一不经意地把视线转往旁边的遮阳伞,不由"啊"了一声。
　　遮阳伞下长椅上坐着一位老人,同样望着西方落日。老人是刚才一个人慢慢走来河边坐在椅子上的,周一没有注意到。
　　"去一下,我……"
　　"怎么了?"澄子抬起脸来。
　　"哦……像。"
　　"像谁?"
　　"父亲,我的……"

太阳和神话

周一从老人椅旁走过,若无其事地看了眼老人,走过几步又折身回来。这回他止住脚步,忽然盯住老人,目光同老人碰在一起。周一略微低头道:

"失礼了。"

"哪里。"

"觉得您很像我家老人……"

"老人?你父亲?"

"嗯。"

"嗬,我像?"老人放轻声音,"父亲会在儿子新婚旅行时跟来?"

"啊,"周一不胜羞赧,"冒昧认错人了。我的父亲怕是沦落得不成样子了,肯定是的,可我却……太冒昧了。"

"不不。"老人不无惊异地看着周一,流露出抚慰的目光,"我和二位是同一班飞机来的。"

"是吗,没注意到。您一人旅行?"

"不,新婚旅行。"

"……"

"飞机上、宾馆里全是新郎新娘,以致我也想这么说一句。我是被歌词被那句太阳之国、神话之国的歌词招引来的。可一到宾馆,岂不闯到新婚之国里来了!"老人静静地说道,"我就想,不错,新婚是太阳,是神话。"

"太阳,神话……"

"天孙下凡来新婚旅行，不是么……这倒是开玩笑，不过民族确是从你们这些新婚旅行人身上生生不息的。何况，新婚本身不就是很有神话意味的么？"

"啊。"

"祝你们幸福，请……"

"谢谢。"周一对老人鞠一躬，"请原谅。"

澄子用眼睛迎着折回的周一问：

"认错人了吧？"

周一好像忘了在澄子对面椅子上落座。

"我胸口怦怦直跳。"澄子小声道。

"我也像要喘不过气来。"周一摇下头，"傻瓜……出洋相！"

"可确实像的吧？"

周一点头，"是心迷，心迷才会眼迷。我这个人，动不动就发现有人像父亲。每次都弄错。不像的人也觉得像。因寻找父亲的愿望已在心底扎下根来。"

"会找到的，一定……父亲也肯定想见你的。"

"给你这么坦率一说，父亲好像马上就要出现似的。"周一看着澄子，"你这么坦率，连躲在地底下的人都能给你唤出来……"

"我并不那么坦率的啊！"

"坦率，我喜欢坦率。父亲大概比我更向往坦率。他恐怕现在还在为寻找一颗坦率的心在哪里流浪。"

"我想是这样，也未必。已经十四年了……父亲失踪……"

"十四年……十四年，那年我刚上小学。"

"是么？"

周一显出回忆当年的神情，旋即像要从中挣脱出来似的说："算了，那种不开心的事……原本打算我们新生活走上正轨之前不提这件事的。"

"你父亲的情况以前听你说了许多，说多少都没关系的。"

"结婚和不结婚是不一样的,我想以结婚为界把自己的过去一笔勾销……想着想着,偏又在这里错认了人。还是把我的过去封住堵死,听你愉快的往事好了!"

"往事什么的我也忘了,还是谈谈两人以后的事吧。"

"也是。不过你的往事同我的过去截然不同,能够明晃晃照亮我的未来,使我获得新生……我的青春从结婚开始,从和你结婚开始,一点不错!"

"……"

"每晚睡前都希望你讲一下小时候的事儿,一小段也好。"

"我怕没有你说的那么多往事可讲,马上就会接续不上的哟,怎么办呀?"

"只一点点就可以的嘛,一辈子都说不完的!"

"一辈子……"澄子声音透出惊愕,"我小时候的事能讲一辈子?"

"好了。"周一像要把自己吞下去似的屏住呼吸,凝目朝宾馆前边的路面望去。

一群身穿白运动服的少年沿路跑来,看样子是马拉松。暮色拥揽着这群少年,那染在白衬衫和裸腿上的色调,使人感到夜晚即将降临。海枣树叶片已黑魆魆的了。西边天空浓重的茜红也已消失在寥廓的天宇。河面的暮霭和着滞涩的水色越来越深。

"走到桥那儿再拐回好么?"周一说。

"好的。"澄子站起身来。

通过相邻的遮阳伞时,周一朝老人轻轻低下头去。老人点了下头。澄子便也不由低头致意。

桔桥栏杆上的灯已经亮了。一字排开的灯盏将格外长的影子投在水中,勾勒出道道光波。

退休与家人

一阵马蹄声使直木老人醒来。仿佛拉车的蹄音。不是晚秋的声响，而带有春日那悠然的韵味。

虽然路就在窗下，但声音并不足以把五楼的人吵醒。自动醒来时正好马蹄声从窗下响过，直木便觉得是那声音把自己吵醒的。拉车的马似乎是为了以声音表示直木今晨的醒来才慢悠悠一路走过的。

"啊，睡了个好觉！"

直木在枕旁听蹄音远去。老人早已习惯于醒来即一跃而起，即使没睡足时也不恋床，但今早根本不再理会枕旁闹钟。

一场酣睡仍甜津津留在脑海里。

"我去睡觉，捞回欠了三四十年的觉债！"直木离开家时这样说道。他觉得一夜睡了好些年的觉，或者说好些年都没睡过如此痛快的早觉。

不用看表，窗口挤进的光亮和房间的温煦告诉他已十点左右。昨晚快十一点睡的，一觉睡了十一个小时，一个梦也没做。

直木始终以为只有在自己家里方能睡得安稳，觉得昨晚睡得不可思议，怀疑是否真正算是酣睡，然而醒来的感觉到底使他无法怀疑。

不过他要怀疑也是有足够理由的。

他所以对家人开玩笑说"我去睡觉"，恐怕也是因为心底潜伏着不安，担心旅馆中睡不踏实。其实那天即使在家里，也有可能睡不安稳的。直木是离开公司第二天外出旅游的。

家人们也并非没有料到直木不久将从公司退休。但作为事实得知时，还是觉得是突然袭击而神情一变。对这一冲击的反应，家里每一个成员——妻、长子夫妇、二女儿、三女儿——各有不同。这来自各自性格的差异、对直木感情的差异以及立场的差异，丝毫不足为奇。但直木对每个家人感情波动的差异即人的差异感受得那么明显，恐怕还是由于他本身的弱点，毕竟不是一般场合。

家人议论直木退休的话语，如果在各自所受的不同冲击下仍然音量很高，现在的直木是要感到不快的；但若相反悄声低语而似在安慰自己，直木又感到厌烦。相比之下，直木本身应既不逞强又不怯懦才是。

不不，好坏是老人终于退休的一天，逞强也罢怯懦也罢，岂非怎么都无所谓了么？二者所以交替出现互相纠葛，无非因为他难以从中挣脱。

退休日期确定之后，直木胸中忽然涌满对家人的依恋。那是一种无可遏止的亲情，一种滚烫的爱，一种远为纯粹的感情的沸扬，而不同于离开工作岗位后那种对家庭的回归及对家人的依赖之感。

但同时直木又蓦然觉得家人同自己之间产生了隔阂。或许唯其如此，直木才为何时将退休的消息如实告知家人而迷惘和踌躇，而他平时并非这样的。

直木告诉家人是在正式退休那天晚饭桌上。家人们刹那间屏息般安静下来。最先开口的是最小的女儿加代子，她对母亲而不是父亲说：

"妈知道的吧？"

"不知道，没听说。"

"哥听说了？"

哥哥治彦也没听说，"刚刚听到的。"

"真的？"加代子一副难以置信的样子，"妈、哥都不知道？爸爸这以前就没提过？"

"没有。"妈妈说。

"真的？"加代子看父亲的脸，"突然袭击！临时定下的？"

"也不是临时……离开公司是今天。"父亲说，"今天明确定下来的。"

"我看出来了，爸，"二女儿晶子叫了声，"爸，这三四天看您那样子，我就料想您可能离开公司。就说今早吧，您用鞋拔穿鞋时那脚势就和平时不同，我不由扶了您身体一把，是吧？"

"嗯。"父亲点头。

"那么说，我也看在眼里来着，"母亲接道，"你爸是跟平时不太一样。晶子说起今早的事，对了，平时扎上领带穿上西服稍看一眼镜子就完事了，可今早又多看了一眼——小动作多着哩。"

"我心里也有感觉。"加代子问父亲，"退休的事您写信告诉京都我姐姐了吧？幸子姐昨天来信提起爸，我就觉得提法奇怪。"

"怎么说的？"

"说爸爸新的人生刚要开始什么的。"加代子快嘴道，"告诉远嫁的女儿，却不跟身边的妈妈和女儿说，爸爸您……"

"人性机微嘛！"治彦轻声道。

"机微？"加代子反问，"机微是这样子的？能告诉远处的女儿，却不好告诉身边的人？我们这些人也够怪的，既然感觉出来了，那为什么没问爸爸有什么没有，没问是不是要退休？妈妈也好，晶子姐也好，我也好……统统莫名其妙！"

"这……"

母亲刚要说下去，治彦叫了声"加代子"，责备妹妹似的说："现在爸爸告诉我们他已退休，是爸爸说话时间，应该静静听爸爸说才是。你也该知道，对爸爸来说退休是多么重要的事，是吧？爸爸今天也就是现在把这件事告诉给了我们。我们听完爸爸的话，再安慰或者鼓励爸爸，总之全家要把心放在爸身上……"

"哟，好贤明的哥哥！"加代子不无揶揄地说，"还是别再让爸爸不好意思了吧！"

"什么？"治彦瞪了眼妹妹，转而道，"加代子，眼泪快出来了吧？"

"哪里出什么眼泪了！我想起五岁时爸利用公司招待的旅行带我去箱根来着。"

二女儿晶子也对加代子说：

"爸爸不是有意瞒着大家，是用心告诉我们来着，我想。"

"好了，明白了。"加代子应道，"现在是爸爸的时间……"

直木感觉出家人在自己退休这一冲击下表现出来的明显或微妙的情绪差异，则是在此后家人继续交谈的时间里。

莫非因为自己现在急转直下地处于被动地位，才对家人那种差异格外敏感的吗？

难道当时自己既想投入家庭的怀抱又要退离一步不成？

在宫崎这家宾馆的早上，醒来的直木恋恋不舍地沉浸在一场酣睡——长得令人难以置信的酣睡的甘美余韵中。于是，前天晚饭桌上的家人浮上他平静的脑海。

直木陡然爬起，满目阳光晃得他不禁"啊"了一声，自言自语道："旭日直射之国，夕阳辉映之国。"

这是《古事记》神话中迩迩艺神从天上降临日向时说的话。至今仍被利用赞美日向，直木便是被这句话吸引到宫崎来的。

《日本书纪》和《日向国风土记逸文》也提到日向国名来自景行天皇之语——"此国地形正对日出方向，应名之为日向"。

这"旭日直射之国"和"正对日出方向"的地形现在正坦荡荡舒展在直木眼前。

一觉睡到快十点半，早已过了"旭日"或"日出"时分，但由于晨光清新，大淀川的水面仍像银箔一样闪闪烁烁，想必毫无杂质。长空朗然，远山色暖，阳光灿烂，无论如何都不像时至冬日，且较之阳春，更像是初夏。直木给这南国阳光照得浑身舒坦，仿佛身心整个被照透了似的，一时离不开窗口。

正值退潮时分，铁路桥下面现出河底。连河泥也淡淡闪着一层光。六七只野鸭贴着河面掠过。水面漂浮的野鸭虽黑，飞翔的野鸭展开的翅膀却像是白色的。

几个皮肤黝黑的汉子在河中弓着身子。待他们坐上小船,直木才注意到,原来水深只及膝部,汉子们用脚慢慢划动。

"很浅啊!"直木回头对进来打扫房间的女侍道,"河很浅吧?"

"是啊,退潮时候。"

"下河那些人干什么呢?"

女侍凑近窗口,"捞沙蚕呢。"

"沙蚕?做鱼饵吧?"

"是的。"女侍点头道,"茶放在那里了。"

"谢谢。噢,脸还没洗!"直木轻松地笑笑,"光穿睡衣都不觉冷。"说罢走进洗脸间。

内廷偶人画[1]

在餐厅里直木也挑了一张洒满阳光的桌子坐下。桌上放有一盆鸡蛋大小的仙人掌,顶端开着一朵宛若人造花的小紫花。时近中午的早餐,偌大的餐厅只有两对新婚旅行的夫妇。

他们也都靠南窗坐在明晃晃的阳光下。直木蓦然看出他们眼神中带有婚后第二天早上的倦意,连忙移过眼去。直木近处桌旁的新娘以略含笑意的脉脉含情的目光对着新郎,却又像是不敢正视的样子。那脖颈白得楚楚动人。

另一对呢,新娘不断央求什么,新郎则好像故意拒绝。但不一会儿,新郎从衣袋掏出一封信递过去,新娘打开来看。没等看完,新郎一把夺过,低声念了起来。新娘满脸红晕,肩部都像透出羞涩。新娘好歹要回信后,从手袋取出笔来在上面勾画改写什么——连坐在这边的直木也看得出来。她不停地眨闪眼睛,时而抬头觑一眼新郎那思索什么的模样,显得甚是可爱。想必两人今早给新郎父母写了封航空信,而新娘对自己的措辞不够满意。

直木想起长女幸子婚礼的前后。他没想起自己早年的新婚,而想起女儿当时的情景。

幸子远嫁京都,因此婚礼和婚宴只能在古都饭店举行,新娘这方面举家从镰仓开赴京都。是婚礼前三天乘火车去的。父亲第一次嫁女儿,准备用两三天时间逛逛樱花时节的京都,放松一下幸子的心情,也算同女儿

---

[1] 日本以天皇和皇后为模特的古装偶人。

惜别，这种心意毋宁更带有感伤意味。说起来，全家人从未一起外出旅游过，且以后也可能机会不再。他让在建筑事务所工作的长子找借口出差，就说想去物色京都一带例如周山那样的山村（时下大多成了城镇）可以购置的传统民居。一方面有人撇下山村搬往城镇，或另建结构合理的新宅，因此意外有便宜得等于不要钱的旧屋；而另一方面，城里又有不少人讲究情趣，喜欢古建材的韵味而用来建造茶室和农舍风格的住宅。

小女儿加代子还是初中生，又正值新学年开始，便让她留在镰仓看家，可是加代子死活都不应。说若不领她去，就拿出自己存款坐飞机从后面追去——家人出门后立即赶往羽田机场，差不多可同一时候到达京都。听加代子说得那般轻松，直木颇有些吃惊。

"对了，爸妈，你俩打赌怎么样？"加代子满脸认真。

"赌什么？"直木问。

"赌我一个人能不能飞往京都……爸您不是不信吗？肯定！可妈以为我能去。你们两位正好打赌。"

"嗬，我们两位？……赌多少？"

"去大阪机票多少？"

"六千元[1]，单程。"

"哦，那就赌六千元。"加代子不失时机，"要是妈赢了，在京都给我六千元，正是机票钱。"

母亲藤子笑而不理。不过，加代子的说服到底奏效，母亲心里明白怕是也要带小女儿去了。

"我要是不去，幸子姐可是要哭的哟！"加代子不肯作罢。

"幸子会哭？"母亲反问，"加代子，幸子可是高高兴兴嫁到好人那儿去，有什么好哭的？如今的姑娘！她又开朗。"

"反正婚礼头天晚上或婚礼那时候或婚宴上，我不哭出来眼泪也要

---

[1] 指日元。

在眼眶打转的。"加代子回答,"幸子姐见了也得眼泪汪汪。"

"喂喂,别说得那么严重,加代子!"二女儿晶子皱起眉头,"我顶讨厌你这点。老是算计琢磨别人的感情,一辈子你都心不清静,加代子!"

"瞧你!哪里算什么琢磨什么了,自然而然的嘛!"加代子故作镇静。

"幸子姐离家门时,流泪给人看的只有我这个最小的妹妹,我这个孩子。"

"给人看?"

"晶子姐只知道挑我的字眼儿……谁都不可能总是说山百合那样清纯漂亮的话的嘛!"

"晶子,加代子说的或许不错。"大姐幸子插嘴进来,"加代子,到京都去,闪泪花给姐姐看。"

"加代子就会这样钻人家空子……"晶子声音镇静下来,回头看了眼母亲。母亲只是微笑。

"钻空子有时也是一种温情嘛,在我身上。"加代子说,"人与人相逢交往,是活在世上的标志。要是像晶子姐那样老死不和人往来,人只能是零,只能一个人躲在深山老林里给山神当新娘去!"

"你这是误解、曲解。"晶子再未多言。

起居室在二楼,十二叠连着一个仅四叠大小的房间,但壁龛开得大,檐廊宽,加之远处海阔天空,因而显得格外敞亮。树篱外长着高大的树木,挡得看不见街上任何人家的房脊,由比海滨也看不见。右面是稻村崎山,左面逗子海岬揽海角入怀。这在镰仓可谓天造地设的景致。海湾绵软的光波在春日的午后时起时伏。再往前可以望见四五叶船帆。

这是动身去京都两天前,父母和三个女儿坐在起居室里。直木这时便向公司请了假。倒也不是因为妻子和大女儿叫他在家。儿子尚未娶妻。

壁龛里挂着内廷偶人画。宽大的壁龛同窄小的挂轴颇不谐调,内容也已落后于时节了，但由于幸子出嫁，便将桃花节[1]一度挂过的这幅画又拿了出来。画出自明治时期日本画家之笔，以前藤子过桃花节时别人送的，结婚时随嫁妆带了来。不久女儿出生，桃花节时藤子想起挂在壁龛。一直挂到大女儿结婚小女儿上初中，年年如此。也正因为年年如此，家人对画的印象也就淡薄下来。画家简历和作品风格三个女儿原本都从母亲口中得知了，但近几年挂出来也没有人再仔细欣赏，画家的名字也无人提起了。

不料，幸子婚事定下后提出想把内廷偶人画带走。家人都觉意外，恍然大悟似的重新朝画上看去。

"姐，你早就打这主意了？画上的一对偶人可是我们姐妹三人的宝贝哟！三人过桃花节时都挂来着。你要是想带走，那我也想要。"小女儿舍不得也情有可原，"晶子姐也是的吧？嗯？"

"我不稀罕。"晶子不屑地说。

"是么？晶子姐是这样的，我知道。晶子姐可以让幸子姐喜欢的画家给自己画一幅嘛，是吧？"

"算是吧。"

"因为晶子姐根本不珍惜往日的回忆……不珍惜叫人怀念的过去。"

"瞧你这自以为是的劲头，小小年纪……我也是珍惜往日回忆的。"

"爱情也——"

"珍惜。只是我不愿意像你那样讨所有人喜欢，让很多很多人爱。"

"好了，明白了。可我们家这幅偶人画也是有我自小的感情在上边的哟！是我贪心……"

"也不见得吧。我也没说你多情薄情的嘛。"晶子停顿一下，"你说我们家的画，是我们家的。实际是妈妈的，早已成我们家的画了。所以，要是妈妈想送给出嫁的幸子姐，送也可以。"

---

1 即日本每年3月3日的女儿节。

"倒也是。"加代子看着母亲说,"妈你还有第一次过桃花节的记忆吧?"

"记什么忆呀,加代子!第一个桃花节不是只有几个月大的婴儿吗?"母亲笑道,"幸子想要,送给她就是。不过,等幸子生下女儿,在女儿过桃花节时给不好么?"

"假如没生女孩儿呢?一个又一个都是男孩儿……"幸子道。

"那种事也是有的。"

"那就第一个生女孩儿的要。"加代子说,"就算那样我怕也抢不到第一。"

"不是有新婚年轻夫妇像一对偶人那种说法么,现在就送给姐姐也可以的嘛,妈!"晶子劝道。

"让幸子带走好不好呢?"藤子问丈夫,"你一直没吭声……"

"请,请。"直木回答,"有幸旁听一场妙趣横生的家庭会议,作为旁听人或陪审员,我别无异议。"

"那么就定下来了。"幸子说,"是为祝福我挂在壁龛里的……"

毫无疑问。

竹叶旋律

挂着内廷偶人画，画前摆着彩礼。至于习俗上彩礼应在壁龛摆到什么时候，直木和藤子都不知道。翻翻妇女杂志问问别人马上就可弄清，但不知不觉间一直摆到今日。

幸子嫁妆两三天前就已送往京都男方家中。内廷偶人画是母亲出嫁时随嫁妆带来的，幸子这次看来要迟一步送去宫本家了。

直木一边漫不经心听着关于这幅画的"家庭会议"，一边隔着小房间打量庭院的东面。起居室同小房间之间的隔扇以及小房间对着檐廊的拉窗都已两边拉开。从二楼看去，庭院东面的树木便以隔扇和拉窗为框削去了周边。树木为掩人视线栽得很密，挺拔的松杉和阔叶常绿树交织在一起，其间有一丛孟宗竹。

春雾蒸腾，海天迷蒙，犹相抱而眠。在这样的午后，树叶纹丝不动，唯独竹梢似摇非摇地摇动。直木刚才就注视竹梢细枝的摇曳，不注意很难看出。直木觉得，竹叶的摇颤仿佛低微而遥远的音乐旋律。除了直木，无人察觉，无人听见，甚至同在二楼起居室的家人也无动于衷。

即便直木提醒，家人现在怕也感觉不到竹叶的低吟浅唱，也不会觉得那是一种旋律。万木新叶初萌，唯独这竹叶犹残枝败叶般泛黄。

在直木听来，那竹叶旋律仿佛故人即将远离时依依的感伤，又像是亲友远来相逢时袅袅的前奏。但它既非惜春怀秋那种缥缈的情思，又不尽是漂泊无依那样苍凉的况味。直木兀自凝视竹叶的微颤，恍惚初次嫁女时那种对长女幸子的父爱正在并不狭小的庭院一端弹奏不为人知的音乐。即使幸子的母亲和两个妹妹看不见听不见也同看见听见并无二致——作为父亲的直木如此想着，只管默然无语。

相邻的四叠房间里，摆满幸子的物品。

那是幸子生来到出嫁前所有的东西：有戴的、穿的，至今剩在家里的、没能装到嫁箱里的。因此无不是富有女孩和少女色彩的东西，如和服就五彩缤纷撂了一堆。不过都已分类整理妥当。不光是按种类区分，还以赠送对象划分开来。除去少量准备送给孤儿院和身心不健全者疗养院的，其余几乎都归小女儿加代子所有。加代子说她什么都想要。二女儿晶子则表示什么都不想占有。

晶子特别希望得到的是勾玉和银戒指。勾玉当然是古坟出土文物，属琅玕类翡翠，颜色好，瑕疵和荫翳很少，比晶子脚趾还粗，作为玉无论大小还是质量都属上乘。

想必是日本古代王侯将相戴在脖子上的。那是晶子祖父年轻时得到的。那时候就连土偶、陶偶、陶器和铜铎也极少被视为古艺术品来买卖。如今恐怕值二三百万元。

所以在直木家乃是一件珍宝。虽然没有明确说归长女所有，但幸子初三过生日时，曾把勾玉穿一条细细的金链悬在脖子上进客厅让来宾们吃了一惊。一个朋友灵机一动，说戴此首饰的幸子俨然一个邪马台国的女王卑弥乎。

"不是卑弥乎，是壹与。"幸子应道。

"什么壹与？"朋友问。

"卑弥乎后面的女王啊。卑弥乎死后国家乱了，为了治理国家，十三岁的少女壹与被立为女王。我要是生女孩儿，就取名叫壹与。"

卑弥乎和壹与王国出现在公元三世纪，这在中国当时史书《魏志·倭人传》有记载。日本为弥生时代，尚无文字。至于卑弥乎王国在九州还是在大和[1]，国学家和史学家议论至今仍莫衷一是。

---

1 日本旧国名之一，范围相当于今奈良县全境。

不管怎样，直木家的勾玉应该可以说是弥生时代卑弥乎、壹与等女王作为首饰所用之物。

古代的中国和朝鲜均无勾玉，因此当是古代日本民族的独创，而非来自大陆。

初三生日的夜晚，幸子把勾玉收入开启时有音乐声响起的宝石盒，藏进自己的小匣子里，当然她不晓得是如此贵重之物。那以后升值的事直木一家也无人知晓。只是直木把从父亲口里听来的也告诉给了全家：幸子祖父买这勾玉时，那古董商有五块差不多同样大小的勾玉，用细绳穿在一起，在顾客耳旁轻轻晃动，结果玉玉相碰的妙音，听起来仿佛小鸟低微的鸣啭。

店主说这叫"琼音"，具有"隐约""若有若无""倏忽"等意的"琼音"一词[1]即源于玉玉相碰发出的这一音响。

在勾玉作为饰物或炫耀身份之物而实际使用的古代，当然不至于故意手摇玉串让人听琼音。琼音想必是随着戴有勾玉项链的人的起居动作自然鸣奏出来的。并且，由于制作大块勾玉的矿石在古代日本至为难得，因此项链不全用勾玉，而在勾玉与勾玉之间掺杂管玉之类。纵使王侯之家，一个项链也不至于使用许多勾玉。

直木父亲只买回一块勾玉，现在家里还没哪个人听到过"琼音"，就连幸子祖父听到过的事大家也早不记得了。

虽说幸子把勾玉收进自己的宝石盒，但并不等于归她所有。幸子快出嫁时，晶子恳切希望把勾玉留给自己，家人这才想起勾玉的存在。另外一个细细的银戒指倒不足为道，但是件幸子贴身的纪念品。

那还是上初中那年春天，幸子跟母亲去银座央求母亲买的。从那时到今，随着时间的流逝，幸子左右手或戴无名指或戴小指或戴食指，洗澡

---

[1] 日语中"琼音"一词的含义。"琼音"在日语中写作"玉响"，此处姑以"琼音"译之。

时也不摘下。原本雕有什么花纹，但早已磨损得面目全非。幸子新有了订婚戒指、结婚戒指，这旧戒指便不再戴了。

晶子提出想得到这两样东西时，小女儿加代子两眼一立：

"晶子姐这个人，简直是要把幸子姐的魂儿都扣去，她就是这种人！"虽然委屈，但未再穷追猛打下去，"我这个贪心不足什么都想要的傻瓜，活像捡破烂的。"

直木一边回想二女儿和三女儿性格造成的财物分配方式，一边倾听竹梢旋律，不由觉得很像尚未听得的"琼音"。随后说道：

"去光则寺看海棠花去好吗？花开得正盛的吧！"

自妙本寺那株有名的海棠树战败时枯萎，长谷光则寺的海棠便成了镰仓最好的景观。

海棠花

像海棠花这样花团锦簇云蒸霞蔚的开花树,在大凡所知的开花树中求其同类,恐怕当举连翘。无须说,较之连翘的深黄,还是海棠的浅红更具女子风韵。即使同梅花樱花或山茶花桃花相比,海棠也以其丰盈、娇柔、翩然若举的风姿堪称少女的象征。

直木心想,幸子以少女之身观赏光则寺海棠怕是到今春今日为止了。如此想着,同家人缓步朝寺院茅门踱去。门内闪出的巨株海棠看上去尚含苞待放,但随着距离拉近,开始绽放的花朵便点点闪入眼帘。

这座存有曾囚禁过日莲上人弟子日朗上人土牢的光则寺,有一方镰仓动物保护协会辟建的猫狗公墓,春分时节举行祭祀活动。

一片古梅树前,以竹杉葱茏的青山为背景,站着一位直木熟识的寺僧,寒暄几句后,直木说道:

"孔雀开屏了,好漂亮!"

寺僧回头望去,"孔雀时常跑出,跑得很远,很伤脑筋。有时甚至从由比滨您家打来电话,说孔雀到家里来了,叫去接回。也有人特意抱着孔雀送来。街上都知是光则寺的孔雀……"

"这点镰仓算是好的,没人盗杀迷路的孔雀,没人恶作剧。不过,大佛路车这么多,人都很难横穿,孔雀怕很危险吧?"

"有时还半夜跑出去……"

"孔雀夜游,春天……"直木笑道。

眼下宫崎的晚秋,很像镰仓那个春日。

直木吃罢很晚的早饭,走出餐厅,回房间把袖珍本《古事记》揣进衣袋，下到服务台。两块婚宴立牌扑面而来。自然是当地人的婚宴。值班员告诉他昨天今天住有四五十对前来旅行的新婚夫妇，多的时候一天八十对。直木很感意外。宾馆并不大，若八十间客房全给新郎新娘占满，果真成了新婚专馆。

"老头子一个人住在这里，够不识趣的啊！"直木开玩笑道。

"哪里哪里！"客房部的人连忙否认。

"快要成障碍物喽！自己倒不愿意那么想……人一上年纪，渐渐觉得自己在妨碍自己似的。"

话是随口这样说了，但果真如此不成？所谓自己在妨碍自己是怎么回事呢？自己老年真的会是这样吗？直木认为眼下尚不至于。刚才出口的话又折回自己胸际。往下的心理活动当然不便对宾馆客房部的人诉说。

直木放下钥匙，专心地吸着烟，走上近二层高的大厅，坐在靠窗口的长椅上。大厅比二楼走廊低些，于是走廊便成了大厅的装饰墙，悬垂的黄菊、白菊、红菊一直垂入大厅。花枝招展的新娘正同家人亲戚拍照。没见到新郎模样的人，估计婚礼即将开始。摄影师脑袋探进黑布袋，将箱式摄影机三脚架拉到几乎紧贴直木膝头这边来。直木起身走出大厅。

直木发现大厅两侧一种热带树上开着一种被称为天使喇叭的白花，果然名副其实。他径直朝河下游走去。排列着海枣树的河畔公园很快走尽了，沥青路也走完了，而变成乡间土路。公共汽车路从小户桥那里离开河畔朝左边的村庄（虽说是宫崎市内）拐去。直木登上大淀川堤岸，荒草中闪出一条小径。

莫非是赤江港？上游冲来的沙土长年累月在河口沉积下来，扩展露出水面的泥沼面积，将河口堵住。其前面冷冷清清竖着一条小船的桅杆。江户时期作为连接关西海路的热闹的港口的面影已无从觅得。大淀川岸边栉比鳞次的妓院和饭馆战火中焚毁一尽，而在其遗址上建了河畔公园，栽植了成排的海枣。从这桔公园到儿童公园、仙人掌公园以至日南海岸的观光公路，战后点缀了富有热带风情的植物，以为观光设施。而直木此时看到的河口、港口和海滩则被排除在外。

《古事记》神话伊邪那歧神口称吾"既临秽之国,当净身祈禳,遂至筑紫日向桔小门之阿波歧原净身息灾",直木离开宾馆便是为去看这阿波歧原。

桔街、桔桥、小户町、小户桥等地名均来自《古事记》同样地名,阿波歧原这一地名如今亦然。而赤江港之北、阿波歧原之东及一叶滨一带,据说即是伊邪那歧神净身祈禳之处。原本就是神话。

直木在高中学《古事记》时还是大正时期,那时候的学生尚能以神话为神话自由发表看法,而不久便成了禁书。当时如津田左右吉博士的《神代史新研究》和《古事记及日本书纪新研究》等书很受学生欢迎。高中时代,直木的兴趣就是猎读民俗学、考古学、神话学以及比较神话学方面的书籍,并且同志趣相近的同学就此讨论和外出旅行。

这么着,直木从未认为伊邪那歧神实有其人,亦未曾将日向神话直接视为史实。但直木一贯认为日本神话毕竟是日本神话,无论怎样寻求它同其他民族其他国家神话的相似之点,日本神话终究是日本神话。直木既非神道大家也不是神话学者。

直木过去这样做,不过出于一个学生一个法律学科的学生的兴趣或好事而已。加之公司工作四十年间疏于读书,因此关于战败后日本神话得到怎样的研究怎样的解释,只限于从报刊上不时抽筋拔骨看得的零星片段,所知几近于零。学生时代读过看过的也已记忆依稀,或者不如说大多忘光。上衣口袋揣来的《古事记》全是古文,一无注释二无白话译文,能否看懂尚属疑问。

尽管如此,如今退休动起旅行念头,最令他神往的依然是"神话之国"日向。继之是出云之国、大和之国。至于为什么,直木自己也不甚明了,很难简单归结为对学生时代青春时代求知情结的怀念或老来对故国的乡愁。与其说是寻根,莫如说他想从这样的旅行中寻觅自己新的出发点。甚至可以说希求为第二个不同的人生而"祈禳"。他首先要用日本的神话、传说、历史及大自然来将自身洗涤干净。

直木走下堤岸,从河口继续往一叶滨走去。他以为有路通过去,却似乎没有,只好折回原路。桔桥上空和远方上游雾霭迷离,尽头处浮出山尖的,大约是高千穗峰了,直木根据山形想道。峰顶如三角形端头一般尖刺刺的。那里是大淀川的发源地。

银箔一样光灿灿的水面上,野鸭在这正午时便已成群结队;而不反射阳光的河段则滞重,黏糊糊浑浊一片。河水污物的臭气,在堤岸都可嗅到。这"黑水河的恐怖",直木也从今早报纸上知道了。几十座淀粉厂往河里排放废液,致使河水脏污发臭,鱼死饵尽,甚至危及市区供水。宫崎县是马铃薯产地,淀粉生产自是一项产业,但工厂废液污染河流,公害亦非同小可,据说县市正商讨对策。只知欣赏河中落日旭日的游客对当地人的生活未免熟视无睹麻木不仁,直木今早还这样想道。想虽然想,但对于直木,早上那一杯咖啡的味道恐要现实得多。所谓遁于旅、学于旅、生于旅、死于旅,终归是旅人的事情。

一叶滨

东京隅田川的污染，可以说是东京或者日本近年来"公害"的标本。"百年河清"，虽然说的是希望渺茫，但其所指的是黄河水乃是自然生成的浑浊；而相比之下，隅田川则是小人所为，同往柳桥上胡乱涂漆同样鲁莽不恭。

直木那个主要从事住宅、商店设计建筑的儿子治彦也对东京几乎绝望，原本对京都古城至少还怀有希望，岂料京都颇具昔时情趣的民居和商店也接连摇身变为比东京还浅薄廉价的洋楼洋馆。京都商店中的小店铺恐怕比东京还多。但若仍是原封不动的京味老门面，如今的顾客便不屑进门，除非相当特别的老店铺。就民居来说，也不可能为保持京都老街风情而强迫市民使用昂贵的良质木材去新建那种居住不便，采光不良，夏天闷死人，冬天凉彻骨的煞有介事的古风建筑，何况又是国家和市政府权力所鞭长莫及的。如此情况，甚至令人担忧为时不久京都民居便将统统变成比东京还要俗不可耐的、如电影剪辑那种浅薄不堪不伦不类的建筑。

"啊，看不见山，山看不见了。"直木近年来走在京都街头，不由自言自语地要感叹。京都之美，其一就在于从街上即可望见东山、北山、西山、比睿山和爱宕山。但由于楼宇相继落成等原因，望不见山的街道多了起来。且较之东京，那些楼宇显得粗糙而寒碜。毁于战火的地方城市全都失去了乡土特色，而成为千篇一律而又杂乱无章、了无情趣的速成建筑。眼下唯独京都还算是日本地道的古都，但也正朝着战败式乡村城市蜕变。不久，未必没有可能沦为东京繁华地段的一截尾巴。

"如果这就是日本的现在，这样下去也可以的么？"直木边下堤边说，"该毁灭的任其毁灭吧，该死亡的任其死亡吧！"大淀川的臭味儿使他口出这样的话语，"就连巴黎的塞纳河……"想到这里，直木的表情弛缓下来。

前年夏天去纽约出差的直木途经欧洲又转到北极。在巴黎做一周观光期间，日本商社一个朋友邀他乘游艇游览塞纳河。巴黎圣母院在灯光辉映下也可以从艇上看到。直木不懂法文，不知是诗还是散文亦不解其意，总之有大约关于巴黎圣母院的拿腔做调的朗读声从寺院传到游艇。巴黎圣母院竟也沦为夜间观光之用了，直木产生的莫如说是一种幻灭感。

但这还算好的。后来艇行不远，夜幕下的河面便有白色物点点浮现出来。他以为是树叶。听说巴黎秋早，不过八月尚未过半，街树底枝才偶有叶片泛黄，不可能有如此数不胜数的落叶。原来是死鱼！随着游艇的行进，死鱼几乎把黑乎乎的河面铺得发白。若是说将烂鱼抛进河中，数量未免过多。是死在河里的。死鱼群似流非流地漂着荡着。

"怎么回事？放毒药了？"直木对同伴说，"不像话，满满一河死鱼，头一次见。"

游艇玻璃窗一直连到圆形天花板，又有冷气，但直木还是觉得有死鱼味儿进来，胸口阵阵作呕。这就是全世界都在讴歌的塞纳河？但它也是一个证据，证明较之死了如此之多鱼的亦即有如此之多死鱼的塞纳河，隅田川的污染尚不算严重——直木转而想道。然而塞纳河那翻着白肚皮的一层死鱼还是在直木脑海里挥之不去，有时甚至使他想起死于关东大地震火灾和二战空袭火场的几万具尸体。

走下大淀川堤岸的直木乘上过路公共汽车，穿过村落。这一带农家用一种名叫"金竹"的细竹编扎树篱。田里排列着塑料棚。里面种着准备提前上市的蔬菜。虽值秋末，从田地里归来的农妇们仍头戴遮阳斗笠。

直木在一片平坦的松树林中下了汽车。一块写有"鸟兽保护区"的木牌立在那里。空无人影。林间有一家像是专门做名锚鱼的饮食店，也似乎空无一人。直木沿林间小道走去。阳光在树叶上跳跃，照着树干，光点漏在沙地上。

走出松林，是一片低沙丘样的沙滩。来自赤江港和大淀川河口的水滩上扔着一条破旧的小船。海边有人在编扎金竹篱笆。篱笆很长，似是双重。

"冬天防风用的吗？"直木问。

"不，防霜。"抱着细竹的妇女回答，"里边栽了小松树苗。"

"宫崎也下霜？"

"下的。"

直木站在水边往海里望去。古代传说中"日向小门阿波歧原"的一叶滨想必就是这里。海是日向滩、太平洋。在冲绳处于那种状态[1]的今天，太平洋黑潮首先冲抵日本本土的地点即是此处。日向滩海岸即宫崎县海岸线由南端都井岬至北边延冈市边端，南北几乎呈一条直线，无凹凸处。大淀川河口的南边有座名叫青岛的小岛，岛上——唯独这小岛上面——生长着很多古来便不可思议地自生自长而非近年栽植的槟榔树等亚热带植物。旅游专车从山间驶出开凿的公路以后，玻璃色的大海豁然袒露在眼前。

"那是太平洋！"导游小姐将在堀切岭这样介绍——直木虽然还未去，但不难想象稍远的前方即是那番光景。

直木想起昨天在桔公园夕晖中将自己错看成父亲的新郎，料想那对新郎新娘今天也已翻过堀切岭到日南海岸观光去了。

"父亲会在儿子新婚旅行时跟来？……"

直木当时戏谑地轻声说着，一时以为自己大概长得像新郎父亲的哥哥或弟弟，使得在新婚旅途中意外碰上的新郎吃了一惊，结果不是那样。新郎明明白白说的是父亲，说的是父亲沦落得不成样子了。

诚然，并没有像萍水相逢之人结萍水情缘那样提起或询问一段身

---

1 大约指美军占领状态。

世,但新郎同父亲的分别无疑非同寻常。而且,在新婚旅行当中,新郎竟将似是而非的直木错看成父亲,他道歉的语声,自有一种意味,令直木为之心动,直至今天仍不禁要想起来。尽管茜红色夕晖中新娘的柔美似乎辉映着新郎,但直木依然感受到新郎内心的黯淡。两人轻轻点头走过河边时,直木得到的便是这样的感觉。

被年轻人错看成是父亲的记忆虽说未曾有过,但今后直木倒觉得迟早还会在哪里遇到,若今天回宾馆吃饭时碰在一起就好了。那对新婚夫妇前往观光的日南海岸本来在中午正强阳光下的大海那边,却似乎笼罩在依稀的雾霭之中。

"故乡尾铃山,秋来山岚散如烟,望之何凄然。"若山牧水这首和歌,直木也是知道的。里面说的尾铃山,歪头左望应该在松林前远些的地方。于是直木开始用眼睛搜寻。未带山形照片,只觉得群山中的一座便是了。羁旅诗人牧水生于日向是尽人皆知的事,导游手册上说仅宫崎县一地便有他五六座诗碑。

神武天皇东征时起航的美美津港有耳川汇入,那上游的尾铃山麓便是牧水出生的故乡。

牧水小时随母亲第一次看到大海时的惊愕,他曾引用《智惠子抄》诗人高村光太郎年轻时的诗加以表达:"大海惊涛涌,太古奔雷今复吼,声声撼苍穹。"

他写道:"我六七岁时,曾跟母亲顺耳川而下。船即将驶入美美津时,看见蓝湛湛扶摇而上的巨浪越过眼前沙丘溅起雪一般的浪花,吓得紧紧抓住母亲衣袖问那是什么。母亲笑着告诉说是海浪。船靠岸后,母亲特意把我带到沙滩,告诉我那就是海,是大洋,令我更是愕然,更是不可思议。"

牧水说:"我想初次目睹大海时的惊愕,大概是所有惊愕中最伟大最崇高的。"

海边长大的直木,生来就以大海为伴,没有牧水那样山村孩子看海时的惊愕，但还是可以从牧水的叙述中想见其惊愕之情。

　　一叶滨连接美美津海滨。此时直木独自站在一叶滨，他好像感到一种人生途中始料未及的惊愕。

古事记

若水还有这样一首诗,"海天茫茫兮,盘古悲凉涌心底,涛声鸟无迹。"此外直木还记起这样两首:"孤独之神兮,且在如铁黑岩上,刻留我身黟。""必当获新生,如此自言复自省,潸然泪涕零。"直木和他的同学在高中时喜欢吟咏牧水的诗,也有的同学对朗诵擅长。例如这三首"破调"[1]诗,抑扬有致地朗诵起来,便很有一种东西流入人的心底。直木想起牧水诗歌也就是想起自己的青年时代。那高中生朗诵余韵至今仍像荡漾在这海滨。"孤独之神兮"和"必当获新生"诱发的情思,在高中生直木与年过六十退休了的直木身上,应有人生晨夕之别。显而易见,牧水这首诗富有青春气息。"必当获新生"也许来自失恋或创作道路上的挫折,但与年老退休绝对无关。不过直木并未怎么感觉出这样大的差别。或者不妨说感觉并未达到想要特意确认和把玩这种不言而喻的差别的地步。时下直木休憩与来去的自由中,有着今晨醒来时那种新生之感。青春岁月的回忆使他变得年轻,里边没有感伤,也似乎并非对现实的逃避和漠视。

然而最后一句"涛声鸟无迹"却是真切出现在直木眼前。没有大淀川中的野鸭,没有鸻科鸟,没有海鸥。除了编扎篱笆的人,便只有直木了。声音也只闻隔篱笆的剁竹声和海涛声。海浪声音不高,浪头也不大。这里古来便以浪急闻名,所谓"一玄海二远江三是日向赤江滩",想必海边常有台风袭来。现在莫如说静得近乎虚无。长长的水边线无弯无曲,亦

---

[1] 日本传统样式的诗歌即和歌由五句三十一字(五、七、五、七、七)组成,多或少一两字者称为"破调"。

无分外醒目之物,加之这初夏般的暮秋阳光是那样的静谧,因此早已超越"南方虚无感"而更近乎荒凉了。

生于宫崎殁于宫崎的小说家中村地平,针对游记作家所谓宫崎山川敦厚丰饶悠然自适的说法,指出"日向风物暴戾不羁"。本地人认为,这来源于赤江港一叶滨在其儿时脑海中植下的狂暴印象。

这一带阿波歧原虽说是伊邪那歧神净身祈襀的神话故地,但见不到任何类似神武天皇的宫崎神宫、海幸彦山幸彦的青岛、鹈草茸不合神和丰玉姬的鹈户神宫以及战后人工建造的桔公园、日南海岸国立公园等纪念性遗址和新的旅游设施。唯有单调延展的沙滩及其后面绵绵不断的松林。靠海边的小松林叶片已经泛黄。

但这毫无特色可言的寂寥海滨反倒让直木感到释然,尽管他不是乡土文学家中村地平。直木并不孤寂,使他为之执着的东西也似已离去。阳光透过毛发,温暖头部肌肤。

他在沙地坐下,开始从头跳读袖珍本《古事记》。"别天神五柱"和"神世七代"很短,接下去就是关于伊邪那歧神和伊邪那美神的神话。这对男神女神"欲生国土一方,而不知何以生之",伊邪那美神曰"吾身有一开裂处",伊邪那歧神曰"吾身有一凸余处"。这问答虽然出自开朗健康的古代传说,但在《古事记》——受朝廷之命为皇室编纂的这部《古事记》亦被奉为"神典"的战前,已足以使高中生直木为之震动了。当然也有年方二十的关系。

直木此刻力图追忆童贞时期的震动,但很难完全回到四十五年之前。对这种交合,从中感觉出神话的天真无邪对于步入老年的直木也并非难事。诸多民族关于这方面的神话,在直木已经不止于记忆依稀,应该说差不多忘光了——而他又全无亚当与夏娃那样的所谓"罪",当然这种情况下是不能相提并论的。

只是,由于女神求爱道:"真好男也!"男神接道:"真淑女也!"——"女子不宜先启齿",即犯了女子主动传情的错误,致使交合后错生出马鳖来，只好放入苇船顺流扔掉。于是下回男神先道："真淑女也。"而女神应："真好男也。"改了男女顺序，故有"大八岛"国诞生。

直木觉得改变男女顺序耐人寻味。既然女先而惩及所生之子，《古事记》为何不一开始就让男子先说呢？《古事记》成书于和铜五年，即公元八世纪初，其时元明天皇为女皇，后来以奈良为都时也女皇居多。尽管如此，由于早已确定了家长制、男权和男子优先地位，也还是出现了不妨视为这种训导女子的寓言性神话。同时，也许神话女王的生活和女子优先的习俗仍被口头传诵，从而书录下来。直木随身只带有袖珍本《古事记》，在这里无法读到学者们关于神话与古民俗的研究或推论，很想回镰仓家里查阅一番。随即，较《古事记》还要早的明朗欢快的古代歌谣、陶偶以及年代更为久远而颇有强度的土偶等，纷纷然浮上他的心头。

生国神话还有这样一段："生伊豫二名岛，此岛一身四面，面名各异。"——现今的四国地区，爱媛为女，赞歧为男，阿波为女，土佐为男，四国均被赋予男女性别。这段直木本已忘了，现在重读起来，仍觉饶有兴味。爱媛（伊豫）与阿波，想必自神话时代便有女性韵味。

大八岛国土生毕，继而生诸神，先生河海、山野、土石、草木等自然物。之后生火时烧伤下部而病倒。"伊邪那美神因生火神而失却自身"。日本神话于此首先出现死。

较之《古事记》神话，日本学生更熟悉的是普罗米修斯因盗来天火而被绑在岩石上任由秃鹰啄食肝脏的希腊神话。直木对此感到不解。他在沙滩上一边读伊邪那美神之死的神话，一边回想昔日尚是青年学生的自己从中得到的感觉，但已如烟似雾了，毕竟时隔四十余年。那时多少对古代研究怀有兴致，并未将其单纯视为荒唐无稽的传说，然而何所思何所感却是模模糊糊的了。纵然六十五岁的今日，也并不明确和朗然。但越读越有新的惊奇，而并不觉得尽是离奇怪诞之谈。

这既是死亡起源的神话，又是生之开端的神话。为夫男神伊邪那歧神因为妻女神死之不净而逃至这日向阿波歧原净身祈禳，那之前竟有这许多故事。这点直木原已忘了。直木还想起，有学者认为因妻死之污秽不净而逃离，乃意味弃妻、离婚和对家人的避舍。

忽然一句话掠过直木心头："海里唯有水，直木唯有恶。"此语来自对《妙好人才市歌》的模仿，每当他回首或懊恼自己时，便如此自言自语。

"我的心旋转不止，因那业障之车"，"一直转到临终，从此再无车"——才市歌也浮上心来。才市是石见国一贫穷的草履作坊。

火与雷

　　生火神烧伤下部的伊邪那美神卧床临终之际，仍从呕物和屎尿中接连生出金山、制陶土、灌田水、农耕及食物诸神。食物神丰宇气毗卖即伊势外宫所祭之神。

　　伊邪那歧神俯在妻尸体的枕旁和脚下痛哭，其时"成泪之神坐于香山亩尾树下，名为泣泽女神。故伊邪那美神葬于出云国与伯耆国交界之比婆山"。

　　但爱妻死于产后的伊邪那歧神对其子火神和迦具土神大为恼火，拔"御佩十拳剑"斩掉火神脑袋。结果，从刀锋、刀锷、刀柄沾存的血中生出八柱神来，个个勇猛强悍。直木心中称奇，从怒斩亲子的刀血中居然生出这许多神来。雷男神和建御雷男神便是从刀柄血中生出的。

　　进而，又从被斩杀的火神的头、胸、腹、下部、左手、右手生出司掌山谷诸神。就是说，死尸中亦有生命源源不断，具有浓厚的创世神话色彩。

　　此后，伊邪那歧神因思慕伊邪那美神尾随追至"黄泉之国"，道："吾之爱妻，归来兮（吾与汝所造之国至今未讫）。"

　　但伊邪那美神说："（惜哉！）夫君若不速来，妾将食此黄泉之物而身受其秽。夫君既来，妾亦有意返回，即与黄泉神相商。但夫君万勿随入，不可窥妾此时姿形。"

　　然而，等得不耐烦的男神自行折下发髻上竹梳的一根梳齿，用火点燃进入里面。于是目睹了女神的尸体：无数蛆虫蠢蠢涌出，几可闻其蠕动之声。就是说，尸体已经腐烂，至此尚属常景；而往下这神话尸体则离奇起来：如此女神尸体上，头部有大雷，胸部有火雷，腹部有黑雷，下部有拆雷，左手有若雷，右手有土雷，左足有鸣雷，右足有伏雷，共生出八柱雷神。如同因烧杀母亲而被父亲砍死的火神身上有山神谷神降生，女神开始腐烂的尸体中亦有雷神生出。

"火与雷……"直木喃喃有声，眼睛来回在《古事记》这一段上移动。《古事记》用的是古代神话语气和文体，毫无矫饰，毫不顾忌。由于仅带来这一小本《古事记》，又没有注释，因此尽管直木学生时代关于日本国土及森罗万象的创造的神话同世界其他民族的创世神话具有怎样的异同，以及外国神话传来之后如何融进日本特色那些出于兴趣的记忆已经模糊不清了，然而他反倒因而觉得还是含义都难以把握的原版《古事记》直率无杂。加之此时又正是他告别四十年公司生活后外出旅行中平心静气的时刻。据传伊歧神窥见妻之死尸丑秽不堪而逃出以水净身祈禳之地，便是这方水滨。

直木再度觉得，因生火神被烧杀而从其腐烂尸体中生出雷神的伊邪那美神乃是性格暴烈的女神。在产生神话的古代，人们对于雷鸣和雷击是怎样看待的呢？直木无由得知。但无疑人们将感到恐怖和惊异。凡此种种无不被奉为神明。日、月、山、谷、川、海、岩、树、雨、风、雪等几乎所有自然现象都曾是神。时至今日，原始诸神仍无可胜数地留在区域性风俗信仰和流传信仰中。衍生出富有人情味的民间故事者有之，幻化为淫祠、邪祠等迷信者有之。神道和佛教均属于多神教。因是多神教，也就产生了直至末法、末流等莫名其妙的神神佛佛。且神佛混淆，而日本民族的心灵情结便是这神佛混淆赖以发生和成长的母体。在基督教传入之前，日本不存在一神教。

直木自己去欧洲各国旅行了两三次，相比之下，还是日本战败无条件投降而由盟军主要由美国管制那一时期使他亲近了《圣经》，尤其《新约全书》。那时长子治彦是中学生，常常去镰仓教会圣经班，不久又带年纪尚幼的妹妹晶子去——由于同孩子们的关系，父亲也就自然而然对《圣经》产生了亲切感。况且对于幼小的晶子，也只能浅显易懂地讲述基督教及其信徒的事情。作为直木，即使不算从高中到大学经常出入本乡基督教青年会馆那一时期，当然也是读过《圣经》的。第一、第二外语分别选学英语和德语，也是因为经常接触《圣经》章节和里面故事的缘故。并且在当时感兴趣的比较神话学和民俗学方面也开始接触《旧约全书》。可是，直木蓦然觉得，学生时代的自己从《圣经》中受到的感动同战败不久时的中年的自己从中得到的，有着相当的不同。诚然，像《圣经》那样的古典或神典，无论年纪多大的人在哪个国家读起来，都应是新鲜的清泉；直木感觉上的差异，想必同其年龄的增长以及战败带来的虚脱、困惑等环境有关。即使就《古事记》来说，如今——学生时代的直木曾将其同《旧约全书》等诸多国家与民族的创世神话、信仰等书进行过比较研究（尽管很肤浅），而于中觅得的一些见解现今已大多忘了——在这据说伊邪那歧神祈襄过的一叶汀（可能是假设），在这所谓神话遗址一个人坐于沙地读起来，也还是别有一番滋味。

"《古事记》原来这样写的啊！"直木甚至嘟囔出声来。战争期间，《古事记》《日本书纪》以至《祝词》《宣命》等古典，被胡乱用来宣扬神国思想和国粹主义。那时从关于天降的解释中得到的感觉，也同今天大相径庭。

这倒是另外一件事——说起来在受圣经班影响上面，治彦和晶子也截然有别。固然，晶子当时很小，尚不足以受其影响，长大以后上大学学的也不是西方文学而是日本文学专业，而治彦所受影响和浸润则很深远，延续至今，以致直木毋宁为儿子感到不忍。现在父亲同儿子间性格感情上某种不好理解的乖戾，儿子同母亲静子之间微妙的疏远，根本上恐怕也是由此而来。作为建筑学家的治彦，眼下虽然对日本式建筑、古民居等风格心往神驰，但他作为战败国、被征服国家的少年，对战胜国、征服自己的国家的人所怀有过的过度亲昵感，直到他成人后，那创伤岂不仍留在他的身上？直木多年后开始生出这样的疑问和悔恨。这在战败不久的当时，是做梦也想不到的。

治彦

　　长相端庄、衣着整洁、聪明伶俐、惹人喜欢的治彦，首先得到的是教会中外国牧师的疼爱。随后事情传开，又受到美军将校和文官们的喜爱。治彦同其家人也熟识起来，开始出入他们家门。他最先接吻的初恋对象是个年纪比他大两岁的美国少女。在大多数少年过着战败国凄惨生活之时，治彦快活得就像做梦一样。因是少年，自然没有大人们对占领军阿谀逢迎谋利避害那样的猥琐。与之初恋的少女，当然返回美国结了婚，住在西海岸的西雅图，但至今仍每年都给治彦寄来生日贺卡和圣诞卡，从未间断。据说正作为亲日派妇女在美日交流的门户西雅图市开展活动。

　　在占领军执掌一切的投降初期，包括直木家任何人都根本没想到那会给治彦留下什么影响或者精神扭曲以至创伤。莫如说，治彦这个同美国占领军来往密切的少年，俨然成了直木家生活中的核心人物重要人物——就差没一时成为一家之主——就是说，占领国对日本的统治通过被其若干军政人员所喜爱的治彦而波及或者说缓冲至直木家来。少不更事的少年成为如此奇特的存在，自是由于日本处于颠倒岁月所使然。

　　镰仓得以免遭战火。没落下空袭炸弹，没受到来自空中的机枪扫射，成为继奈良、京都之后第三座未被毁坏的古都。战后人们说是由于美国空军的手下留情。而得益于沃乌纳博士等人保护日本古都运动的说法传开后，为感谢博士之恩，还在奈良法隆寺后面建了一座纪念碑。

　　总之，镰仓得以在东京附近奇迹般作为完好无损的古城存留下来。加之战前便是幽美安静的住宅城，离横须贺军港和厚木军用机场又不远，所以有不少房屋被"接收"下来给占领军家属居住。实际上几乎是被绝对权力强行腾空交出的。直木家也有接收人员来事先查看。不料美方人员瞧见治彦，亲热地拍他肩头道了句："噢，治彦，原来是你家！"结果不仅直木一家，日方人员也吃了一惊。

"你家几口人？"美国人问。

"七口。"治彦回答。

小女儿加代子虽未出生，但治彦祖母活着，还有女佣。

"七口？"美国人说，"那么多人，要是借了这房子，旁边房里又住不下，可爱的治彦就得离开镰仓。唔，可能。"

"不是可能，肯定要离开的。"治彦用英语回答。美国人大约听得很清楚，点了两三下头。

从此房子接收的事再无下文。或许对方认为房子不适合美国人一家居住，但"治彦的家"这点也使得对方网开一面，对此附近的人都有议论。

"可爱的治彦就得离开镰仓"——治彦母亲在家中时常重复这句美国人的话，可能是这句话传到了周围人耳朵里。虽说美国人是笑眯眯半开玩笑说的，但里边应该含有好意的关照。

少年治彦不时给在镰仓的两三家占领军请去，自然父母也同时被请，于是直木家也把占领军家属请到自己家里。出乎战败后的日本人意料，美国人对这种家庭式交往很感兴趣，表示出意外开朗的善意。

"有什么不方便的吗？没有什么不方便的。"对方当然这样问答。对战败的日本来说，何止"不方便"这种温吞吞的字眼，简直是饥寒交迫。虽说未化为焦土的镰仓街上没有显出荒凉的混乱——就直木家来说，尽管战争期间在黑市买卖中失去了相当多的衣物，但眼下尚不至于很困难——然而粮食紧张程度同其他地方并无多大区别。治彦从美国占领军那里拿回来的巧克力等糖果、士兵盒饭就成了难得之物。不久，随着家庭式往来的增加，从美国罐头到烟酒砂糖，便由美国人作为礼物带来直木家中。不妨说，直木家由于治彦这个少年的关系而看上去多少成了"特权阶层"。

令人啼笑皆非的是，有的"特权"，小孩子治彦有，而身为父亲的直木却没有。占领初期，横须贺线电气列车分为二等车和三等车（二等相当于现在一等，三等相当于现在二等），日本人不允许坐二等，二等车为占领军方面专用。所以，直木乘拥挤的三等车去东京公司上班，而治彦却得以跟美国人坐二等，新名词称作伴伴女郎的妓女也和占领军士兵乘坐二等。

这些女人大多刚操此业，手脚粗糙脏污，衣装不伦不类，观念上同过去的妓女也相差甚远。她们的土里土气、愣头愣脑，她们的肆无忌惮、寡廉鲜耻，在战败虚脱和对占领军卑躬屈膝之中，与其说是令人目不忍睹的无知的自我作践，莫如说更让人想起野性的勃发和野草的韧力。当然也不妨视为女人旺盛强悍的生命力在不惜满身泥污情况下的一种发挥。这种风俗，任何时代任何国家，在酷烈的战争中，在惨烈的战败后，都是并不罕见的。

直木想起初期真笔浮世绘风俗画中表现古代女子如此粗野鄙俗的那幅罕有的《浴女图》，口中自言自语："果真把个战国时期的'伴伴'画得栩栩如生，像极如今的伴伴女郎。"画上的六个浴女，唯独和服花纹算是漂亮的，而那俨然倚门卖笑的毫不检点的打扮，那不要脸皮的神情，所体现的却像是从长期战争的深渊中爬出来的土著众生的野性。那无疑是长期战乱后的颓废，而又似乎带有"颓废的生气"，蕴含着勃兴、反叛与蛮力。纵是同一时代的真笔浮世绘风俗画，《松浦屏风》《传本多平八郎绘姿》，尤其《彦根屏风》，要优美艳丽甚至流于纤弱。如此一想，直木开始对伴伴女郎刮目相看，觉得她们的土气和野性带有类似当时黑市上那种原始活力。相形之下，治彦这类令人怜爱的文质彬彬的美少年，岂不成了《传本多平八郎绘姿》和《彦根屏风》！

不管怎样，少年治彦坐过日本人不能坐的横须贺线二等车，随美国人一起坐着流行的小汽车替代物——客运三轮车及吉普车在镰仓街头穿行过，为此遭过无数白眼。而同占领军家属有明显交往的直木家受人反感、嫉妒、敌视和蔑视自是理所当然的了。

镰仓住有很多曾去横须贺军港上班的海军军官，由于战败放弃军备，这些军官的命运急转直下，各所不同。有人说距直木家隔两三家前面的一个海军少校在没收刀剑时私藏了一把名刀，每天劈砍院里的树枝以泄积愤。后来由于砍杀一条误入院内的别人家的狗被美军MP[1]逮捕。据说那少校看见同美国人搭坐三轮车的少年治彦，口称务要一杀为快。

那时治彦两个妹妹中，下面的晶子还十分幼小，根本提不起来，却不知为什么害怕美国人，或者说害羞，极少凑上前去。令人奇怪的是上面的幸子。幸子是小学生，正是逗人喜爱的年龄，加上衣装漂亮，每次给美国客人端茶送水，客人都欢喜得睁大眼睛，啧啧称赞。幸子生来诚实，懂得关心人，喜欢和人打交道，知道照料客人，在外国人面前也落落大方，和颜悦色。奇怪的是并不像治彦那样主动接近美国人希望对方喜欢，对外虽有引人注目之处，在家里则是个喜欢一个人做手工的女孩子。她把亲手用小布块拼做的日本偶人痛痛快快送给美国人，赢得对方欢心时，她自己也很高兴。甚至缝抹布她也不喜欢破布，而别出心裁用漂亮的布块弄得像刺绣一般。美国人见到，便讨了带走。

"幸子给的那块抹布嘛，"治彦说，"去肯莉家一看，原来放在餐桌上当摆设呢！"

"出洋相！你怎么不告诉说是抹布呢？"幸子一脸不快。

治彦回答："美国大概没什么抹布，告诉了人家也不明白。在餐桌上也挺好看的嘛！"

---

[1] MP：Military Police 之略，美国宪兵队。

少年翻译

"没上学那时候我顶顶聪明来着。"幸子常对妹妹晶子和加代子说,"灵感、第六感那样的智慧时常闪出火花,都夸我是神童来着。身体虚弱的孩子,脑袋怕也虚弱。由于虚弱,大概才有纯真的火花冒出……"

幸子身体的确虚弱,幼儿园都没去,基本在家老老实实待着,跟母亲写写看看,她喜欢这样。后来独自跟书交上了朋友。从幼儿连环画,一直看到小学高年级以至更难些的书本,且不局限于童话。总之,聪明的幸子小小年纪就成了蛀书虫,不管看懂看不懂,扑在书上不放。莫不是自我实施早期教育?以往的教育是一下子就从小孩子不知所云的四书五经的机械朗读开始,而幸子的情况多少有点相似。

不管怎样,幸子上小学时,老师教的和教科书上的她早已知道了。虽说不够均衡不合规范,但幸子学习上的实力恐怕远在小学高年级之上,因此觉得上课有些傻气。每天上学身体固然结实了,而学习热情则丧失殆尽。初中高中也是如此,别说平时,考试前也全不用功。但成绩名次却未曾低于二十名。父亲哥哥大致劝了劝她也没上大学。当妹妹晶子给自己一个女同学的男朋友看中而处境尴尬时,最先赞成妹妹从大学辍学的即是幸子,尽管那时已嫁去了京都。

"日文专业那玩意儿,说到底,学的不是日语不是自己国家的语言么?再古再难,我想也是随便自学得来的。若是晶子要当老师,想拿个资格倒另当别论……"幸子以无所谓的语气说,"从小学到大学,学校那地方不就是把人弄得千篇一律么?像平整地面或修剪院子树篱一样……"

幸子所以这样,也是出于其实际体验。虽说算不得神童,但在学校里，也像是竞赛马同耕地马慢慢悠悠一起赶路，这点晶子也很清楚。幸子告诉晶子，男生有时可以在学校里结交终生朋友，学业有时可以关系到终生职业；而女生可就长远指望不得了。

幸子上小学时正在打仗，初中和高中阶段是战败以后。即使在战祸少些的镰仓，如今回想起来也算不上按部就班的正规教育。

在世风日下之中，幸子保持了自幼的情操，并且培养了自己。从小就不喜欢外出张扬，而宁愿静静守在家里或做手工或习字绘画。女孩儿味十足的幸子，一旦拿起毛笔，字的力度竟不在男子之下，令人不可思议。而且较之藤原假名，幸子本身更喜欢唐、宋以至更古远的中国书法。也许幸子这个地道女孩儿身上有这种男子汉气度。做饭做菜当然也喜欢，并有自己的创意。此外对父亲的日常起居也照顾得无微不至，或许出于长女自然形成的责任感。而幸子出嫁之后，母亲才如梦初醒似的意识到幸子的难能可贵。二女儿晶子很难马上接幸子的班。直木一家为幸子的婚礼提前两三天就去了京都，并不完全由于初次嫁女的父亲的感伤。

"幸子要是离婚再回来就好了！"直木甚至这样说道，"幸子为什么动了心思要同那个姓什么宫本的男人结婚呢？一个原因怕是由于向往京都，向往那个零零碎碎留有过去传统手工的京都吧！不知跟她说过多少遍了，京都那个城市，京都的家居，游客看到的同居民看到的之间是有很大差别的！"

"老地方估计都是那个样子，都是京都旧民居那个模样。"治彦也开口道，"不过，作为父亲反倒指望出嫁女儿再回来这种说法，可是超越父女感情，有点自私自利了，不管幸子对父亲是多么得心应手的宝贝。日本家庭就是这点不好。"儿子责怪父亲。

后来治彦媳妇静子所以对待直木多少有点类似幸子的地方，想必也是因为直木身上有某种足以使年轻女子变成如此存在的因素。但静子毕竟是儿媳妇，不同于亲生女儿，直木也罢静子也罢，难免都有所拘束。这恐怕来自儿媳妇那种有别于亲生女儿的另一种温馨。

总之，幸子不仅对父亲，对母亲和妹妹们也一向体贴入微。但骨子里又似乎有一种十分固执的东西。比如说，出入直木家的美国占领军那些人无论怎样夸她可爱，她也没有想要亲近的意思。经大人说，也会穿上漂亮的衣服进客厅寒暄，也会送给偶人等手工艺品，但仅此而已。美国人邀她上门做客也硬是不去，很是令人奇怪。

这是幸子与哥哥治彦截然不同之处。就连教会圣经班也不肯去，哥哥怎么劝也不应。治彦于是放弃幸子，后来把小妹晶子带去。治彦从小学到大学始终出类拔萃，而幸子几乎未曾比之自己成绩而有竞争意识。二女儿晶子仰慕哥哥才华，在哥哥影响下自己也用功学习，幸子却没有这样的表现。晶子总是在功课上这个那个求哥哥指教，幸子则从未问过一次。

治彦对还小的晶子道：

"这么啰唆！什么都让人教，自己落得舒服。别老依赖别人，要多少自己动动脑才行。我可不愿别人觉得家里有个方便的家庭教师。"

话是这么说，治彦到底觉得这样的晶子有可爱之处。学校里的成绩晶子自是比幸子好，但治彦始终认为还是幸子聪明。这也不完全是因为幸子年幼时智力的火花仍然留在治彦的记忆里。

虽然幸子温顺乖觉，治彦却没有办法把她带去教会圣经班那样的场所。而且，当治彦同美国占领军的交往越来越深时，幸子始终一副漠不关心的旁观者姿态，无意特别主动地接近美国人。但两人毕竟都还年少，治彦因此觉得妹妹别扭甚至碍眼。过了些年回头看去，治彦仍好像对这个妹妹有所顾忌。就是说，美军占领时期莫如说给治彦留下了创伤，而幸子则完好无损。这种顾忌或许只是长大后的治彦单方面感觉到的，而幸子则大约不知不觉。它未必不是来自治彦的一种扭曲。

但在占领结束日本独立自主之后，父亲直木也开始明显看出，少年时代受到美国人过分喜爱的治彦，在向青春时代过渡当中，生活上心理上的迷惘、失望以及由此自然生成的挫折和失落。直木当时对把儿子交给美国人感到犹豫，后来便后悔了。形式上近乎一种留学，但那当然不是自费——喜爱治彦的一个波士顿人一再表示要把治彦领回美国,让治彦住在自己家里。供儿子读完美国的高中和大学,这种美国人特有毫无功利性的善意,直木心里也是明白的,但他还是拿不定主意。倒是母亲藤子积极支持。

波士顿那个美国人赞成治彦在美国学建筑。那个美国人虽然是搞经济的,同建筑没有直接关系,但每到休息日便带着治彦这个不很顶用的小翻译全家外出。从京都、奈良的古神社寺院,到小地方的旧商号、旧民居,四处参观。他喜欢日本建筑,也考察过日本的风土、自然同建筑的谐调,并希望化为"焦土"的日本重建时能有漂亮的建筑。那个美国人认为,如果没有建筑学方面的视角,国家的构建或城镇的构建是无从谈起的。当时经过战火的废墟上,那些小窝棚和临时木屋虽然正不断改建成"真正的建筑",但都是毛毛躁躁,急于求成或唯求省钱的堆砌物。风景秀丽的日本正沦为充斥不三不四建筑的街衢。那个美国人为之惋惜,尽管情有可原——没时间、没材料、没资金,不得已所使然。那个美国人乃意大利贵族后裔,熟悉欧洲各国古都古城,想必这更加重了他的惋惜之情。

治彦自小出入教会,出入那个美国人家门,看过许多欧洲古建筑照片,为之神驰心往。至于日本古建筑之美,虽然作为小翻译在旅途中由那美国人开导过,但年龄尚小的治彦似乎很难理解。较之照片上的西方建筑,实际目睹的日本古建筑无法打动治彦,使得他只停留在旁观程度上。而这恐怕并不完全是治彦的年少所致。大至神社佛阁,小至茶室,日本建筑大约莫不如此。美国人对于日本建筑的热爱(或者说喜好)在治彦心中播下的种子,在他大学毕业后方得以萌芽。

其实治彦所以进大学选学建筑,其动机之一恐怕便来自心中的这颗种子。治彦毕业论文题目选的是西方教会建筑。那并非富有广度的史论,仅是局部一项小小的研究。对此治彦只能通过照片和文献来查证。无法以自己的眼睛实际确认西方的古教堂。在远离西方的日本,这种查证方法是学生常用的,有时甚至比亲睹得到的还要详细。况且当时日本政府正对出国严加限制。

那个美国人回波士顿以后，也常给治彦来信。信上说美国的大学暑假时间长，不妨利用暑假去欧洲各地的古教堂看看，学生暑假旅行有办法少花旅费，这方面可以由他安排。父亲却不同意，治彦为此曾和父亲吵得很厉害。

"您不了解美国人，不懂得美国人那种热情和善意。人家不是什么恩赐，也不指望你回报什么。"治彦说，"那是一种坦率透明的单纯的好意！您反对怕是出于一种曲解，一种自卑感，以为战胜国的人要领养战败国的孩子，发达国家的人要照顾落后国家的孩子。可人家一丝一毫都没有垂怜那样的意思。"

"这我知道。"直木是这样回答的，但为之后悔则是很多年以后的事了，后悔没有接受美国人的好意让儿子留学。较之顾忌某些日本人的反感——因为不仅仅是留学本身，主要的是少年治彦当时过于接近美国占领军——更是出于一种担心。也就是说，当时治彦已经从原本的地道的日本少年变成一个可谓战败后日本土生土长的不上不下的"美国仔"，这点直木很快就已看出。而通过留学会不会使之变本加厉呢？虽说治彦不至于明显沦为无国籍者亡命者或美国式的装腔作势之人，但变成同日本格格不入的奇妙的日本人并非没有可能。直木对此感到担忧。其中也许潜藏着作为战败国民的屈辱感和自负心理。

当直木意识到还是留学能促使治彦的才能和性格得到充分发展，已悔之晚矣。那般得到美国人喜爱的经历和当时俨然"特权者"的幸运，给治彦留下了父亲意想不到的创伤。家人都没有怎么觉察到治彦在十分敏感的阶段所遭遇的异常。就拿那次同美国少女初恋未果来说，家人就因对方是生性开朗的异种人少女而没有充分体察治彦的感伤。

而且，治彦第一次真心诉说那番深深的感伤是说给新婚不久的妻子静子，恐怕也是治彦性格中某种扭曲所使然。

静子因而认定那个美国少女是丈夫"永恒的女性"。

沙滩

……直木此时所坐的沙滩，即神话中伊邪那歧神以水净身的海滨，以及包括这海滨的阿波歧原，却不见任何纪念碑，唯有在稍离开些地方编扎冬日防霜防风竹篱之人似有若无的声响，和今日安详的涛声。岸边除直木再无别人，一片寂寥。温馨的海滩纵使空无人影，也没有寂寥氛围，而这里的海滩并不温馨，唯南国阳光眩目耀眼。

直木手上的《古事记》里，无论伊邪那歧神那位与其共同创建国家的爱妻伊邪那美神尸体腐烂生蛆即视死为不净的神话时代之死，还是男神逃出以水净身的奔遁与祈禳，都有一种诸神诸物诞生的欢快与开朗。直木深切觉得，就连糜烂的女神尸体怀有八柱雷神并且狰狞剽悍的雷神们从中降生，也非今天所能想象的。

"大概还没有火葬吧？"直木歪头低语，"如果火葬自己的火焰发出震天动地的百声惊雷……"

古今任何英雄豪杰俱无此事。

"不，这只限于基督。不过基督以外也好像有这类人物。"

不管怎样，女神死尸中有雷神降生这个神话，使直木感到某种生命的律动。

早在学生时代直木就通过阅读和听讲比较神话，知道日本神话有不少与南洋各国神话相似。但无法一一记起，只是依稀记得若干类似的地方。

不过，直木此时在沙滩上便不理会那样的记忆了，几乎下意识地慢慢重看《古事记》。

本应是死人的伊邪那美神却又不像死人，这怕也是神话的关系。被丈夫窥见丑陋死尸的女神叫道"吾已蒙羞",命黄泉国(夜见国、死国)丑女们追赶逃走的男神。男神扔掉扎头发的发套,遂化为野葡萄。死国丑女们食野葡萄时伊邪那歧神趁机逃开。再次追来时,这回拔下发髻右侧的梳子折齿扔开。梳齿化为竹笋蹿出地面,在丑女们挖食竹笋时间里,男神终于逃生。

女神随即命八柱雷神率领一千五百死国军队追赶男神,男神后手挥舞十拳剑逃到黄泉比良坡下,拾起那里的三粒桃核朝追兵掷去,于是死国之人逃了回去。

直木想起来了,有的学者认为这黄泉比良坡就是现于人世的黄泉国,即死之国与生之国的分界。比良一词大约是悬崖之意。《古事记》特意加上一笔,说黄泉比良坡"今为出云国伊赋夜坡",不知是何缘故。女神命令追赶伊邪那歧神的"黄泉丑女",也被认为是死之污秽的化身。

这"黄泉丑女"也罢,雷神所率"一千五百黄泉军"也罢,无不如此不了了之,女神终于按捺不住,亲自随后追来。男神拉来千引之岩——须千人之力方可移动的大磐石塞于黄泉比良坡口。《日本书纪》曰"发绝妻之誓",即伊邪那歧神隔此巨岩表明离婚。

恋母

男神与女神隔此"千引之岩"的问答广为人知,作为创建国家时期的神话尤其令人兴味盎然。

伊邪那美神忿忿地说:"亲爱的丈夫哟,既然你如此无情无义,我要'将汝国众生,一日绞杀一千!'"

男神应答:"亲爱的妻子哟,你若做这种事情,'吾一日立产房一千五'。"

《古事记》随后写道:"是故,一日必死人一千,一日必生人一千五。"

当然,这与后世关于人口问题的说法根本不是一回事,而是创世神话对人的肯定——一日若有一千人死去,则必有一千五百人降生。

问答中,伊邪那美神被称为"黄泉津大神",意思大约为死国之神。

由于同爱妻创建的国度尚未完成,伊邪那歧神遂去请妻子返回。但那里是不净的死之国,妻必须净身方能从污秽的死尸及其污垢中挣脱出来。

男神道一声"吾为汝祈禳"而来到的地方,据传即是直木此时所在的入海口——"紫筑日向桔小门阿波歧原"。

为准备净身祈禳,女神将所穿之物一件件脱下扔开。不料从脱掉扔开的衣物中亦有神生出。例如,从最先扔开的手杖中生出驱灾逐厄的冲立船户神,从接着解下的衣带中生出守护大路的道之长乳齿神,而从左右手腕抛开玉饰时,又有冲渚海神生出。这么着,因"脱所着之物"而降生的计有陆海神各六。

最后脱光的女神道"上濑水流过急,下濑水流过缓",于是潜入中濑水流逆水净身。此时又有许多神从女神身上的污垢及其净身祈禳动作中生成。往下是这样一段文字：

"洗左目时所成之神曰天照大神，其次洗右目时所成之神曰月读神，再次洗鼻时所成之神曰建速须佐之男神。"

伊邪那歧神此时大为高兴："吾子生生不息，终得三柱贵子！"众所周知，净身祈禳时所生十四柱神中，此三柱神是《古事记》神话中最主要或最有戏剧性的神。

伊邪那歧神将脖子上的玉饰送给天照大神，命其"治理高天原"。其时串在长长细绳里的玉珠相互触碰，发出袅袅轻音。这玉串所以被命名为"御仓板举之神"，自是由于认为玉石亦有神灵之故。而其所奏之音，不妨认为即是"琼音"。

接着，命月读神治理夜之国。

随后命建速须佐之男神"治理海原"。

然而，唯独须佐之男神不从父命，一直哭到丰须垂胸，哭得"青山为之枯凋，河海尽悉干涸"，始终不肯去受命治理之国赴任。

"为何哭得那么厉害？"伊邪那歧神问。

"我就是想去死去的慈母之国，去那个地下坚州国，所以才这么哭。"

伊邪那歧神大怒，将须佐之男神赶走。

读至此处，直木不由一阵凝思。他很奇怪，自己竟对须佐之男神的恋母忘得一干二净。恋母之哭写得如此明显，而自己没有记住，没有像他在高天原胡来和在百万神聚会天安河原时作乱那样留在记忆里。也就是说没有像记须佐之男神乃狂暴之神那样记住他的恋母。

不知是小时读的《古事记》故事里没有写须佐之男神的恋母，抑或仅仅一笔带过致使自己只对其狂暴一面感兴趣。总之直木觉得，较比高中大学时代读的《古事记》原文及若干研究资料，倒是小学时在神话童话中零星读到的简易《古事记》鲜明地印在自己年过六十的大脑中。

此外忘却的——尽管不很意外——也有几处。须佐之男神登上高天原时,"山川悉动,国土俱颤",天照大神为之震惊,疑其来夺国土。但须佐之男神并无异志邪心,告以即去母亲之国而来辞行。

"既如此,如何知汝心地清明?"天照大神问道。对此须佐之男神回答二人各生其子,由子判别可也——似此有趣之处恐非神话莫属。

于是天照大神拿来弟神的十拳剑,折为三段,以水洗净,入口咀嚼,旋即哈气,雾中生出三柱女神。

须佐之男神则拿来妹神左侧长鬓所缠八尺曲玉和右侧发髻玉佩,又取过其左右两手玉镯等物,分别嚼碎吐气,雾气中共生出五柱男神。

天照大神说:"后生的五个男孩来自我身上所带之物,所以是我的孩子。先生的三个女孩来自你身上所带之物,因此是你的孩子。"

须佐之男神的应对最使直木意外:"'吾心地清明',证据是'吾得弱女子为子'。由此看来,'自然吾胜'。"

也就是说,神起誓以所生之子判别心之黑白。但生女孩儿者为何"自然吾胜"呢?仅仅因为女孩儿心地善良不成?直木不得其解。学者们对此是怎样解释的呢?他准备回镰仓家时查一下《古事记》参考书,弄清生女孩儿何以成为"心地清明"的证据。结果,须佐之男神乘这所谓"自然吾胜"的语隙而大耍威风,天照大神躲进天石屋,一时天昏地暗。

直木读至生女孩儿者"胜"这里时,眼前不觉现出自己三个女儿。于是《古事记》词句几乎视而不见,无法再看下去,望着海湾折身转回。

在松林道上搭上公共汽车,返回宾馆。

在服务台拿钥匙时,告以有他的留言。原来镰仓家里和公司女秘书有电话打来。秘书三好国子的电话问他在宫崎滞留到什么时候,如果久留,想前往探望,让他今晚回个电话。直木想不明白国子何以知道自己住在这家宾馆。

女司机

京都这座千年古都，可以说一年之中几乎无日不有热闹。

那些作为体现京都风情而又不为人知的俨然躲避外地人的小神社小寺院里——主要是这类场所——每天都有某处举行不事铺张的小型祭祀和佛事活动。其中有不少带有古俗古风，透出古雅质朴的情趣。然而纵使世居京都之人，除了与自家或自己生意有关的以外，也记不大清楚，并不总去进香。

即使专门研究古民俗和祭事的学者，要想从古代文献和传说中完全澄清其由来，要想四处亲眼考证流传至今的各种祭祀场景，估计也要花费相当的岁月。小小不言的祭事佛事委实太多，多得历史学家举不胜举，甚至民俗学家也因其过于繁多而无法一一顾及。京都报纸的边边角角每天都密密麻麻加以报道，但很少有人留意，漏写的怕也不在少数。

不过，即使今日京都被一些粗糙不堪、不三不四的廉价西式建筑迅速改头换面，典雅淳厚、玲珑剔透的山川风致被无情破坏，那些古来便与京都人性情和生活息息相关的固有的神佛祭祀活动，以及难以称为神佛方面的某种奇妙占卜或巫术活动，感觉上似乎也并未从京都底层消失，尽管城里大多数人都可能淡忘了。

诚然，四条大街和河原町大街等繁华路段说得不好听些已不再是京都，而如同东京银座模仿纽约巴黎成为地区性城市那样，变成了与银座相仿的日本地区性城市，但一走进小巷小路，仍然可以见到京都的原貌。尽管传统民居之间不断矗起有损谐调的怪模怪样的洋楼，但提醒人身临京都的街容依然没有消失。

举例说，直木接到幸子邀他来看葵祭[1]的电话后，带二女儿晶子来京都，那天黄昏时分在河原町通往木屋町的小巷一家小饭店凳子[2]上（那饭店二楼倒也设有几个蛮像样的单间，但坐在凳子上可以看到店主或厨师在眼前烹调的情景，并可就此交谈。况且吃刚出锅的，味道也较端上二楼的饭菜微有不同）吃晚饭，然后去祇园一处古旧的小茶馆那次就有这种感觉。

茶馆位于鸭川东边一条不大引人注目的街上，往前是花见小路（祇园大路）和四条南座，后头是过去有很多青楼妓院的宫川町，现在有电车通行。这一带有很多小巧的祇园茶馆。但这家更小，如同高利贷者的不显眼名牌那般小的招牌挂在门口一根柱子上，且旧得几乎难以辨认。路面很窄，看样子两辆车很难通过或勉强擦肩而过。就在这如此局促的祇园一角，排列着样式大同小异的古旧的小店铺，夜间静悄悄、冷清清的，极少有人走过，很难想象这便是祇园的一段花街柳巷。

去欧洲旅行时，直木也喜欢晚间一个人在僻静的街巷漫步。当时他常常自言自语道："巴黎是多么冷清的城市、多么冷清的城市啊！"诚然，高大的石建筑同日本的木建筑不同。而若没有行人，就更觉不同。夜幕下排列着石建筑的街巷，格外令人感觉出孤独的重压。

不仅是住宅地段，甚至香榭丽舍大街，稍微往里一斜，也有分散着冷冷清清的饮食店的街巷。伦敦的皮卡迪利大街亦不例外。只要往旁边穿一两个路口，直木便不由对公司领自己参观的人说："这不简直就是银座后街吗！"

与银座后街不同的是，那里的饮食店里没有嬉闹声，没有活气。巴黎香榭丽舍后街上喝酒男人的表情身影，从幽暗的巷口扫上一眼都觉其

---

[1] 京都市上贺茂神社与下鸭神社于每年5月15日举行的大型祭祀活动。

[2] 大约指烹调台（或厨师工作台）前面的凳子，在日本较小的饭店常可见到这种情景。

寂寞。日本酒馆那种在旁边陪酒的年轻女郎那里当然没有。偶有携女伴的食客，直木也从没有看到欢快气氛。以致他往往想起德加《喝艾酒的男子》。

无须说，这街道靠近所谓世界繁华街衢的香榭丽舍大街和皮卡迪利大街的后街酒馆，恐怕并非贫民、无赖、酒鬼的聚集之地，而不妨视为里面的居民。只是他们喝酒时孤寂的身影，使直木久久难忘。那完全不同于日本街边路角饮食店里的热闹与亲切。在巴黎他不止一次感觉到那里有着比自己旅愁还要强烈的孤独。

也有时他半夜一个人溜出旅馆，混进蒙马特山丘的民谣酒吧。当然，他人地两生，是循歌声进去的。狭小的酒吧或什么小房间里，顾客挤得转不开身——也许有外国游客——大家随着歌手一起哼唱民谣，气氛热烈。有便宜酒供应，喝不喝无所谓，事后直木已记不起地面是水泥还是旧木地板了。

时间使他忘了国籍，出门已是后半夜三点。他找不到回程的出租车，在那条旧石板坡路上上下下。这时，一个女司机的车从对面开来停下。

"啊，太好了！"直木用日语说罢，随即用相当蹩脚的法语的只言片语道，"谢谢！在纽约傍晚交通拥挤的时候一次，巴黎下阵雨的时候一次，两次都是女司机在我拦不到空车走投无路时救了我，今天晚上又是……"

"是吗？"女司机回头看了眼直木。年纪四十上下，身体壮实，面部很是一般，但无荫翳。

"大概你女运不错吧。我好像听到上帝的召唤，让我救救这个外国人——说笑话。其实我准备从这下面红风车剧院那儿回家来着，一算今天的进款，少了点儿，就爬上这山丘，总算像有一位不错的客人在等着……"

"错不错倒难说。"直木笑着递过标有旅馆的地图，"凯旋门附近。"

"哪里都不要紧……孩子早已睡了……"

提起原本不在交谈范围的孩子，或许因为女司机对直木蓦然产生了亲切感，也可能是一种寂寥感的流露——毕竟半夜三点还在开车，且又是赚不到钱的夜晚。

那年美国、欧洲气候都不正常，七月多雨，犹如日本的梅雨时节，气温又不稳，少热偏冷。

"深更半夜，又是妇道人家，开车不容易啊！"直木怀着得以乘车的感激之情说道，"吃得消吗？"

"怎么说呢，"女司机沉默了一会儿，"在巴黎，很少有人说这样的话，很少啊！"

车到旅馆时，终究时间太晚了，直木多递了些钱出去，也算一点谢意。

"拿您这么多……"

女司机看着手心的钱，扑簌簌落下泪来。吃惊的倒是直木，不过是搭出租车时的小费，款额当然也并不出格。

"爬上这蒙马特山丘到底是上帝的召唤啊！流水出租车，想必您很难再搭第二次了，祝您旅途愉快。"女司机用手抹了把泪，"但有一点可以发誓，要是再次看到日本人搭不到出租车，我来送他，一定！"

"难得难得！"

"说到做到。"

女司机打开车门，站在那里目送直木走进旅馆，直到他进入电梯。

女司机莫不是有什么特殊情况，有什么伤心事不成？或者那天有什么特别委屈呢？

不管怎样，法国女子因区区小费而在日本人面前泪水涟涟使得直木有些凄然。原以为法国人不随便流泪，那怕也是自己没有道理的想法。

在日本国内，直木由本公司的车或对方派出的出租车把自己从所去的其他公司、人家或政府部门送回，次数也不算很少。车费当然不付，但觉得礼节上应对司机多少有所表示。自然也有司机理所当然地收下，有的则大致客气一下，有的坚决不收。有时心意钱比车费还多，但终究不足为道。不过为此而目睹对方流泪，只有深夜蒙马特那个法国女子一人（不晓得具体是何人种），令人难以忘怀。

直木常问从法国回来的日本人，在巴黎坐过女司机开的车没有，回答坐过的人连一个也没有。

当然，直木并非不知道，纽约也好巴黎也好，都有灯红酒绿的夜总会，也有年轻人夜晚狂喊乱跳的地方。大约专门接待游客的豪华商店直木也见识过。然而，留在直木印象中的，唯有巴黎、伦敦的那些小酒吧，里面只有男人家在凄然悄然地喝酒。在直木眼里，酒吧不无寒碜，位于僻静的路段，但距涌满世界各地游客的通衢大道仅几步之隔。

故人

在祇园小路上，直木不期然想起巴黎，想起巴黎那种紧挨繁华大街的寂寥凄清的路段。在京都，这样的小巷不仅仅限于祇园一带。只是光景全然不同于西方夜晚无人通行的街巷，完全没有那种凄凉。这大约来自街巷建筑物——高大的石建筑与低矮的木建筑之差，空气的干燥与湿润之差。西方小巷的凄寂，感觉上仿佛连夜里的空气都硬邦邦的，里边有一种令人黯然神伤的孤独，而并不含有旅愁那样的温馨。

在巴黎，一天夜晚在幽暗的小巷行走时，看见三个年老的妇女。三人分别领着丝毛狗。白色的小狗甚是相似，直木心想，大概是一胎三只而由三个老妇分了。就领狗出来散步来说，时间已经过晚了。且三人止步不动，只管站在那里絮絮不休，的确是絮絮不休，直木觉得。也可能是领狗出来撒夜尿的，因而三位老妇每晚夜深人静时都在此聚会，说东道西，日久成习。她们没有注意到从身旁走过的直木。而当三只狗有一只绕着直木脚下跟来时，一名老妇尖叫似的吆喝那只狗。直木吃了一惊。丝毛狗自然慌慌张张跑回那老妇身边。

走了一会儿回头看去，昏暗中三人仍在聊个没完。较之日本妇女在井边或路旁闲聊的光景，这三人即使算不上地底下或无人世界里的老妖婆，也够使人不寒而栗的了。三人都那么肥硕，衣装虽有些狼狈，但生活恐怕还过得去，应是公寓里的住户。

在日本，纵是陋巷里的穷老婆子，也不至于从骨子里沁出如此的孤独，至少直木未曾见过。自己的狗跟在别人后头便那般厉声高叫的人，日本想必没有。

直木也只是这样自己回想而已,并不打算说与人知。何况说出来,没去过巴黎的人怕也很难理解。

晶子很早就听说过京都的祇园。或许因为里边有着近乎少女憧憬的什么,修学旅行的女生们每当在街上碰到古装舞伎,便拢上去求对方签名。

此外,晶子还得知京都商界正在东京的大百货竞相举办京都名特产展销会。其中姐姐幸子和宫本第一次相遇的那个会场也装点得俨然京都缩影,并从京都带来几名舞伎,身着长带飘飘的盛装,在展销场地插花献茶,接待来客。

京都商界来东京举办展销活动情况大体如此。在纪念日美通商一百周年的芝加哥博览会上,也有几名京都舞伎前往助兴。葵祭之夜,直木应邀去罢祇园茶馆回来,路上被花见小路横头一家新开张的蛮漂亮的小酒馆请了进去。店里没女孩儿,只听老板娘唐突寒暄道:"好久不见了!"直木没有印象,遂问:

"可在哪里见过?"

"在芝加哥……"

"啊,那个博览会上!"直木想了起来。面影虽依稀如旧,但从舞伎到酒吧老板娘这五六年间形象变化之大,实是直木想象不到的。对方在芝加哥当舞伎时,自己是作为公司头面人物到博览会办公事的,慰劳时也在舞伎们休息的地方露过面,现在则已退休了——话虽没这么说,感伤还是有的。芝加哥博览会那用人造桃花几乎连墙壁都整个装饰起来的大门,那个风大日子的光景,一时翩然浮上脑际。"出息喽!"他简单说道,"女人的变化真是意料不到啊!"

酒吧有三四名侍者,不算很小,装修也还考究,地点又合适,不知店是她自己的,还是受雇于人当的老板娘,直木不便询问,但还是道出一句"出息喽"。里边未尝不含有轻微的惊愕,惊愕女人一夜之间身份大变。

就结婚而言,情形怕也如此。由于宫本在京都开店,长女幸子的婚礼无论仪式还是宴会都在古都宾馆举行。直木一家三天前就来到了这家宾馆，就连小女儿加代子也巧妙地缠着跟了来。婚礼当天不巧下起了远非春雨可比的大雨，好在那之前已经去京都观赏樱花的景点逛过，唯独平安神宫那谷崎润一郎在《细雪》中称以"丰丽"的红重樱和仁和寺的御室樱尚未绽放，令人遗憾。不过，去了醍醐三宝院，三个女儿还登了奥山。樱花触目皆是，尚未沾染浮尘。

刚刚装修一新的五重塔，颜色鲜艳夺目。古代刚建成时，无论法隆寺、东大寺抑或奈良的古寺，应该全部涂以这种中国风格的明快绚丽色彩，佛像也光彩照人，堂内秘不示人的佛像至今仍多少保留往昔的漆色。这番话是对晶子说的。因晶子对刚装修过的五重塔色调感到失望，说具有日本情趣的枯淡和贵重感俱已失去。直木告诉她，不必拘于色调，要注意端详以新绿为背景的塔的造型。

为幸子婚礼而来的两三天京都之旅，直木一家当然一起去了祇园的茶馆。所去茶馆位于祇园醒目的地方，新建的两层建筑，里面宽敞，也像近来饮食店常见的那样用纸把部分天花板糊了，从上面采来柔和而明亮的光，俨然吉田五十八那种新型日本式宴会厅。

相比之下，葵祭之夜宫本领去的茶馆那里，街面也好，民居样式也好，宴会场所也好，全都不伦不类。直木过去虽在祇园到处转过，记得由此往鸭川方向，即往西前行不远，便是一条小商业街，如往昔乡间小镇那样延展开去——直木喜欢那条街道。今日当也不致有什么改变。

但晶子觉得这祇园小路好玩。战后东京长大的晶子大概从未见过这般古旧萧索的街道。何况这还算是烟花柳巷，就更觉奇怪了。

"这房子是干什么的？"晶子问。

"这个么……"直木小声支吾过去。

一排又旧又暗的小房子，门灯若有若无，既没有茶馆样的标识，门上又几乎不见艺伎的名牌。直木也没了信心，不知至今仍是茶馆，还是艺伎馆，抑或仅为等待常客也未可知。总之不像是能招徕外地游客的所在。

因为首先游客不路过这样的小巷，看上去也不像能使客人进入的样子。直木本想问问宫本或幸子，祇园东边这种小房子近来是不是游客少了，但没作声。只见有的地方拆了三四家这样的茶馆艺伎馆，而新矗起两三栋每个房间都带浴室、电视的俗不可耐的廉价造爱旅馆，大大摧毁了古街风情，明显破坏了谐调，且这趋势无疑有增无已。

直木想起一件令人怀念的事来。一个算不上朋友但颇要好的男子曾长期借住在一家艺伎馆的二楼。他是东京人，做古董生意，但不开店。拿来东西到文物商的店里去，或造访出手大方的古董爱好者，也就算是靠腿脚做买卖的人。当然有时也把客人请到自己的住处。

直木去时吃了一惊。大约六张草席大小的两个房间，靠墙四面堆满了古物，重重叠叠。这也是理所当然，对此直木并未吃惊。惊奇的是，他一个人独占了这仅有两个房间的二楼，一副神气活现的样子。艺伎馆莫非常租二楼出去？直木很是费解。从周围布局或房子结构来看，一楼并不比二楼宽敞。多一两个小房间倒有可能，恐怕都是京都样式的格子拉门，幽暗狭窄，有名牌挂出的三四个艺伎到底住的是什么样的房间呢？即使因有各种演习和宴会服务，加上要去美容院而很少在家，也没有必要出租二楼啊！为什么出租呢？

那男人同馆里艺伎无任何往来，情人在另一条花街上，倒也有趣。

"真叫人羡慕，"直木记得自己这样说道，"四下里全是胭脂味儿！"

"那也不是，地点倒是……"

"到底是京都，有这样的房子出租……"

"京都总是京都，"男子看上去并不介意，"还有一家出租房间的小艺伎馆。和那里的艺伎可是什么事也没有哟！动那心思可不成。住处一要便宜，二要不受约束……要是有意，我来介绍介绍。"

那男子常到镰仓直木家来，希望得到直木家朝鲜李朝带有秋草图案的彩釉花瓶。这类人一旦看中什么，往往纠缠到底，即使并非出于生意需要。由于常来死缠活磨，直木遂用弥生陶壶换了。圆形壶底诚然无足为奇，使直木动心的是那恣肆的红色线条，作为陶器居然没有褪色。线条技法的浑然天成也令人神往。

带有秋草图案的李朝花瓶，到底是眼光独特之人看中之物，大约身价不凡，直木后来在一本图鉴上看过一次。

但直木所以怀念这段有关那男子借宿的往事，并非因为什么李朝花瓶什么弥生陶壶这两件千百年前的器物，而是由于一个曾活在世上的女子。直木遇见岛由美子，便是由那个男子在他那间破烂宿舍引见的。

人很难预料在什么地方遇见什么人。当时作为一方的直木完全没有想到这次邂逅居然扭曲或者说改变了岛由美子的命运。

由美子是五条坂一带一个性格古怪的陶瓷工的女儿。父亲窑很小，店也不起眼，不是知名的陶瓷艺术家，也不是土特产商，只是不声不响兴之所至地或手捏或转动辘轳烧一点点陶器瓷器。作品在当时市面上也算不得上乘。父亲深知自己才能有限，所以非常不喜欢女儿由美子从小学自己的样子转动辘轳或用手捏土。

"别搞了！"他大声申斥女儿，"我已经够无能无才了，不愿意再传到你身上。陶瓷活儿是男人干的，还没听说哪个能工巧匠是女的。由我谈论能工巧匠当然滑稽可笑，也正因为这样，才一看见你捏弄泥土我就身上发冷。趁我不注意时悄悄扔到窑里去，让我来烧，你不要搞！你手里出来的，只有描花偶尔说得过去，有点像萨摩瓷工笔画。工笔画有生气倒也还可以，死板板的临摹趁早算了！一个女孩子家！"

父亲这些话对由美子打击很大。小时的由美子不是没有想接父亲班的想法，但从那时便死心塌地了。

从父亲似乎不很成功的瓷件中，时常以自己眼光挑走尚有可取之处作品的人，便是这个在祇园艺伎馆寄宿的男子。当然，他也没有本事使父亲成为世所公认的陶工。但由于这层关系，由美子不时到他寄宿的艺伎馆二楼里来。对男子来说，由美子正是他炫耀其文物知识的合适听众。

直木应宫本之邀去的这条祇园狭窄得顶多能容一辆车勉强通过的老

胡同里，应该有那男子住过的艺伎馆，无奈大致相同的小房子比比皆是，无法辨认得出。

只是，在这里初次见到的身穿小菊花和服的由美子，仍在他眼前历历浮现出来，怕已是二十年前的往事了。

葵祭

　　幸子同宫本的婚礼婚宴都是在古都宾馆举行的，直木一家那时住的也是古都宾馆。这次观看葵祭，是由宫本在这京都宾馆订的房间，葵祭队伍大约从京都御所出发，经过市政府和京都宾馆之间的河原町大街，往下鸭神社、上贺茂神社方向行进。实际上，直木和晶子是从京都宾馆二楼往下观看的，没有怎么看清。

　　这次应宫本之邀领晶子前来京都，不仅仅是为看葵祭，也想稍稍看一下幸子和宫本的夫妻关系，看看宫本的店。同时也是为晶子。晶子若有什么不便对自己这个父亲和母亲藤子讲的，想必可以讲给幸子。幸子有这样的本事，使人容易向她倾吐衷肠。

　　有时候较之当面谈，写信更觉方便。也可能晶子把在家里不好开口的事写信讲给了幸子。直木离开公司时便是这样。

　　"能告诉嫁到远处的女儿，却不能告诉近在身边的母亲和儿女！"直木曾给加代子这么抢白过。其实直木在给幸子的信上也并未明确提及，无非幸子敏感体会出来的。且即使幸子，也不见得确切知道父亲是否彻底离开公司。只是从父亲与往日口气不同的信中推想父亲身上大概将有什么变化，因而在写给加代子的信上意味深长地写道："父亲的人生才刚刚开始。"直木事后想道。

　　但不管怎样，直木还是后悔，在给幸子写那封不无感伤意味的信之前，至少应对妻藤子说个明白。当然，说明白藤子也不能怎么样。直木有个毛病——好坏另当别论——工作方面的事尽可能不在家里讲，怕是这点最后都在制约着自己。

但是，除去已经算是独立的治彦，妻子对直木退职的反应是很镇定的，或者可以说几乎没有表露明显的困惑。那天夜间也没有谈及丈夫的退职。翌日清早，治彦上班，加代子上学走后，藤子抱一个蛮大的文件袋走进直木书房："您看……"

对自己较一般人退休年龄多劳作十年表示感谢这样的话毕竟没有从妻口中说出。

"怕您心里不踏实，把家里的东西先给您过一下目。"

"那是存款折和有价证券之类。存款折好多种，已经以孩子的名义分好了。"

"嚄，满可以嘛！"直木并未细看。有些惊讶，也像不大好意思。

"都是您的功劳呢！"藤子说，"只要钱不一下子贬到底，即使这么不景气，也能轻松过得下去，生活上不用担心。"

"噢。"

"您自己要是想做点什么，我名下的山林在信州还多少有一点……什么时候卖都可以。"

"没那个打算，怎么好打老婆不动产的主意呢……问题是先要做什么。"

"啊，我也只是这时候说说——治彦想开一家住宅建筑方面的小公司。想法倒不错，但多少有风险的吧！"

"唔。"

"您要是一起来就放心了。"

"这个嘛，不急不急。"

"去宫崎或随便去哪里慢慢想想。"藤子把存折和有价证券装回文件袋，"虽说名义上是我和孩子的，实际都是您的，归您支配。"

"唔，觉得至少一半是你的。"

"哪里。"藤子摇头道，"只是这里边幸子名下的可是一点儿也没有。"

"出嫁时给她带了一些嘛。"

"不过那孩子的像是最少。当然啰,到晶子加代子,嫁妆我都不打算再像幸子时那样操办了,可以吧?"

"幸子结婚时和现在相比,仅三四年时间,钱的价值就不一样了。"

"我现在还觉得奇怪,你为什么把喜欢的幸子嫁去京都了呢?"

"不是嫁去的,人家自己去的嘛!既然你这么想,当时为什么不使劲反对呢?"

"倒也是啊,"藤子笑着沉吟,或者说边沉吟边笑,"对您要做的事和孩子们要做的事,我从不反对也不插嘴,这已成了习惯,三十几年都是这样过来的……"

"加上我也没怎么跟你商量。"

"您说京都近,飞机四十分钟到一个小时,新干线电车三小时左右。但从嫁女儿的角度来说,还是远。不可能那么常来常往吧!您就是再疼爱治彦媳妇,也代替不了幸子,亲生女儿……"

"胡说些什么!"直木像被碰到痛处似的蹙起眉头,岔开话道,"藤子,那口袋里好像你名下的什么都没有,是没有什么吧?"

"没有,有就给你看的嘛。藏藏匿匿的,那种不地道的事儿这种时候可干不出来。我无所谓,孩子们多少有点倒好,一直这么想的。您的就当是我的……"

"唔。"也是因为是退职第二天,对于藤子如此襟怀坦白的说法,较之一由衷的谢意,直木莫如说感到一种不无滞闷的重压。

"你那种性格,我知道迟早要离开公司,所以早就盘算好了,不妨开店做点生意。这我觉得还是做得成的。"

"拿信州山林当本钱?"

"别一口一个信州山林信州山林。开小店那点资本还是有人肯借的。刚才给您看的孩子们这些也差不多够用。"

"算了吧!"直木不悦地站起身,"丈夫给公司逐出,老婆开始做小买卖，成什么样子！"

"是那样的么？不可以的么？"藤子意识到说的不是时候，何苦非今天说不可呢！确实不够体谅丈夫的心情。不过，自己想做点什么是藤子多年的心愿。以前也跟直木说过两三次，直木都好像没怎么当回事来听。

小女儿加代子已高中三年级了，家里又有治彦媳妇，藤子不是不能到店里去。但说得这么刻不容缓似的，恐怕是伤害了直木的自尊心或使他感到屈辱，藤子后悔自己的轻率。于是此后再未提起想要开店。可是在听治彦想独立搞建筑，听幸子说想把宫本的店迁到四条大街或河原町，出于性格，藤子便想助一臂之力。

"在京都好好看看幸子的店。"藤子请求直木。

"嗯。这个嘛，只消跨进店门一步，就能看出是兴旺不兴旺，有活气还是没活气。"直木回答，"至于没活气不兴旺怎么办好，可就难了。当然，只要灵机一动，要个小聪明，未必不能起死回生。开店做买卖也罢，公司管理也罢，都有个走运不走运的微妙问题。人一生的命运也不例外。"

直木打算利用这次京都之行去见见幸子的公婆，好好随便聊聊。直木接到幸子婆婆一封十分诚恳的表示谢意的信，说幸子公公轻度脑出血倒地时，幸亏幸子照料及时没出问题。直木觉得幸子因此而同这户老京都人家融洽起来。同时直木也想看望一下她公公恢复如何。

不料昨晚一到京都就给宫本带来这祇园老茶馆，时间已晚；今天又从宾馆二楼大厅和晶子两个看葵祭队伍，还没找出时间去看宫本的店。

今年的葵祭，天皇和皇后陛下等皇族都亲临京都观赏。这是前所未有的事，看热闹的人也空前之多。时值五月十五日，昨天一场夜雨，新绿格外动人。两陛下等各位皇族的特别看台，设在建礼门院前面，那里是葵祭队伍出御所首经之处。

平安朝时期，说起祭祀来便是指贺茂祭亦即这葵祭，起源和来历都很古远。如今五月的葵祭同七月的祇园祭、十月的时代祭并称京都三大祭。是战后昭和二十八年恢复的，停办十二年。而加进以斋王代为中心的女子队列则始于昭和三十一年，从而给队伍增添了王朝画卷式优美艳丽的色彩。

古代的斋王或斋宫乃是皇女。皇女于贺茂河滩祈禳之后，进御所"初斋院"吃斋三年，再度于贺茂河滩祈禳，然后移住紫野斋院，这才得以成为具有侍神身份和高贵修行的庄严的公主。大约由此之故，现在的葵祭不称"斋王"而称"斋王代"。

斋王代每年从京都名门世家千金中挑选。作为葵祭之前的一个仪式，斋王代五月十日前后在上贺茂神社或下鸭神社进行祈禳。今年斋王代的祈禳是在下鸭神社进行的，里边的洗手池已改建恢复了古时样式。

"晶子，"幸子没先叫父亲而叫妹妹，手放在妹妹肩上，对直木说："久等了……从这窗口看不清楚吧？再说队伍已进市政府歇息去了。"

"是吗？像是。"直木离开窗口，一边用眼睛在厅里寻找空椅一边说，"昨晚宫本招待得不错。"

"宫本叫我向你道歉呢，说不够周到。"

"哪里哪里。"

"爸，今年的斋王代是一家叫尾张屋的老荞面店的姑娘。"幸子说，"尾张屋的荞面饼干我们店也卖的，跟那姑娘很熟。大概在同志社女高读三年级。看完队伍登上贺茂川堤和在上贺茂神社举行的仪式，归途到那家荞面店看看好吗？"

绿遍山原

东京的隅田川须往上游走很远才可像古代那样泛舟游玩，而京都的贺茂川仍无大碍。四条、三条等市中心段到底有人工痕迹，但往上至下鸭神社、植物园一带，河岩河滩便近乎自然原貌了。也是作为琵琶湖源头远离大阪湾河口的关系，水是流动的，不同于东京的隅田川和大阪淀川。京都美人所以皮肤细腻，亦是因这河水之故。

在葵祭队伍自下鸭神社往上贺茂神社行进时，堤上当然不准车马通行。

直木和女儿们学京都人的样子，坐在河滩青草地等待。午饭席地打开瓢正店的细竹叶饭卷。幸子知道直木不喜欢瓶装罐装果汁饮料、可口可乐等玩意儿，就用保温瓶装了茶水来。

"保温瓶这东西到底不行，茶味儿都跑光了，对不起。"幸子朝父亲道歉，原本是今早用心煮的。

"啊，没关系。"直木像一般老人那样躺在软绵绵的青草上，头枕臂肘，朝比睿山望去。温煦的五月，比睿山薄雾迷蒙，虽然新绿初萌时节已经过去，但樟树叶片仍绿得那般鲜亮那般水灵。

这片河滩位于贺茂川西堤坡下，离贺茂神社已不太远了。河岸一排树也煞是好看。河滩大多人在等待葵祭队伍，也有垂钓客和下河嬉闹的顽童，那光着的腿脚也已不显得那么冷了。

葵祭队伍定于十二时开到下鸭神社，并在神社前举行仪式，然后于二时离开下鸭神社，过北大桥沿贺茂堤行进，三时三十分抵上贺茂神社，同样在神社前举行仪式，至此最后结束。

直木一家是从京都宾馆乘出租车来的，距葵祭队伍开来上贺茂须等相当长时间。这时间便在河滩不动。不过直木和年轻的女儿们不同,较之观看葵祭队伍,似乎舒舒服服躺在这青草地更为惬意。他可以一边悠然眼望京都群山,一边任清风微拂,任春夏之交的阳光温暖自己的身体。镰仓和东京都无从觅得如此祥和的情致。

今年入得五月,报纸上说巴黎下雪,京都也降了霜下了冰雹,报道说北方有遭遇冻害的危险。但今日天朗气清,仿佛在说那一切无非虚构。

直木撒开臂肘,仰面呈大字摊开手脚。

"啊!好天气!年轻时就常来京都,可从来没在贺茂川这么往上的地方躺过。"

"虽说我住在京都,也没在贺茂河滩坐过这么久。"幸子说。

"我想起宫崎那次旅行,"直木闭着眼睛说,"想起海老野高原上的红松。海老野高原有硫黄喷出,一种荒凉感,周围的山也比京都的山高,上面红松很多。早上推开宾馆窗户望去,太阳照在红松林树干上,很是好看。或许那里红松树干的颜色本身就比京都的漂亮。"

"收到您寄的海老野高原红松明信片了呢。"幸子也说。

"明信片也够漂亮的吧?"

"嗯。"

"有一种说法,说那片高原的秋色美得像海老色[1]一样。"直木满脸追思的神情,"从海老野高原到高千穗町,然后翻过山道,下到大分县竹田町回来的。关于高千穗町回到家时已经说了。天照大神的高天原和天岩户、八百万神聚会的天安河原、天孙降临的高千穗峰,遗址全部集中在高千穗町。即使作为神话传说也太贪多了,不够合理。街上游客熙熙攘攘,不像是神话故地。但随处可见的山丘、树林、森林里的树木,都很有神话风姿。这里的高千穗夜神乐和刈草民谣,你俩都看电视知道的吧?"

"知道。"晶子回答。

---

[1] 在日文中意为虾,故海老色应指虾色。

"不过高千穗峰大概有两处，鹿儿岛县还有一处。传说常有这种情况。卑弥乎和壹与的邪马台王国，中国史书有记载，那是确凿无疑的。至于是在九州某个地方，还是在大和，至今没有定论。不说那么久远的了。就拿《荒城之月》来说吧，歌词记得是土井晚翠在竹田町旧城址创作的——那里也建了文学碑——但也好像是在仙台写的。作曲家泷廉太郎是大分人，大约也去靠近大分的竹田古城址游历过，激发了他配曲的冲动，于是也就有了这种情况。大分市也有泷廉太郎纪念碑。

"竹田古城址大倒不大，但风景优美，镇子又小，出入都要钻山洞，别有一番情趣，我很喜欢。说起来，竹田更有田能村竹田的故居，原封不动保存下来。据说竹田招待赖山阳用的便是那故居前面田里的菜，不知是不是真有其事。"直木缓缓说道，"我去了竹田故居，那块田也看了，在镇上高些的地方。"

"我嘛，这次来京都想去紫式部墓看看。"晶子说。

"紫式部墓？"直木有点兴味索然，"晶子是国文专业的大学生嘛。墓可有根有据的？在新京极一条乱七八糟的小胡同里，还有清少纳言的什么。"

幸子准备了一本关于葵祭的小册子，本来想给父亲和妹妹讲讲其中主角的名称和服饰，但幸子本身对这所谓"王朝画卷"式行装也所知无多，看说明也不甚了然。

"晶子，看这个。"接过来的晶子也对王朝服饰知之不详。《源氏物语》《落洼物语》《枕草子》，以及《荣华物语》《大镜》《今昔物语》《徒然草》等书都提到葵祭，小册子里也引用了有关章句。晶子固然想得起自己曾读过这些原著，但和幸子一样，没有信心把葵祭行装向父亲解释得通晓易懂。

"树木枝叶虽未呈葱茏蓊郁之势，然已一片新绿，鲜嫩可人。但见玉宇澄澈，云雾无隔，令人油然而生快意。若傍晚初阴，夜空迷离，时闻远处杜宇，啼声如梦。又何其心旷神怡。及至祭日即临，将橙黄茜红布料卷入长匣，略裹以纸，携之东西行走，每觉兴味盎然。而染以或由浅至深，或深浅相间，或一色深浓，亦较素日平添妙趣。"《枕草子》这段描写，惟妙惟肖，表现了旧历四月新历五月的季节感。《源氏物语》中广为人知的源氏正妻葵上同六条御息所（斋宫之母）争车之事，也是为这葵祭之故。

《徒然草》也有记述："五月五观贺茂竞马之时，车前杂人拥塞，欲观不得，故各自下车，向栏而进。然人尤多，无法近前。"镰仓时期兼好法师亦曾忆及葵祭的人山人海热闹非凡。及至足利战国乱世，葵祭已似乎告终；在江户时期的元禄盛世，大约又重振雄风。然而据传为期不长。即使进入明治时期之后，也好像三起三落。这恐怕是因为朝廷和公卿将政权交与幕府武士，加之明治迁都东京，政体有变的缘故。主持葵祭的主体公卿由此一蹶不振，京都亦从此走向衰落。

战后，昭和二十八年葵祭开始重整旗鼓，昭和三十一年加进斋王代等女子队伍，俨然讴歌和平和京都繁荣的象征，但意义却不同于平安朝葵祭鼎盛时代。即使信仰和复古举措尚未完全沦为观光道具，但不消说，队伍中已大半不再是王朝公卿，甚至主要角色竟也雇用打零工的学生充任。从御所至上贺茂神社，由于路途较远，雇来的学生们走得累了，遂挽起袖口或一路大舔冰棍，真个不成体统，有损葵祭气氛，以致观众皱眉不止。

尽管如此，队伍的形式和服装打扮基本依照王朝规范。幸子拿来的小册子虽说上面关于主角及服饰的说明现今看起来不胜其烦，布名和颜色用词令人费解，但作为队伍中的主要角色——敕使、牛篷车、斋王代总还说得过去。

队伍中，无疑敕使地位最高。古时由四位近卫出任，现在听说由旧公卿华族的掌典担当。古式服装今天看来确系烦琐不堪：冠为五彩垂缨并带菱形花纹。服装为黑色阙腋袍，半臂束带，下袭为带有蓝红菱形图案的白平绢罩裙、赤色宽脚裤，右腰挎一银色鱼形袋。刀为古风金彩直刀，柄、鞘等均有装饰。垂带为淡紫色散花图案。鞋为赤色锦靴。

坐骑称唐鞍彩马，覆银面，悬轮镫，垂尾韬，结彩毛。护腹用名曰大滑的皮革，胸、臀缨饰垂以名曰杏叶的叶形物。主缰为浅色圆纲，赤地锦背饰及腹带，头戴彩冠，尾有尾袋。副缰为浅色锦绳。此外，云珠颈串并不系于马颈，而手拿挥舞。

就连敕使坐骑的古式装饰都如此复杂。没有历史知识几乎不明所以，随便一眼看过。敕使自无须说，各类供奉、卫士也都前后井然有序，备有回程坐骑。风流伞随列行进，平添初夏风采。下鸭神社的丛林、贺茂川堤苍翠欲滴，与之交相辉映。

牛篷车是朝廷敕使或斋王乘用的，为给队伍增辉添色而拉引进来，称之为"出车""饰车""渡车"，车轩车腰饰以应时的紫藤花、燕子花，或红梅花、白花等。

斋王代坐轿，身着俗称十二层衣的盛装。"日忌衣"外面套"小忌衣"，头发自然是顶髻散披式，缚以青白丝线，怀揣红色诗笺，手持丝柏扇，端然一副古时装扮。

斋王代在葵祭开始前祈禳之时，身后随一女童。在队伍行进过程中，另加一男童。男童女童均结辫下垂，饰以"红色鸟子纸"，半身袍套以裤裙。总之，男女童给队伍增添了楚楚动人的红色。且正值葵花与雏芥子花开花时节，小孩点化出雏芥子风情。

京都三大祭之中，较之平安神宫新的时代祭、队伍戟矛并举的热闹欢快的祇园祭，葵祭最为循规蹈矩古色古香，在现代人眼里，或许不够兴高采烈。而且从京都御所出发，一直转到下鸭神社、上贺茂神社，路线也最长。

至于《徒然草》中提到的公卿和"捡非违使"在松树间行进的形象，虽然最能令人发王朝之幽思，但现代人也不过看看罢了。

直木和女儿吃盒饭的这御园桥一带，位于最漂亮的贺茂堤段，公认是观赏葵祭队伍的最佳地点。当然，队伍虽说在市政府休憩且要在下鸭神社举行祭神仪式，但走到这里也是相当辛苦的。

其实直木本来就没打算细看队伍的装束和祭神仪式或借此研究古典。所以应幸子夫妇前来看这葵祭，主要是考虑幸子和晶子，或者说晶子对幸子大约有知心话要说。

"队伍到还要等些时间，"幸子说，"去买点儿上贺茂有名的烧饼来可好？"

"唔。"直木望天回答。"贺茂川往上来到这里，也算到了京都吧？"直木说道，"听说早些年间，河堤也和现在不同，堤西到处是麦田和油菜田来着，田里疏疏落落有古旧的农舍。"直木继续眼望天空。"晶子，对现在的幸子你怎么看的？"

"怎么看的？"晶子反问。

"像不像京都人？嫁来京都看上去可幸福？"

"怎么说呢，"晶子注视直木，"总的说我不大喜欢宫本那样的人。"

"噢。"直木点下头，"这个回头你也跟幸子说说好么？开门见山的。"

这里边当然包含晶子本身。晶子也觉察到了：

"好的。"

贺茂河滩

"爸,"晶子以清脆而低微的声音说,"我这么任性,一时又很难结婚,您和妈有些吃不消是吧?"

"是有些放心不下,尤其你妈。"直木似听非听地自言自语,"家里三个女儿,有一个不远去留在家里也好,我是这么想的。只是年轻时无所谓,可一上了年纪,一个独身女子恐怕还是够寂寞的,即使做生意或搞别的什么自谋生路。"

"爸,我活着的时候,您也一定要活着,求求您。"

"唔——"直木支起一只臂肘,盯视晶子的脸道,"那怎么可能呢,晶子!"

"求您了。我早点死,那以前您就活着,哪怕跟跟跄跄也好,糊里糊涂也不要紧。也就再活二十年。二十年算什么呢,真不算什么的,爸!又不是叫您活到一百岁。"

"呃,再活二十年。那么,你多大了?岂不快四十了!"

"是四十,快老太婆了。我可不想活到变成一个坏心眼的丑老太婆。"

"晶子,这种话,可是十六七岁,二十来岁,甚至年纪更小的女孩常有的感伤哟!"

"不不,不是什么感伤。我坚定地对心发誓,这是真的,爸爸。"

"发誓?再对自己坚定发誓,人也是不会发誓什么时候死就会什么时候死的,也不可能想活到什么时候就能活到什么时候。命数,都是有命数的!古来就说命数奈何不得。"

"命数是什么?"

"不晓得。"

"命数是一种信仰,我觉得,是一种信念。"

"命数是信仰……哦。"河滩的青草、堤坝的鲜绿、北山的远影都在直木眼前模糊起来,唯独贺茂川的水流声格外高亢地淌过心底。

"你的信仰,是什么呢?"

"祈祷。"

"祈祷什么?"

"是啊,小时候跟哥哥去教堂,心给《圣经》打动了滋润了,所以基督、玛利亚和信徒走进自己幼小的心灵,那时崇拜玛丽亚来着;但长大以后,我觉得自己并不是虔诚的基督信徒,恐怕还是东方的异教徒。治彦哥我想也是如此。严格说来,我身上不存在宗教精神,不属于佛教,不属于亲鸾和禅宗。和学校同学去圆觉寺坐过几次禅,但这个……高山寺明惠上人的人格我很欣赏,但那种旧派佛教的教义无论如何不是我能明白的。也确实喜欢念佛云游的一遍上人、游行上人他们。"

"噢。"直木沉默良久,"禅宗高僧里边有的晓得自己死期临近,写下宝贵的遗偈。古代圣人豪杰也有能预知自己死期的。我父亲虽是无谓的小人物,也还是知道即将离世,爬起身为我写下很大的字。"

"知道的。"

"忍耐两个字。话倒是普普通通不值一提,但在人生很多场合咀嚼起来,总觉其味无穷。"

"嗯。不知为什么,我喜欢两个字上面那个砰然滴下的大墨点。觉得祖父万般心情都凝聚在那个墨点上了。"

"呃。一般说来,应该在裱画店把那误滴的墨点剜掉再好好裱装,但我特意请店里把大墨点留下。想必是忍痛支起身在垫褥上写的,结果笔头鼓胀的墨汁砰一声滴落下来,就在那下面写出'忍耐'——头上带有大大墨滴的'忍耐'。"

"您要给我写点什么才好!"

"我？叫我给女儿留下蹩脚字丢丑不成？你祖父的字虽说算不得漂亮，但以一个临死之人，算是苍劲有力的。"直木蓦然心生一念，笑道，"晶子，把毛笔足足蘸好墨汁，任它吧嗒吧嗒随便滴在纸上如何？抽象，随便怎么理解。"

"那怎么成……"

"落款还是落的，写上'晶子存，父'。"

"那怎么行？不行，还是要有句什么话……"

"可是，晶子，这不就奇怪了，刚才你还说自己想死在我前头来着，现在又要我为你留下字来，岂不矛盾？不反过来了？"

"哎哟，那是两回事的。"

"我们家里，幸子的字最成模样，让幸子写怎么样？"

"呃，幸子姐字倒是不错，但幸子姐那里我想要手工艺品，至少要能体现幸子姐温柔性格的手工做的东西。"

"是吗，主意不坏。"

"您那儿要字，就算我死在您前头……"

"嗬，留给外孙？作为有过这么一个外祖父的证明……哪怕是不好意思挂到壁龛里的玩意儿？"

"幸子姐出嫁时带走的那个内廷古装偶人挂轴，即使出自名家之手，也算不得怎么好的嘛。怕是受人之托画来换钱的吧。但可以睹物思母……"

"唔。"

"您的字不知要比那个好多少倍。"

"好留给你的孩子？告诉孩子有个字这么拙劣的外祖父？"

"我不大可能结婚，没考虑什么孩子不孩子。"

"嗯。既然你拥有了勾玉，咱们家的那个传家宝，就给你写'勾玉'二字，或有关勾玉的古诗吧。我从公司退职的时候，最没出声的就是你，感受得出你心里对父亲的那份体贴。"

"那倒不值得您这么夸。不过那时我第一次惊讶地意识到是爸爸一个人,只是爸爸一个人养活了我们一家。就说我吧,多亏有您这位爸爸,才没有被冲到世间惊涛骇浪里去,才免遭风吹雨淋,这是一种刻骨铭心的感受。一切重担都压在爸爸一个人身上——这是为什么呢?想到这里,我一句话也说不出来。眼泪从心脏流到动脉,流个不停。那时想,哪怕以后自己的血都为爸爸化为眼泪也心甘情愿。不亲身在世上闯荡,是体会不到人世艰辛的。"

"噢。"

"那时我心里想,大概顶数人类对孩子的抚育、爱护的时间长,尤其是父亲。动物不是早早就把孩子推到一边的吗?听说狮子还把小狮子推到山谷里去呢。"

"唔,这恐怕和动物成熟年龄和寿命长短有关。"

"大学啦高中啦,尽长期教育义务的只有人类。为什么要让子女读完大学并且帮忙找工作呢?甚至连嫁妆都操心——只有人类才会这样。"

"哦,嫁妆?也没像你说的那么操心。不过,其他动物的确像是不管这许多,什么婚礼啦婚宴啦。"

晶子点点头,移开有些温润的黑眸子。

"要是人类也像古代等到男十二或十五岁一穿'元服'[1],父亲就推开不管,那会怎么样呢?"

"那可不成。那样时下伤脑筋的少男少女不良行为犯罪行为就更厉害了。"

"是吗?战后制定的新宪法,加强了子女对父母的权利,义务却淡化了。孩子没了约束,变得任意而行,不懂得自我克制。不是吗?"

"唔,这一面的确也是有的。本来是学人家西方,可西方家庭对小孩子管教是很严格的,去他们家有时很感吃惊。在伦敦一些地方,街上也

---

1 日本古代为男孩(11—16岁)举行的一种成人仪式上穿的服装,同时改变发型并加冠。

可看到一副小绅士小女士做派的小孩，叫人憋不住笑。在日本，衣服常让小孩穿随便凑合的便宜货是吧？因为很快就又长大不合身。可伦敦不少家庭让小孩也穿上绅士、女士样式的衣服。可我，看上去反倒觉得好笑。不过日本公卿时代，幕府时代小孩也是这样的。"

"我们直到这个年龄都还在一味依赖父亲。"晶子说着，从保温瓶倒一杯茶递给直木。

直木坐起身，盘腿啜了口茶，眼睛往北山望去。

"好气象！山青青树青青风青青。"直木说道，"晶子，你有这份温柔，即使从一个勾玉中也能听得袅袅的琼音——在我们家能听得的到底只你一个人。那勾玉归你是对的。只是，如今的父亲可是没有力量买三四个让你听琼音了。即使设法弄到钱，也还有个家庭问题。何况，质量那么好那么大的翡翠勾玉，哪里的文物店都很难碰到了。现在京都一番茶道用品商店姓良冈的店主喜欢勾玉，搜集了几十年，也特别给我看过大大小小般般样样，甚至形状奇特的勾玉。据说这以前只是买入，一个也没卖过。他是出于爱好，不是做买卖，估计是日本首屈一指的勾玉收藏家。听说他很少出示于人，不在主人情绪十分好的时候别想看到。我虽算不得茶道用品商店的顾客，但同良冈认识，如果好好相求，或许能让过目。你好容易来一趟京都，求良冈给看看也是可以的。"

"不必了，我有祖父这一个好好珍惜就足够了。我不想把自己的宝物和很多同类品比来比去。"

"是么，你性格上是有这种地方。"直木道，"不过即便看了良冈收集的勾玉，你也不至于对自己的勾玉失望的。"

"嗯，在您书房看过那本有勾玉、首饰、弥生时期铜铎、铜矛、陶俑、陶壶的画册，这点我约略也是明白的。"

"唔。可是彩色照片即使再先进逼真，同实际艺术品也还是有不小距离的。就形状来说，照片上的勾玉较为质朴。"

"嗯。"

"勾玉先说到这里吧。对了,幸子说从大学辍学也无所谓的时候,你为什么答应得那么痛快呢?"

"因为自小就好多方面比不上幸子姐。另外小时心里就像有一种不好受的滋味,担心自己成为父亲永远卸不掉的负担。十几岁就开始做工的女孩儿不是很多的么!"

"我看不全是因为这个。是在大学失恋了吧?"

"是。其实是给一个女同学的恋人追得太紧,没办法再在学校待下去了。跟幸子姐说过一点儿。您是从姐姐那儿听说的吧?"

"三言两语。我倒不好深说,不过你也太听幸子话了吧,姐姐叫不念就不念了。"

"大学也没什么意思。"

"你没有那种犟劲儿和那个女同学一争到底吧?"

"没有。一天晚上,那女同学和我两个人在路上走,那个女同学一下子吞了很多药进去,走路摇摇晃晃,抓邮筒时一下子倒在地上,马上叫救护车送去医院。好在不是速效致死的药,洗了胃,当然是得救了……"

"吓唬人吧,那?"

"也许是吓唬人,可看到她用头发遮掩的一只耳朵下面的伤,我就再也……"晶子脸色有点发青,"话说回来,爸,就算别人看来明知吓唬人,而当事人意外出于真心的事不也是有的吗?女人……"

"吓唬人终归是吓唬人,"直木断言,"不过,你生来就很老实谦让。虽说你关心我,甚至说出宁可死在我前头的话来,可我还是要让幸子照顾我……"

"还是幸子姐心眼灵活照顾周到嘛。"

"治彦媳妇静子来了以后,就让给了静子……大概出于小姑对外来嫂嫂的一种谦让吧?"

"我倒没特意那么想。一来静子嫂心细手细,二来也好像挺中意您的……不过在静子嫂面前,我自以为可是半点也没表示出嫉妒的哟。我觉得对静子嫂来说，较之她自己的父亲，您这位公公倒不知好上多少倍……跟过去媳妇侍候公公的情形截然不同，实际上她也亲近了父亲……"

"唔，为这个治彦和静子夫妻间也不是风平浪静，也不是没有这个那个不愉快的事。"

"那是治彦哥不对。"晶子斩钉截铁得令直木目瞪口呆，"治彦哥有他自己的悲伤和烦恼，有和性格直率的静子嫂合不来的地方……依我看，治彦哥说不定多少放荡一点再结婚倒能一开始就使婚姻和睦。"

"哦？"直木愕然。

"您和静子嫂那么和气，我不好明显插手进去，故意避免来着。"

"呃。幸子过于聪明伶俐滴水不漏，加代子那么不管不顾我行我素，你夹在两人中间也够可怜的。"

"哪里，没那回事。祖父临终时不是给您写了'忍耐'么，我或许就像砰一声掉在那两个字上面的墨点……"

"瞧你说的什么？"

"哦。"晶子摇了下头。

直木看着晶子，在贺茂川的流水和对岸绿色的映衬下，直木觉得这个女儿很漂亮，是家里最漂亮的。

斋王代

幸子买了特产烧饼，返回河滩，用手帕按着额头道：

"对不起，今天买的人太多，等了好久……"

"那怕是的。"直木说。

"是神马堂店的。卖这东西的有两三家，神马堂人最多。我们家也常在那儿买。"

"谢谢。"

"小包的在这儿吃，大包的留给母亲，毕竟是葵祭当天的……"

"嗯。"直木看幸子打开小包，"哦，变小喽！上贺茂的烧饼也变得这么小了？人世沧桑啊！"

幸子不知过去烧饼比现在大，显出诧异的神色。

"过去嘛，其实也就三四十年前幸子出生那时候——出生你也不知道的——我一个朋友在京都一家电影制片厂工作，一次送了贺茂川烧饼来。年纪轻轻就死了……烧饼差不多有这么大。"直木用拇指和食指比画一个圆圈，"当然也厚，在家里吃起来真是一种享受。一想起那个朋友，至今都还想起当时的烧饼。说起来，往日的关西烧饼样的点心就是多，上贺茂的尤其好。样子倒不显珍贵，但上茶待客时偶尔也还是端出来的。"

"爸，反正您先吃一个看……"

"是啊，"直木按幸子说的，掰开一半放入口中，"嗯，不坏。但味道比过去淡了不少，没有特色。至少乡下人觉得不够味道。当然喽，人这东西有一种毛病，总觉得过去吃的东西好吃……"

"等等,"幸子翻开关于葵祭那本薄薄的小册子,指着提到特产烧饼那段说,"这里这里,真可能像您说的那样。这一小段记载,说贞明皇后进宫后,常常订这烧饼。上贺茂有不少人到宫里去,乐得做烧饼。"

"是吗!"

"说烧饼也叫葵饼,是上贺茂神社有名的特产……爸您说的,怕就是那时候的烧饼吧?"

"可能。"

"上面说北海道的大纳言小豆或许还是原来的,但砂糖变了。过去用黑砂糖,战后是上等白砂糖,火候也是弱一点的好。"

"啊,是么?"

"还说战后用过黑市高价砂糖。上贺茂神社后头高尔夫球场的客人常开高级车来买饼。"

"那样可不好。"

"再不可能从香喷喷的饼皮上透出黑砂糖那种乡间风味了吧?"

"唔。"

"还这样写道:以前还有一家烧饼铺来着,由于家道中落转让于人。在那里当伙计的现在神马堂主人感到惋惜,就在御宫马屋的旁边开了一家店铺,这就是神马堂。"

"是这样,"直木点点头,"总之就是说,味道变也是理所当然的喽。过去莫非也是用铁板烧的?"直木歪头沉思。"算了,不再说这无可奈何的事了。晶子也尝尝,还温乎乎的呢。"

"嗯,"晶子伸手拿起,"好香!"

"我可没说不香哟,只是说没有三四十年前那种令人怀念的味儿了。"

"爸,那种味儿在京都也少起来了。我是外来人,对京都老东西知道得不多。"

"也不光是京都,世界上所有的古都大概都这样子。京都或许还算有韵味的，还算是古风犹存的地方。"然后突然想起来似的说，"对了，因为日本还有晶子这样尚古的人……"

"晶子尚古？"幸子轻轻笑道，"想穿十二层衣，想梳顶髻披肩发？"

"不，晶子说了，让我一直活到她死的时候，不出嫁，就在家里照料我。"

"爸！"晶子一副埋怨的口气，脸红到耳根，"人家是悄悄说给您一个人的，何必急忙在这里告诉给幸子姐！"说着像要哭出似的，"原本是我悄悄发的誓……"

"晶子，即使你那么说，我也一点儿不计较的。"幸子手放在晶子肩上，"我也那么想过。"

"呃，爸爸喜欢幸子姐喜欢得不得了，甚至说为什么嫁给宫本那样的人呢，离婚回来也好的嘛。"

"是啊，"想不到幸子很爽快，"现在有时还那么想，心想回到爸爸身边好不好呢。"

"快别说了，"直木笑着岔开，"我这个当老子的也是古板得发傻了，反倒成了女儿们的祸害。"

"就连光知道撒娇的疯丫头加代子，说不定心里边也有这种念头。"

"好了好了，"直木加重了语气，"我们家女儿看来爱情都欠火候，这可是女人的一大不幸，一大缺憾！"

"我不明白，爸，也不光女儿，治彦哥也不例外。"幸子说，"所以爸不是才格外关怀疼爱静子嫂？"

"哦？"直木好像被幸子击中，一时语塞。

"幸子姐，我的可是誓言，是祈祷。"晶子声音认真起来。

"才刚听晶子说祈祷，就问她对什么祈祷——晶子是明显不信什么教的——要是对淫祠邪神什么的祈祷，弄那种咒语迷信什么的，我可反倒不舒坦的哟！"

"不信教或许是的，但在觉得天地间好像有神明存在的时候也是祈祷的,更多时候是对自己一颗心祈祷,一心一意地祈祷。除了自己的心和灵魂,其他一切都像是迷信。大概是我还年轻,修炼不够的关系。"

"宗教就是由此产生的。另外就是在人有烦恼有痛苦有怀疑的时候。"

"是啊。还比较小的时候,我读基督教佛教的经典,有时就觉得上面教导得真好,忘情地浮出眼泪。"

"教导得真好?"直木喃喃自语。

"嗯。教导得好是好,但若叫我崇拜什么什么神,什么什么佛,就觉得很难从命。自己很难达到因教见神的境界。大约因为那高尚的教义不是自己心中想出来的吧。"

"唔,几兄妹里边,看上去老实的晶子倒最具有现代理性和怀疑心理,说得不好听点,算是自我意识最强的。"幸子插嘴进来,"既然有这种愿望,那么只是一心念佛或一味坐禅也是可以的。再不然跳舞念佛也可以。时下流行一种什么舞蹈,身体动得像要跌倒似的——用这种形式来忘我也未尝不可,是吧?"

"那样神就会现形?"

"这……神现形?现什么形?"

"这因宗教不同而不同。即使同一宗教,神佛形体而各不相同——我看过好多好多宗教书上都提到过神佛现形的事。让我觉得奇怪的是,神因种族和民族的不同而不一样。如果真的存在神,那广岛、长崎为什么落下原子弹呢?姐,你告诉我……这仅是一个例子。落下之后,说什么不也无济于事了?"

"问我也不明白。"

"神国在哪儿?既然说灵魂不灭或有灵界存在,那么我死在爸前头也好后头也好,都应该可以和爸在一起守护爸才是……假如爸先行一步,那么就既不在墓地也不在灵坛,只能这样认为。所以我才请求父亲在我活着的时候也要留在这人世。"

"年龄顺序有时是奈何不得的，"听晶子说得这么认真，幸子也不大好说什么，"我们的爸爸妈妈一定长寿。"

"但愿。"直木仍叉着双手当枕，眼望蓝天，沉默一会儿道：

"不过，晶子，我还是认为结婚对于女人类似一种宗教体验，无论男方对女人好也罢坏也罢。若不好，分手当尼姑也未尝不可。当然，反正回娘家也没关系。"

"指生小孩儿？指女人应该生小孩儿当母亲？"

"那也是有的，但不尽然。"

"小孩儿不结婚也可以有的嘛，年轻时候……"

"哦？"直木一惊。

"如今即使没有意中人，也还有人工怀孕的办法嘛。"

"人工怀孕？……"直木不期然同幸子面面相觑。

"我觉得人工怀孕以后会渐渐发展下去，不是么？"

"晶子有这种莫名其妙的打算？"

"哪里，怎么可能！想一想都不寒而栗，死也不愿那样。"

"是吗。"直木抬起的脑袋放回草地。

"您看的《古事记》不更离奇古怪，伊邪那歧神和须佐之男神都是男神吧？却轻而易举生出小孩来，手里拿的身上穿的也有小孩生出……"

"创世神话嘛！"

"眼下人工怀孕发展下去，不知会从孵化器那样的物体里生出多少人来。"

"嚆，父子兄弟都分不清楚，那像什么话，成了人养殖业！"

"是啊，"晶子继续道，"人类历史已有几亿年几十亿年——不看您书房里的书本也知道——但在这漫长岁月里，如今的一夫一妻制度、家庭制度并不很少。大约是因为方便才变成这样子……谁晓得会持续到什么时候或者又在哪一天崩溃呢！总好像情况一天天奇妙起来。爸爸妈妈那一代、我们这代倒不会有什么……但认为万劫不变可是错误的哟！"

"本以为晶子想法守旧,不料考虑的是这么荒唐新潮的东西。"幸子大为惊愕。

"人类悠久的历史不是证明了这点的么!现在男女间的关系可能也只是处于摸索、试验阶段。我认为现在这样算是幸福的。战后,夫妻、家庭有一种危险倾向——其存在既不仅仅为了子女,又不是为了年老的父母。"

"是吧。"幸子暧昧应道。

"幸子姐,我是守旧,跟不上形势。什么结婚就同父母分开呀,不总照顾父母也可以呀,我从骨子里讨厌这种做法。"晶子不屑地说,"我倒不是因为这个,反正只要我活一天,就孝敬父亲一天,我认为这是我的幸福。"

"不是幸福。难得,诚然难得……"直木说,"那不是女人的幸福。那样你母亲怕也够伤脑筋的。"

"不,爸,我已最后想定。"

"晶子厌世了吧?"直木转向幸子,"得想法改变她这念头才行。"

"爸,我可一点也没厌世,我不是说我很幸福了么?"

"啊,人这东西,尤其女人的想法更是反复无常……"直木向天自语。

河滩河堤等待的人轰然起身,有人还奔跑起来。原来葵祭队伍终于开到。

"爸,不用慌,我已订好座位,保证看得到神社前面的仪式。"

"唔。"

但直木还是爬上河堤。在市政府休息过一下,在下鸭神社有过社前仪式,就算也是小憩,队伍里的人从御所远行到这上贺茂神社,看样子也够累的了。一群儿童居然也好好跟到这里。

斋王坐在轿内,四面垂帘,掀动时可以窥见。斋王穿着五彩唐服,也就是所谓十二层衣,外面披着"小忌衣",头顶发髻而下端披散开来,发上戴心叶形饰物，额两侧垂有青白丝线，怀揣红帖纸，手执丝柏扇，一副王朝或者唐代风格的打扮，面部亦是古代样式。

如此情形，看不出是同志社女子高中的学生。

（未完）

（1965—1966年）